大方
sight

From SEA To STORMY SEA

EDITED BY
LAWRENCE BLOCK

骇浪故事集

[美]
劳伦斯·布洛克
编著

刘策
译

中信出版集团 | 北京

图书在版编目（CIP）数据

骇浪故事集 /（美）劳伦斯·布洛克编著；刘策译
. — 北京：中信出版社，2021.4
书名原文：From Sea to Stormy Sea: 17 Paintings by Great American Artists and the Stories They Inspired
ISBN 978-7-5217-3954-1

Ⅰ. ①骇… Ⅱ. ①劳… ②刘… Ⅲ. ①短篇小说－小说集－美国－现代 Ⅳ. ①I712.45

中国版本图书馆CIP数据核字（2022）第025216号

骇浪故事集
著者：　[美]劳伦斯·布洛克
出版发行：中信出版集团股份有限公司
（北京市朝阳区惠新东街甲4号富盛大厦2座　邮编　100029）
承印者：　浙江新华数码印务有限公司

开本：880mm×1230mm　1/32　　印张：10.375　　字数：173千字
版次：2022年4月第1版　　印次：2022年4月第1次印刷
京权图字：01-2021-7352　　书号：ISBN 978-7-5217-3954-1
定价：79.00元

服务热线：400-600-8099
投稿邮箱：author@citicpub.com

目　录 | Contents

序　言

劳伦斯·布洛克
Lawrence Block

《砰！》 / 罗伊·利希滕斯坦

序言｜写在开始之前……

能为大家奉上《骇浪故事集》，我深感荣幸。这部故事集收录了 17 篇新故事，由 17 位优秀作者完成，灵感源于 17 幅美国绘画作品。

听起来耳熟不？

很有可能。几年前，我突然有了一个想法。那想法对我的冲击之大，就仿佛我坐在牛顿的苹果树或是悉达多的菩提树下。（不过我不得不承认，就对世人的影响而言，那想法还差得太远。哎呀，管它呢。）

"由爱德华·霍普的画作启发的故事。"这就是那个想法。几乎是与其同时，书名也出来了，即《光与暗的故事》（*In Sunlight or in Shadow*）。

对，这就是耳熟的原因。

现在，我已经没有那么多灵感了。而每当灵感来袭，我都会给它一点滋长的时间。如果它是个好点子，给它一天、一周或者一个月的时间，会让它在不知不觉中完善起来。而如果它是个坏点子，时间会让它的劣性暴露在我面前。

但不管这个点子多好或多坏，我都有很大的几率忘得一干二净。随着我年纪越来越大，这种事情也越发频繁——倒也给我省去了不知多少负担。

说回《光与暗的故事》，我没有给自己忘掉它或者冷落它的机会。灵感小灯泡在我头上出现一个小时之后，我就埋头于制作潜在的供稿人名单了。第二天还没到，我就把邀请函写好，并开始寄出了。令我欣喜的是，收到的大部分是肯定的答复。

令我同样欣喜的是，书中的故事篇篇出彩；在天马出版社精美装帧的加持下，这本书获得了一致的好评，且销量强悍。（我大可加一句：锦上添花的是，本人供稿的《自助餐厅之秋》荣获美国推理作家协会颁发的爱伦·坡奖。但我这人这么谦虚，怎么会提它呢？）

可问题是，怎样才能再续辉煌呢？

我想不出哪位艺术家可以像霍普这样撑得起一整本书。他的画作不是在讲故事，而是在暗示有故事可讲——还有谁的作品能与之匹敌？

所以《形与色的故事》（*Alive in Shape and Color*）放宽了视野。每位受邀作者都可以选择一件自己最喜欢的艺术家的作品。这样一来，范围可就广了：从拉斯科洞穴中的史前壁画，到克里福特·斯蒂尔的抽象表现主义；从葛饰北斋和耶罗尼米斯·博斯，到马格里特和诺曼·洛克威尔。

和前一本一样，这本书里的故事也很出色（因为我足够幸运，说服了出色的作者来创作；作者出色，作品自然也就出色），而且各个故事也截然不同。任何“命题式”选集都面临着一个严峻的风险，那便是所有参与者写出来的都是同样的故事，因为主题为他们指明了创作方向。但这种情况并没有出现在《光与暗的故事》里，也没有出现在它的续作里。

《形与色的故事》收获了振奋人心的反响，评论家喜欢，读者也买账。

所以当下的这次返场，我们该如何演绎？

大致的风格当然不会变，依旧是 17 篇故事，灵感源于 17 位不同艺术家的画作。

但从《形与色的故事》上，我吸取了一个教训，那便是自由选择也会产生一些问题。面对着整个艺术界的作品，一些作家难以锁定某一件。

在我看来，把主题变得明确一点，也许能更好地服务于作者以及读者。而且编辑的要求越具体，也就越实用。

首先，我把本册的可选范围限制为美国艺术家。然后，我选择了 30 幅画（这一步尤其令我满意，因为我可以挑一些自己的最爱放进去），再邀请作家从中自主选择。

除此之外，还有一处变动——我更换了受邀作者名单。大多数《光与暗的故事》中的作者也为《形与色的故事》供稿，而且水平依旧，丝毫未减；我迫切地想要再次邀请他们，但还是逼着自己压制住了这种欲望。

原因有二。第一，我不想贪得无厌，压榨同一个人。在策划一部选集的时候，邀请一位作家供稿，其实是在求他帮忙，而一次又一次的请求终有一天会变成强迫。第二，我渴望看到其他作家所带来的改变。所以，我再次列下心愿单，深吸一口气，然后发出了邀请。我也再次收到大比例的肯定答复，为此心里乐开了花；而且随着稿件陆续发来，个个质量上乘，更是让我心花怒放。

这次的书名倒让我纠结了一番。我想传达画作中所蕴含的美国性的内核，以及它们对这个国家整体上的映像。我想起了一首歌，叫《美丽的亚美利加》[1]。里面有句歌词，挺适合做书名："自海至光辉之海"[2]。

本来这标题还不错，但有太多的作者和出版社已经把它印在了太多的书上。那可不可以改一个词，来体现画和故事当中均有彰显的冲突、戏剧性和紧张感？

再就是，押一押头韵也没什么坏处。

自海至——至什么呢？微光之海？闪耀之海？银光之海？

啊，对了，"自海至风暴之海"[3]。

有件事我可能提起过：《光与暗的故事》中有我的一篇故事。我也曾拼尽全力，尝试给《形与色的故事》也写一篇，开头是马修·斯卡德和米克·巴卢以及他们的妻子站在惠特尼博物馆里，欣赏一幅拉斐尔·索耶的画作。这幅画让米克想到了一个故事——然后，我就不知道怎么写了，因为本就没有任何头绪。故事夭折了，我也只好接受了

---

1 《美丽的亚美利加》，英文名为"America The Beautiful"，美国著名的爱国颂歌。

2 英文原文为"From sea to shining sea"，歌词为美国习语，意思是"从大西洋至太平洋"，指美国版图的扩张。

3 "微光""闪耀""银光""风暴"原文中分别用的是"shimmering""scintillating""silvery"和"stormy"，以上词汇均以"s"开头，与"sea"中的"s"押头韵。本书英文名为*From Sea to Stormy Sea*，直译即"自海至风暴之海"，为求表达上的简练与风格上的契合，最终定名为《骇浪故事集》。

这个现实：这篇写不出，别的也写不出。看来《形与色的故事》凑不够 17 篇了，只够 16 篇。我把情况告知了天马出版社，他们重新修改了封面。

后来，沃伦·摩尔（两册书都有他的作品）提醒我说，我的以往作品中有一篇正好符合要求，名叫《寻找大卫》，米开朗琪罗的大卫雕像也确实是其灵感来源。尽管它不是一篇新故事，但也没有广泛发表。所以我们就把它收录进去了，天马出版社又一次调整了封面。

对于《骇浪故事集》，我并没有为其创作的初衷，毕竟已经有 17 位卓越的作家替我操劳了。

可后来，有一个人写不出稿来。

这很正常。跟作家约稿可不像在街角熟食店点三明治，并不是所有的时候都能得偿所愿。（不过，转念一想，这种情况在熟食店也时有发生。哎呀，管它呢。）

我开始琢磨谁可以填补这个空缺，然后有个微弱的声音在我大脑里说我应该亲自补缺。这些年来，我学着对这种声音充耳不闻，或者直接叫它滚蛋，现在技法已经相当娴熟。但这一次，它说服了我。

于是我坐下来，开始写作。一开始，我心里并没有一个构思好的故事，也没有可以演绎它的人物。谁曾想，词连着词，句接着句，我竟全身心投入了进去，写出了称心如意的故事，即《我们看世界的方式》。

那灵感来自哪幅画呢？拉斐尔·索耶的《办公室女孩》。对，没错，就是那篇以米克和马修为主角但最后不了了之的故事的灵感来源，也是我们拿来做《形与色的故事》卷首插图的那幅画。

这世界真奇怪。不过你们大概早就有此感悟。

本来写到这儿就可以停笔的。可在我写完我的故事之后，又有一位作家在最后的关键时刻被迫退出了。就像我说的那样，这种事很正常。只是时间紧迫，找人补位难上加难。

所以我只好打破自己定下的规则，去找参与过前两册（以及我编的其他选集）的一位作家，那人便是我前面提过的沃伦·摩尔。而且我有两大信心：第一，只要他接下这项任务，他就能如期完成；第二，我会对他的稿子满意。

他做到了，我也做到了。他选了一幅画，写了一个故事，但那位艺术家（我不会在此透露他的姓名，也不会在任何别的地方）不给授权，他不愿自己的作品出现在我们的书里。好在沃伦意识到还有一幅画跟他的故事完美契合，与其享有同一个主题，那是他父亲生前的一幅作品。

有时候，事情峰回路转的方式真有意思……

草原是我的花园

帕蒂·阿伯特
Patti Abbott

帕蒂·阿伯特[1]曾获爱伦·坡奖、安东尼奖、麦卡维提奖提名，代表作有《混凝土天使》《拍摄于底特律》《我带来了悲痛与禁忌》以及即将再版的《猴子正义》和《入侵民宅》，其短篇小说《我的英雄》获得德林格奖。她的故事取名于达拉·贝尔[2]的一首诗，该诗收录于《女性形象》一书，书中所有诗歌都是对哈维·邓恩的女性画像的艺格敷词[3]。

1　全名“帕特里夏·阿伯特（Patricia Abbott）”。
2　美国南达科他州当代女诗人。
3　西方古典修辞学术语，专指一种描写绘画、雕塑等艺术品的诗歌体裁。

《草原是我的花园》 / 哈维 · 邓恩[1]
Courtesy South Dakota Art Museum, Brookings, SD

1 哈维 · 邓恩（Harvey Dunn，1884—1952），美国画家、插画师，以其作品的乡村风情而闻名。

1884年，南达科他州，迪斯梅特

“你觉得这块地行吗？”马丁比画了一下，不小心碰掉了草帽，正好趁机擦一把额头上的汗。他们扫视着幅员辽阔的大地。这栋房子简朴而结实，四周几乎全是草地。“我不确定，埃莉[1]。我经常出门，这里离城里太远了，还这么荒凉，几乎到了瘆人的地步。”

“是什么让你觉得瘆人？是奶牛，还是乳草和海索草啊？”她拉低帽檐遮住眼睛，微笑道，“你看那些松果菊，多好看。”

“我怎么知道哪些是松果菊？那么多花，那么多草，却没几棵树。”他用手撩了撩波浪起伏的草丛。“我真想拿把镰刀来清理一番，看看是谁躲在里面想要偷袭我们。”

“你听起来跟我爸一样，找茬挑刺，看不惯我未来的花园。我听一个拉科塔人说，哪怕小树芽没被高草扼杀，对于大部分树来说，这里的夏天也太干旱，没法生长。有高草才有草原啊，马丁。”

“这又是哪个拉科塔人？”

“城里的一个导游，叫阿克切塔。他乘马车路过，车里载满了珠宝和药水。他老婆用珠子做的首饰可漂亮了。”她跪到地上，仔细观察一

1　埃莉（Ellie），“埃莉诺（Eleanor）”的昵称。

株她丈夫眼中的杂草。“这是须芒草。”

“埃莉诺，你跟孩子住在这么偏远的地方，你爸是不会支持的。而且你还跟原始人讲话，你想像一下他的反应吧。他也是读报纸的，杰西·詹姆斯[1]、坐牛[2]、淘金热，这些都不是让人心安的故事。”

“那个印第安人住在城里，并不比我原始。就算他真的来了，你大老远就能看见。那些坏人都潜伏在城里，这里可藏不住。”

他们两人都陷入沉默，想起了近期的一个夜晚。

“我爸没你想的那么瞧不起‘药水’，他药店里有很多调制的草药水。”她站起身。“孩子们，别跑了，跑太热就凉快不下来了。也放过那只蝴蝶吧，这本来就是人家的地盘。”

“罗比·奥拉夫森逮了满满一盒子呢。”哈丽雅特喊道，她的声音被风吹散，“我只需要一张网，还有——”

“没有网。”马丁喊道，然后看了看妻子，没有意识到她最后一句话的弦外之音，说，“我给你留把猎枪吧，以防万一。你离城镇或者邻居有八英里之远。”

“但愿足够远了。”她说。

“我们背道而驰啊，埃莉诺。我想竖起篱笆保护你，你却想把篱笆拆了。孩子们，该走了，你们就等着今晚腿疼吧。”

---

1 杰西·詹姆斯（Jesse James，1847—1882），美国强盗，去世后被刻画成民间传说人物。

2 坐牛（Sitting Bull，1831—1890），印第安人苏族部落的酋长，曾领导族人与美国政府军勇敢作战，反抗白人的压迫。

1875 年，芝加哥

只要天气晴朗，每天的午饭时间，埃莉诺·卡彭特都会出来散步。芝加哥大火之后，新的房屋从灰烬中诞生，重建的速度之快让她惊叹不已。曾经的芝加哥由木料建成，对于火焰来说正是肥美的猎物，只消几个小时，那一堆堆腐朽烂木便已燃烧殆尽。

重建后的帕尔默旅馆采用的是赤陶土材料，现在如同帝王宫殿般矗立在她面前。据说，里面有一家理发店，地板是银币做的。她曾偷偷进去看过，但是推门进去后却是一家男子服饰店。她只看到了一条长毛绒祖母绿地毯，红褐色边角料，还有一排戴着时尚帽子的蜡制头模。

埃莉诺厌倦了城市风光，发誓要在不久之后去见一见森林、草地或者河滩。然而，这样的风景都远得很，哪怕坐有轨马车都嫌远，而她爸对她的管制就像对他的职员一样，四十五分钟之内唤之必到。

药店里的镇痛油、樟脑、鱼肝油、氨水、医用酒精，以及从各种各样的物质里提取的五花八门的化妆品，它们散发出来的味道混在一起，一天十个小时熏着，教人招架不住。一家号称治病的店，怎么闻起来毒气熏天？好多老主顾都声称这气味很治愈，但对她来说刺鼻难闻、令人窒息。

“埃莉诺，厄巴纳大学也招女学生了。”她爸不厌其烦地提醒她，“你可以去那里读医学，也可以就在芝加哥读药学，然后给店里多帮点忙。”

当她在门罗街角转弯的时候，一个年轻的红头发小伙子差点把她撞倒，他瞪着大眼，盯着地面，嘴里还焦躁地嘟囔着什么。他没有道歉，甚至都没瞥她一眼。大火之后，街头上游荡着绝望的人。《论坛报》近期列了一个名单，上面是每一个被法院判定为精神病的人，并且公布了他们出庭的原由。许多人因为在火灾中遭受的损失而发疯，他们没了家人，没了房子，没了宠物，没了生意，或者从他们的眼神中可以看出，没了希望。

几秒钟后，红头发男子又猛地撞上一个正从报摊转身离开的老人。这一次，这家伙不得不停下来，因为他的粗心导致那位受害者倒在了人行道上。埃莉诺急忙赶来，他们一起扶老人起身，然后领着他坐到长凳上。年轻男子满口歉意。

“没事，不用担心。”老人说着，擦了擦额头上的灰。“不用说，我肯定是看头条看得太入迷了。”

“先别站起来，等你不喘的时候再说。”埃莉诺说着，用手帕擦掉他手上和脸上的泥土，然后举在他的嘴下。他顺从地吐了一口唾沫。

“实在抱歉。”年轻男子说，“我该去叫医生吗？”他看向埃莉诺，期待着她能回答。不知为何，他认为她拥有领导力。

“像我这样的老兵，区区一跤，不会受伤的。”被撞的老人不顾他们的反对，站起身来。“看，没事儿吧。”为了证明自己的健康，他跳起了吉格舞。埃莉诺见状，赶紧抓住了他的胳膊。

既然老人被他们的大惊小怪搞得有些尴尬，那最好还是别再纠缠了。他们三人点头道别，各走各的路了。年轻男子回到事发点做了个标记，以备将来参考。

巧的是，两天后埃莉诺又遇到了那个红头发男子。那天在芝加哥第一公理会教堂里，卡彭特一家正坐在他们的惯用椅上，巴顿牧师大人此时登上讲坛，对会众说今天将由一位特邀演讲人来布道。

“马丁·泰勒先生是神学院的应届毕业生，今天是他第一次布道。他的灵感取自亨利·沃德·比彻那段著名的布道‘贫穷与福音’。”巴顿大人说道。他的声音因激动而尖锐。

那个学生走上讲台，台下的嗡嗡声愈演愈烈。比彻大人来此演讲就在一年前，能够听他宣讲是会众的荣幸。他曾是第一批废奴主义者的一员，现在又是妇女投票权的捍卫者。这两大事业都深得公理会教徒的喜爱。

泰勒先生的布道埃莉诺一个字也没听进去。不过后来她了解到，他的布道既不像公众演讲，也没有紧扣自己的主题。埃莉诺所在的位置正适合观看马丁·泰勒，他站在教堂唯一的一块由金、蓝两色玻璃板镶嵌而成的彩色玻璃窗前，头发是她所见过的最灿烂的红色，仿佛被透过玻璃的阳光点燃，抑或被上帝的仁慈渲染。

不管怎样，埃莉诺看得如痴如醉，没有意识到教堂里穿梭游荡的嗡嗡声。马丁·泰勒声音颤抖，双手哆嗦，肚子还直咕噜，教人难以明白他的真实想法，但他似乎全然误解了比彻大人的话，正在提倡人们要忍受贫穷，认为贫穷可能是上帝的安排。其实，这些都是人们对泰勒的悲哀误解，但仍有许多人在好几天后还在误会他——谁让他说得语无伦次，一塌糊涂呢？

如果说，做一次质量尚可的宣讲是一个考验，那泰勒先生肯定失败了。但他并没有察觉到人们的反对，甚至还面带潮红，错误地相信自己获得了胜利——哪怕它很微小。他如释重负，认为自己顺利地完成了演讲，没有晕，没有吐，也没有忘词，而所有这些在几个小时之前看来，似乎都有可能发生。埃莉诺第一次心动，除了他灿烂的头发、刚毅的下巴、低沉的嗓音之外，什么都没注意到。她从未如此沉溺于单纯的肉欲之中。直到那时，她才产生结婚的想法。之前的她，更喜欢幻想自己自由自在、无拘无束地漫游在大自然中。亨利·戴维·梭罗[1]和卡罗琳·柯克兰[2]的作品最具启发性，她把那些最让她心情澎湃的语句抄写在小纸片上，随身携带。

按计划，周日中午，泰勒先生和巴顿大人要跟卡彭特一家吃午宴。人们对泰勒先生的差评还没有传到他耳朵里，所以鸡肉焖饭、鲜豌豆、面包卷、草莓馅饼这些饭菜，他吃起来都津津有味。他也没有察觉到人们在饭桌上的谈话都故意压低声音，而且都眼神躲闪，避免跟他对视。卡彭特先生和巴顿大人在谈论城市政治；卡彭特家放假回家的儿子们在谈论即将到来的大学橄榄球赛程；女儿们和母亲在复查宾客名单，为一场迫在眉睫的宴会做准备。只有埃莉诺和马丁安安静静：她，仍然陶醉于他的外形（说来她自己都羞愧）；他，则默默地享用着自从三年前从波士顿来到神学院起所吃过的最好吃的饭菜。

“不知道那个老人有没有事。”埃莉诺突然说道。她一直在纠结聊什么话题，冷不丁冒出这么一句话。马丁愣了一两秒，才意识到她在跟他说话。

---

1 亨利·戴维·梭罗（Henry David Thoreau，1817—1862），美国自然主义作家，代表作《瓦尔登湖》。

2 卡罗琳·柯克兰（Caroline Kirkland，1801—1864），美国作家，其作品主要描述美国西进时期的边疆生活。

“对不起，我没听明白。”他说着，急忙把嘴里的馅饼咽了下去。

“你在报亭旁边撞到的那个人怎么样了？”

他仔细打量着她。摘掉了街上戴着的那顶帽子，她漂亮的脸庞更加显眼了，草莓金[1]（他哪里知道这种表述）的头发仿佛是第一次扎起来。此时的她看上去更像是个女人，而非几天前的那个女学生。

“我又回到报亭看了。”他的内心涌起一股冲动，想要赢得她的赞许，“卖报人知道他家住在哪儿，并给我指了路。”

“他还好吗？从你们的……碰撞中恢复了没？”

他点了点头。“他叫艾伯特·詹金斯。他太太给我们沏了茶，是一次很愉快的拜访。说实话，我还把我今天布道中的一段讲给他听了。”泰勒先生咬了咬嘴唇，“只是他好像没能理解我的要义。当然啦，他承认自己不怎么去教堂。你觉得——”

“想出去走走吗，泰勒先生？”埃莉诺打断他，“我们吃完周日午宴之后，一般都会出去走走。对吧，爸？”她爸躲着她的眼睛，假装正在聚精会神地讨论修建新圣器室的事宜。

埃莉诺翻了翻白眼，道了声别，挽上马丁的胳膊，朝街上走去。没有人表露出一丝想要加入他们的兴趣。在正午的阳光下，马丁的头发再次引起埃莉诺的注意。

“你们都是红头发吗？”她问，“我是说，你的家人。”

“只是我妈那边。他们来自科克郡，头发大都泛着点红色，还有些是橘黄色。”他们沉默地走过一两个街区，谁都找不到一个适合异性陌

1　草莓金，一种发色，金色中泛着红色。

生人谈论的话题。尽管时不时会有些尴尬，但他们最后还是约好了再次相见。有些东西从一开始便已注定。

1876 年，芝加哥–明尼阿波利斯

在巴顿大人反复担保之后，卡彭特先生这才相信马丁并非蠢货。

“这小子那天的话讲得稀里糊涂。”卡彭特说，“肯定是太慌了。在他再登上讲坛之前，可以让埃莉诺教一教他，演讲可是她的一大强项。”

“没有哪个牧师可以做到样样出色。”巴顿大人说，“就比方说我，在劝诫小两口的时候，就会笨嘴拙舌。”两人相视一笑。

马丁和埃莉诺很快便恋爱了。在他毕业两周前，明尼阿波利斯教堂唤他过去。普利茅斯公理会正捉襟见肘，愿意在未经面试的情况下录用他，这也就加快了常规的进程。

“为什么不是芝加哥的教堂？”卡彭特先生问。

“芝加哥已经有公理会牧师了，不需要我了。”马丁抱歉地说，“本来我的第一选择就是这里，我也不愿让埃莉诺跟家人分开。”

“那就到东边去，那边肯定有教堂需要你。我可以给艾伯纳老叔写信，他在康涅狄格州的肯辛顿教堂。”

“爸，哪里需要马丁，马丁就得去哪里。如果他托关系进去，那会是个什么样子？你不觉得这种手段会让他从一开始就为人不齿吗？”

此种对话就像重感冒一样，持续了好几周。她眼睁睁看着父亲跟

在巴顿大人屁股后面打探神学院对马丁的安排，看着他给所有和公理会相关的熟人写信。对乔治·卡彭特来说，把他最疼爱的女儿送往西部是十足的痛。西部的生活必定更加艰险，何况她将远离家人。

“明尼阿波利斯需要帮助。那个城市新建了很多工厂，正在飞速发展。”埃莉诺解释道。

“不过是面粉厂和木材厂而已，平淡无奇。”卡彭特先生冷冰冰地看着马丁。“大草原上连棵树都没有，夏天热死人，冬天冻死人。”

“明尼阿波利斯算不上真正的草原。”为什么马丁不说些什么呢？埃莉诺心生疑惑。

“那些小湖哪里比得上我们的大湖。哼，我也听说过所谓的明尼阿波利斯。”卡彭特先生盯着埃莉诺的眼睛说，“你会想念爱乐协会举办的音乐晚会的，明年就会有夏夜音乐会在展览馆举行。而且，这里还有图书馆和博物馆。”

父亲对芝加哥文化成果的列举犹如洪流般滔滔不绝。为了关闭泄洪闸门，埃莉诺笑道：“我敢说你从康涅狄格来芝加哥的时候，家人也说过同样的话。但你还是来了，因为这里需要药剂师。爸，你知不知道明尼阿波利斯允许女人票选校董会并且任职？要我说，人家那边很开明。而且，最近新开通了一辆电车。我们到那座城市的时候，正是它扬名于世的时候。”见他没有回应，她补充道，“马丁留在这里又能干什么呢？在药店里帮忙？骑自行车送货？”

“你会有自己的教堂吗，马丁？”卡彭特没有理会女儿，继续说道，“我听说有人被唤过去后，做的是看门人，或者是唱诗班指挥，或者是主日学校的老师。”

“普利茅斯公理会在尼科莱特第八大街建了一栋新楼，听说还蛮大的。”马丁最后说道。

卡彭特先生耸了耸肩，认输了。“那接下来就只剩安排婚礼了。我和你妈要去看你一趟可就非常不容易了，我们岁数太大，坐不得火车。而且西部尽是些流氓地痞，报纸上天天见，我会担心你啊。”

“芝加哥的名声也不怎么好。”埃莉诺说，“很多老爸也不想让他们的女儿来这里。”

“有人说芝加哥就是当代的所多玛和蛾摩拉，那场大火便是上帝的惩罚。”卡彭特夫人补充道，引来丈夫和女儿的目光——丈夫眼里是责备，女儿眼里是感激，“怎么了，我从妇女协会那边听来的！别这样看着我。”

然而，泰勒的未来并不在明尼阿波利斯。在芝加哥时便已看出，他的天赋并不在说教论理，也不在释文解义，更与筹钱理财不沾边。他的天赋只在牧师本身，即给死者家属、老弱病残等需要开导的人提供慰藉。他并不适合普利茅斯公理会。教堂召唤他，是因为他们相信他能提升他们的地位，扩大会众的规模，筹集更多的资金。他的哈佛大学本科学位和芝加哥神学院的研究误导了他们。他们就差控告他虚假陈述了。而且，明尼阿波利斯会众所期待的那种庄重的布道马丁也无能为力，尽管妻子已经面面俱到地教他了。

“如果能用真情实感来布道，我应该能打动他们。”

埃莉诺自己的心也碎了。她说：“反正这个地方也不适合我们，不过是微缩版的芝加哥罢了。换个城镇，我们会适应得更好的。”

没错，她心中自语。然而马丁选错了职业这个想法开始阴魂不散地困扰着她。或许当老师是他的专长。现在转行会不会太晚了？她最近了解到一个名叫“慈善组织协会”的团体，或许更适合马丁。他们帮助人们解决财务问题和私人问题。

可是，在公理会做牧师对她丈夫而言又是心之所向。他才不会摘掉牧师领，另谋他就。他在教堂里长大，报效教堂之心从未动摇过。听他练习布道的时候，她大气都不敢喘。哪怕讲词写得条分缕析、情真意切，都能被他讲得稀烂，或者偏题偏到天涯海角。她忌惮这样的时刻：教堂里的人们开始坐立不安，身边的人发出恼怒或是惊愕的叹息。或许换个粗粝一些的地方，教堂就不怎么要求他当众演讲，解读圣经了。如果城里的居民不是木材大王和面粉大亨，而是农民、养马人、工人、商贩，或许马丁的天分更能得到赏识。

马丁忧虑地看着她。确实是家人了。再过几个月，她就要生下他们的第一个孩子。明尼阿波利斯肯定会给他时间寻找新的会众，不会把他们丢到大街上。

1880 年代，迪斯梅特地区

孩子生得比预期早，是个女孩，他们给她起名叫“哈丽雅特”。几周后，泰勒一家便乘明尼阿波利斯–圣路易斯列车前往迪斯梅特地区。马丁即将赴任的教堂发来的信件热情而友好，只是执事的一封信里委婉地指出，公理会需和浸礼会、长老会共用同一所教堂：“公理会的聚会时间是每月的第三个周日，如果其他周也要聚，可以用校舍凑合。”

信的附言还说，他可能会被调到附近的城里布道，那样的话，他的会众在他出差的时候，可以跟浸礼会和长老会的会众一起做礼拜。“不会有问题的。”执事写道，“所幸这边不缺土地，只缺建房子的钱。”

“看来我要变成巡回牧师了。”他丢下信，对埃莉诺说。

“我都不知道还有这种习俗。”

“内战之后就没有了。反正神学院是这么说的。”

迪斯梅特的大多数沿铁路城镇的街道都是典型的丁字形。他们第一周住在车站的招待所里，离铁轨不过二十英尺。旅客多半是生意人，只住一两晚。午夜过后，他们会成群结队地从酒馆返回房间，步履沉重，跌跌撞撞，对自己发出的噪声少有觉知。有几次门没锁好，竟有陌生人出现在他们的房间里。甚至还有一次，屋里出现一个戴着圆顶礼帽的男人，大腿上还坐着一个舞厅女郎，就在哈丽雅特空空的婴儿床旁边两英尺的地方。

“你们走错房间了。”马丁对他们说。然后他们狂笑着离开了。

哈丽雅特让他们的适应期变得更加煎熬。她夜复一夜地嚎哭，害得他们都担心会被撵出去。那段西行的时光是他们几周以来唯一的安宁日子，因为火车催眠，孩子睡得安稳。马丁花了一部分为结婚而攒的钱，买了一辆二手婴儿车。这样一来，他们就能推着哈丽雅特在镇上走路了。说起来容易做起来难，路上又是泥，又是马粪，又是车辙，必须东躲西绕。而且一路颠簸碰撞，车里的孩子也不好受，动不动就痉挛似的尖叫一声。

埃莉诺总觉得迪斯梅特的房子个个都像带窗的盒子，跟她小时候用药箱子制作的玩具屋一样。房屋建得很随便，也没公园和绿化带。

她一边走一边看，越看越失望，街道上、后院里垃圾遍地，就仿佛迪斯梅特的生活忙得很，无暇顾及这些琐事。大多数人只是暂居于此，寻找向导带他们去认领土地，或者是为了储备物资。而在此定居的人大都是商贩、铁路工和养马人。不过，倒也有更加专业的阶层渐渐萌生。

小镇上唯一有辨识度的建筑便是法院，但即便如此，也不如芝加哥和明尼阿波利斯的法院有特色。人们就站在铁路站点处等候下一辆火车出现。有些大楼看起来壮观，其实是建了“假正面”，也就是正面的墙比屋顶高。这些“假正面”上还挂着广告，比如女性用品“莉迪亚·平克汉姆复方草药”的招牌就独自占据了药店的上半部分。这些大楼华而不实，里面的商铺又小又暗，门厅泥泞，地板肮脏，架子上没摆几样商品。两家报纸上刊登的也大多是随火车而来的流言和新闻。小两口几乎对身边的所有事物都感到失望。大多数旅人来此是为了认领土地，新的机遇让他们兴奋不已。而泰勒一家没有土地可以领取，也没看到什么值得兴奋的事物。

马丁的教堂乍一看还光鲜亮丽……但一进门，他们便意识到不过是金玉其外而已。而且其外也非“金玉”，塔尖是灰泥做的。钟声只是偶尔响起，大多在起风的时候。

“公理会在攒钱建一座真正的教堂。”他对埃莉诺说，“当然了，这座教堂都算不上是我们的。长老会他们人多势众。”公理会做礼拜的人数每周都在变，但从没超过四十。有一次下暴雪，就只有他们三人。

自然而然，牧师住宅根本就不存在，况且无论如何也不能借住在别人家里。所以在旅馆里住了几周后，他们在五金店楼上租了一间两室公寓。“需要锤子的时候很方便，对吧？”马丁开玩笑道。五金店散发的各种气味，好的坏的，都弥漫在他们的房间里。

渐渐地，泰勒一家适应了迪斯梅特小镇的生活。每逢公理会使用教堂的周日，马丁就在教堂布道；在其他周日，他会去布鲁金斯、曼彻斯特、银湖布道。一般来说，他在每个小镇都会住上几天，去看望当地需要他的百姓，在这个小镇的寡妇家住一下，在那个小镇的矿工宿舍里住一下。就职责而言，这种生活很适合他，但跟家人分开一直以来都是难处所在。卡彭特先生从芝加哥寄来的信如洪水般一封接着一封，质问他如何在数里之外保护埃莉诺。

“我们这边能读到新闻，”卡彭特先生写道，“所以我们知道那边的人都在图谋什么。只有怪人才会去西部。”马丁都不屑于回信说他就是那些怪人之一，因为他觉得岳父本来就在影射他。

芝加哥和明尼阿波利斯的天气虽然差，但跟迪斯梅特一比，就温和起来了。平原上的暴风雪似乎风速更快，风势更强。从十月到五月，地上一直都会有积雪。对很多会众来说，临时搭建的房屋根本抵御不住达科他州的寒冬。埃莉诺负责给四处的赞助人和慈善团体写信，请求资助毛毯、冬衣，以及所有能帮他们撑过严冬的物品。

“当然了，我也不能挖矿挖得太频繁。”她提醒马丁道，“东部的人对这边的生活几乎一概不知。他们以为既然温度差不多，那人们住的房子应该也差不多。”

直到五月份，他们才第一次去看被她父亲百般唾弃的大草原。可能是因为天气绝佳，也可能是因为他们刚发现她再次怀孕了，还可能是因为他们为这次旅途向教徒借了一辆华丽的马车，反正埃莉诺一入草原，便被周围的风景惊住了。后来，她试着在信中向母亲描述草原，却找不到合适的词语。无论她选择什么词，都太过苍白，削减了她所目睹的那种美。

天空从未如此辽阔，也从未如此蓝；风景从未如此宽广，放眼望去，波浪起伏，似与远天相接。土地既贫瘠，又生机勃勃，取决于观察的细致程度。她跪了下来，膝下的植物既柔软，又坚韧；初一看色彩单调，仔细看颜色万千。头上嗡嗡飞的昆虫虽不知名，却一瞬间俘获了她的心。没有树木，让她得以把风景尽收眼底。风从草间呼啸而过，几乎震耳欲聋，全不似从密歇根湖吹到芝加哥的风。大草原就是她的心之所向，就是她的归属地，仅一瞬，便成了她心中的风景。这最醒目的空旷便是它最大的优势，所有人类添加到这个世界的东西都是多余的、没有灵魂的。对这样的风景，她毫无防备。为什么没有人告诉过她这世上还有这种地方？为什么人们都用“孤独”和“不宜居”来形容它？

“好荒凉，是吧？”马丁的声音闯入她的遐想，语气中带着轻蔑，“看来你爸是对的。草原太大了，叫人害怕，随时都可能遭遇风暴、印第安部落或是暴雪。看来我适合住在城市里，住在这里不会舒服的，也不能让你和孩子住这种地方。”

她本要告诉他自己的感受，告诉他面前的景色如何彻底改变了她，可转念一想最好还是别了。她得想办法赢取马丁的认同，具体怎么做她还没有灵感，但早晚会有的。办法就是这样，不去强求，自然会来。

埃莉诺经常回到那个地方，以及其他类似的地方，但基本不和马丁一起。相比别的地方，在草原上哈丽雅特玩得更加自然，后来的威廉也是。他们凭直觉感受到了她的快乐，并转换为自己的快乐。哪怕巴掌大的土地上，都有着无尽的事物可以研究。三个人还会躺在草地上，只观察云朵的形状，一躺就是几个小时。

马丁每周出门的时间更长了。布鲁金斯人尤其麻烦，需要牧师不间断的关注。

“流感闹得正凶。”他说，“而且又多了一个村子需要我效力，名叫方廷。执事派我今天去那里。那边的人每时每刻都在认领土地，有一块地一个月内转手了三次，前两任主人都继续西进了。”

丈夫一边打包，一边激动地说。很明显，为人提供慰藉以及思想和行为上的建议是他的使命感所在。这种偏远的小地方不会有人要求他妙语连珠地布道，或者费力劳神地筹钱，有人呵护足矣，而马丁就是这样对他们的，她也欣赏他的这种天赋。有他在身边的时候，她睡得更安稳。可不幸的是，太多的晚上都是她独自度过的。迪斯梅特的声音她不喜欢：舞厅嘈杂，很晚都不关门；马蹄踏在街道上，无时无刻不在响；各方争论从公寓和旅馆里传出；马车来来去去，深夜也不停歇。这里是西行之路的歇脚站。

她在修东西、做决策、管纪律方面变得更加娴熟了。也不是说她先前不是个严格的人，只是马丁在小孩子调皮捣蛋时心太软。街道蔓延得更远了，从丁字形变成了工字形。威廉出生后，他们在卡路美大街租了一间小房子，道旁有几棵树，在门前投下阴凉。这些都不是特意设计的。有时她甚至觉得迪斯梅特既不是公司镇，也不是自治镇，却集二者缺陷于一体。铁路放开了资本的手脚，为其提供土地，任其肆意妄为。如果她渴望生活在一个成长型的社区中，这里也许会符合她的心意。但她渴望的是别的地方。

孩子们马上就要上学了，可此地的教育质量之差令她担忧。孩子们在这里能受的教育比不过她所受的教育，更别提马丁的了；也就比农场工人的好一点，顶多能读到六年级。有一天在教堂里，新来的老师坐在她旁边，在读圣诗的时候竟然磕磕巴巴。“我眼神不好。”她对埃莉诺尴尬地说。

他们来迪斯梅特第四年的十二月份，威廉生病了，最初的症状像是哮吼[1]。她支好帐篷，把水壶放在炉子上制造蒸汽。然而在夜里，他体温骤增，脖子僵硬，埃莉诺怕他得了更严重的病。马丁在曼彻斯特，太远联系不上。她只好拜托邻居关注一下孩子，亲自上门请医生。当时午夜已过，街上的声音一如既往。

天寒彻骨。她匆匆走在街上，可以听见冰雪折断小树枝的脆响。道旁的积雪深至膝盖，自制除雪机还没有推过。她在积雪中艰难跋涉，大衣在雪面上扫过。忽然，有什么东西拍在她的肩头上，在她回头看或说句话之前，一个看不清面孔的人把她推到雪堆里，扑在她身上。她感到他在戳她，仿佛有六只坚硬的手在四处摸索。她知道自己求救的时机转瞬即逝，因此使出了全身的力气，发出一声刺耳的尖叫，同时把他推开。也就在这一瞬，她才意识到偷袭她的人根本就不是人，而是这两周一直坐在迪斯梅特杂货店外、打扮成圣诞老人模样的铁丝人体模型。模型一开始摆在橱窗里，后来奥拉夫森先生把它拿出来，

---

1 哮吼，也称喉气管支气管炎，是一种常见的呼吸道疾病，多发于儿童。

固定在店外迎接圣诞节。只要有人停下来看，他就去自夸一下自己巧妙的发明。显然，由于暴风雪的缘故，系在拴马桩上的绳子松了，那股推着她一路走来的风也把它或推或滚，沿着第一大街带到了这里。她把它竖在一旁，然后摆正。这个怪诞的幽灵又开始摇摇晃晃地沿街游荡起来，只留下了一顶礼帽。但愿没有人听到她那声令人尴尬的尖叫——只可惜天不遂人愿。

“出什么事了？孩子都被你吵醒了。”停顿了片刻后，“刚才尖叫的是个女人吧？”一个男人的声音从附近的一栋房子里传出来。

“是的，是的，是我，牧师的妻子。”埃莉诺喊道，“我没事，刚才是……”

人体模型已经远在一条街之外了，它的轮子碾压着积雪，发出咕吱咕吱的声响，红色的法兰绒燕尾在风中震颤。一股风吹起，它拐了个弯，进入乔利埃特街，然后消失在视野中。

“牧师的妻子？”男人的声音更近了。随后，她听到鞋子在冰上打滑的声音。“汉考克夫人？”

“泰勒夫人。公理会的。”她倚着雪堆坐起身。

“你摔倒了？”他把灯举高，照亮了她的脸，“还是遇袭了？”

她用力挺直身子，让光照得更多些。她仍然能够听到远处轮子吱吱呀呀的声音，以及冰雪压断树枝的声音。今晚这种天气易于声音传播，她希望这位救星的耳朵比她还聋。

“遇袭？”她本来是疑问的语气，但他没听出来。

“哎呀，可怜的女人。”

她认出来了，他是安布鲁斯特先生。他平常都戴眼镜的，现在没戴，眼珠子似乎要鼓出来。他穿着睡衣，外面随便披了一件大衣，脚上的靴子没系鞋带，行动笨拙不堪。“你看，他的帽子还在。这个混蛋。”他把帽子从地上一把抄了起来。“他怎么好像在庆祝……”他摇了摇头。

她没心思去强迫自己澄清事实，因为她的大脑正忙着思考如何利用这次误会。

“树枝飞来飞去的，可别撞到我们，最好进屋去吧，让我老婆看看你有没有受伤。”他眼神半瞎，吃力地打量着她。“你没受伤吧？”她摇了摇头。“我得去一趟警长办公室，那个恶棍没准儿在寻找下一个猎物。”他扶着她走进屋里，妻子在里面焦急地等待着。“你觉得那个人是谁？”安布鲁斯特先生一只手推着门，“警长肯定会问的。”

“完全不知道。”埃莉诺说，“他身上裹着深色的绒衣。”至少这句是实话。“但是我真的得继续赶路了，本来是去请医生的，我儿子病得很厉害。”

“我陪你去。”安布鲁斯特夫人说着，抓起了披肩。“那个恶棍可能还等着你呢。”

后来，儿子的烧退了。丈夫也收到了消息，但还没有赶回来。哈丽雅特一直在睡，对发生的事全然不知。她躺在床上，想到自己面临的两种险境，要么是继续撒谎，要么是坦白实情。她是不是个邪恶的女人，竟想利用遇袭假象，为自己赢得草原上的家？还有蓝天、窸窣的草以及无垠的花海。

“女人被酒馆里出来的男人欺负，这可不是第一次了。”埃莉诺后来对马丁说。她没有轻描淡写，而是添油加醋，“这些男人趁家人不在身边，喝得酩酊大醉，赌到工资赔光，再找女人来暖床。”

“得找些人在我出差的时候守夜。”马丁说着，扬起了下巴，“几个小时之内，我就能请一个巡逻队过来。”

“马丁，我们真的想住在监狱里吗？我有个更好的主意。”可不能让男人的恐惧把她给囚禁起来。

1884，南达科他州，迪斯梅特

几周后，那栋房子就变成了他们的。她跟孩子站在外面，可以看到几英里外前来的人，当然她不觉得有这个必要。有时拉科塔人会驾着货车在此逗留，她尤其喜欢阿克切塔的妻子塔路塔，她做的珠宝首饰实在太美了。城里的男人听说她在迪斯梅特的遭遇之后，基本上都避开这里。从曼彻斯特或者方廷回家的马丁是她最常看到的人。他的红头发藏都藏不住，晴天的时候，阳光照在上面，就仿佛点燃了一团火焰；即使是在阴天，他的头发也会发光。那是一座灯塔，是她的心。

珍珠母

查尔斯·阿尔代
Charles Ardai

查尔斯·阿尔代著有五部长篇小说，其中《清白之歌》荣获夏姆斯奖，《华盛顿邮报》称其“一经问世，便成经典”。他还有一部短篇小说获得爱伦·坡奖。此外，他还是新通俗读物《硬汉推理》的创办者和编辑，并因此获得埃勒里·奎恩奖。他现居纽约，每天都去时代广场散步。

《百老汇爵士乐》 / 皮特·蒙德里安[1]

1 皮特·蒙德里安（Piet Mondrian，1872—1944），荷兰画家，晚年因战争移居美国，风格派创始人之一，几何抽象派先驱，以几何图形为绘画的基本元素，对后世的建筑、设计等影响很大。

在很长一段时间里，哈利·卡斯尔都在 47 大街兜售小折刀。小折刀放在手提纸板箱里，刀柄是仿珍珠母材质的。被警察没收后，他又去卖领带碰运气。但不管是做什么买卖，他都时运不济。除了征兵时被认定为“不宜参军”之外，他这一辈子就没有什么幸运的事。然而他并不怨天尤人，只要能躲避战争，哪怕一次性用掉一辈子的好运也是值得的。即使没有人认为他是个成功人士，相对于大多数在纽约街头谋生的人来说，他也算是成功的了。做做这个，再做做那个，他至少没挨过饿，没有连续两天吃不上东西。

当然了，坦诚地说，哈利还幸运过一次。也就是因为那个幸运的夜晚，人们一直叫他“珍珠母”，即使他早就不卖小折刀，转去卖手绘男装了。那是 1945 年 5 月 8 日的晚上，欧洲终于宣布抗战胜利。虽然太平洋地区的战争仍未结束，在接下来的三个月里，不如哈利·卡斯尔幸运的男人仍然会战死沙场，但纽约市民压抑太久，急需释放。纳粹投降的消息一传来，便释放了一股波及全市的力量，就像拔出了一瓶结满水珠的香槟酒的瓶塞。

虽说那张著名的水手亲吻护士的照片是后来裕仁天皇在广播中把自己的国家转交给道格拉斯·麦克阿瑟将军的时候拍下的，但是 5 月 8 日的时代广场也不是空荡荡的。无论女士还是先生，无论的士司机还是警察，本都有着各自的角落、各自的岗位。幸运的穷人被商家选中，穿戴广告牌或者发传单；不幸的穷人找块空地，搜刮剩饭残羹。但那天晚上，没有一个人想待在自己的位置上。我们都想四处游走，街上熙熙攘攘，热热闹闹。人们一会儿在这家酒吧，一会儿又去那家酒吧，几乎是喝完酒吧招待递给他们的免费酒就走。报亭都没人看管，卖报人从柜台后跑出来欣赏没有防空警报和灯火管制演习的夜空。那天晚上，不管是观众还是演员，都没有人准时赶赴剧院。一些从事特殊行业的女人不想在如此非凡的夜晚以平凡的方式接客，但又供应不起免费的啤酒，索性把“打烊”标志挂在她们所谓的门店里，然后跟她们认识的男人上床——真不该跟他们上床，毕竟给不了她们多久的快感。可并不是每晚都会有战争结束，或者即将结束。反正不管怎样，那晚就是哈利的幸运夜。

虽然两人的快感转瞬即逝，但效果却是持久的。九个月后，那女人不知是出于戏谑还是精疲力竭，让护士在孩子的出生证上写下“珍珠”这个名字，哈利的外号也因此得到了巩固。

珍珠母·卡斯尔。哈利。他依旧在自己的角落里工作，继续卖领带还是其他什么东西，鬼知道他后来又卖过什么，反正都是些新奇物件，甚至还可能在战争的阴影彻底消散之后，卖一些印有“日本制造”的商品。他的角落一直没变，人也没变，只是鬓角一点一点变白，裤子的膝盖和屁股的地方一点一点磨亮。然后，在 1963 年的一天下午，他去霍华德·约翰逊快餐店买午餐，正穿过百老汇大街的时候被一辆黄色出租车撞倒，最后因伤势过重，死在了去医院的路上。只能说“时运不济”吧——这个词贯穿了哈利的一生。

然后再说说珍珠。

她找到我的时候，是八月的最后一周。当时一对穿着情侣装的游客在为他们的纽约之旅买纪念品，我在给他们找钱，她在一旁耐心地等待。我的折叠桌摆在伍尔沃斯超市和丽格鞋店之间，这是我的常驻地。小情侣手势同步地向我挥手作别，然后朝伍尔沃斯超市走去。身后的女孩终于露出了全貌。她穿着黄条纹背心裙，手腕上系着编织带，另一端拴着钱包。她走上前，没有理会我向她展示的塑料扑克牌和龟甲梳，而是递给我一张破旧的《每日新闻》剪报。这不是我第一次见到这段报道。哈利的人命都配不上整版头条，“街头小贩惨遭车祸”在“列举全市大扫除中的交通问题”上方，与其共用版面。

第一眼看到她的时候，我知道她是谁吗？也许不知道。但看到她手中那片剪报的时候，我知道了。

“请问，”她安然成长于市郊，说话带着一股淡淡的郊区口音，“你认不认识文章中提到的这个人？听人说他也是干你这一行的，所以我觉得你可能认识他或者听说过他。”

“听着，”我说，“你要是买一副卡纳斯塔牌，我就能帮你，否则的话……”

但她并没有离开，性子里的这股倔强不知因何而来，毕竟姨妈养她的地方有着柔软的草坪，唯一可以听到的喇叭声来自学童的自行车。她看上去二十一二岁，但其实只有十八岁。看样子，不给她一个答复，她是不会走的。

“当然认识。”我对她说，“我认识哈利，我们都认识哈利。”

人们经常说“容光焕发”，直到这一刻我才见识到。鬼知道她在找到我之前问过多少人，又被多少人不友好地打发走。现在终于看到希望了，她绿色的大眼睛——随她爸，愿他安息——睁得更大了，脸上的疲倦一扫而光，就像从靴子上磕掉的雪。我举起一只手。

“我可以跟你说说他，回答你的一两个问题。但现在不行，现在我该付地租了，明白吗？我得卖东西，卖不出东西就没饭吃。”

她话到嘴边，却胎死腹中，最后用四个字取而代之：“什么时候？”

“今晚你还在这边不？”

她双臂交叉在胸前。“哈利·卡斯尔是我爸爸。”她说，“不了解一下他，我就哪儿也不去。”

“晚八点。”我说，“等窗帘都拉上的时候，到那边跟我碰头。”我朝霍华德·约翰逊快餐店点了点头，那里似乎是个恰当的选择，“正好你也可以吃晚饭，也顺便请我吃一顿。”

我是在新泽西州莱克霍帕孔市阳光明媚的海岸上长大的，一年十二个月里有七个月（从复活节左右一直到感恩节快结束）我吃的都是后院里的烧烤。我可以毫不犹豫地说，霍华德·约翰逊家的烤火腿并不比我妈用福特公司卖给她丈夫的小设备鼓捣出来的好吃。但我还是吃得一干二净，一口不剩，甚至把盘子边上的两个可怜巴巴的菠萝圈也吃掉了。然后，我才回答珍珠的第一个问题。

“他挺能干的。”我对她说。此话虽当真，但“能干”跟“成功”是两码事。哈利能干，能让路过的行人停下脚步，有时还能说服他们买一把小折刀或者一条领带。但有个必备技能他不太擅长，那就是提防片儿警。他们有权利没收你所有的小折刀和领带，连一分钱都不给你。可别觉得警察在把货物交到派出所之前，不会顺走一条领带周末使用，或者偷拿一把小折刀送给儿子。当时我还没干哈利这一行——二十多岁风华正茂的年纪，我靠别的行当谋生——但我常跟街头小贩一起吃晚饭，听他们谩骂穿蓝色制服的警察。当时我就知道与其说他们是守卫者，不如说是寄生虫。而且我还知道，他们亲自试用的可不止小折刀和领带。

我们都敬佩哈利，反正我敬佩。他英俊潇洒，两套正装也穿得得体，夏天穿亚麻那套，九月天气转凉的时候换上厚一些的人字形斜纹那套。他说笑话张口就来，但更多是贬损自己而不是别人。如果你口袋空空而他有几分钱的话，他还会请你喝咖啡。

我喝着十美分的咖啡。系着蓝格子围裙的服务员还挺亲切，不断给我续杯。关于哈利的这些事，我跟珍珠说了多少呢？全部都说了。而她饥渴地饮下，仿佛我的话也是一杯杯的咖啡。她不断喝，而我则像那个亲切的服务员一样，不断地续杯。然后，我瞥了一眼墙上的钟，发现演出马上就要开始了。她也随我的目光望去。一时间，我们都不说话了。自从菠萝圈被我的刀叉歼灭之后，这还是第一次沉默。

“我不明白的是，”她用她特有的纤弱而坚韧的声音说，“为什么有人把那篇文章寄给了我。那人又是怎么知道寄给谁的呢？那人是谁？还有这个便条——”她从钱包里抽出半张纸。纸是阿斯特酒店大堂免费提供的，笔也可以免费用。珍珠，我觉得应该告诉你，这个人是你的父亲，我多希望你见过他啊。“谁？”她说，“希望我见过他的人是谁？没有名字，没有地址。”

我用餐巾擦了擦嘴角。“这我就不能回答你了。”

“你觉得，”她说，然后犹豫了片刻，继续道，“会不会是我妈？”

“看起来是个男人的笔迹。”我说。

她摇了摇头。“我并不觉得。你看‘y’里面的这些圈圈：‘应该告诉你’，‘你的父亲’[1]。”

“你妈是——”我喝了一口咖啡，平复了一下心情。其实，喝多少口也不能真正平复我的心情。“你妈是一个好女人，只是她别无选择，你要理解。在时代广场的廉价旅馆里没办法养孩子，相比之下郊区的牧场是多好的选择。”

“你也认识她？”

“也认识。”

“她是什么样的人？”

然后我又讲起来了。管他什么地租呢。约翰逊先生为我们上了一盘果冻甜点，果冻是水果夹心的。我们拿着叉子一边吃，我一边讲莉莲·德莱斯勒的故事。街上的人叫她“莉莉”；还有人叫她“母老虎莉莉”，因为她会在某些先生的背上留下抓痕。不过后面这一点我没提。

还有很多我没跟她说的，但足够了。我们吃完后，她已经知道母亲做过什么营生，也知道她招待的是什么样的男人；她知道她父亲不是那群男人中最好的一个，但也远不是最差的一个，况且在这样的生活当中，什么叫“好”，什么叫“差”？有个百老汇制片人曾经送给她一枚翡翠胸针，但其实胸针是他老婆的，后来还刊登了寻物启事。

1　英文中的“你（you）”“你的（your）”里面都有字母“y”。

他跑过来求她还给他，然而胸针早就进了当铺，票据也被撕掉冲进下水道了。他给的钱比任何人都多，这确实是事实，但这意味着他比哈利·卡斯尔好吗？哈利拿几分钱买的咖啡比富翁的翡翠都让她心暖。

我是怎么知道这些事的呢？珍珠出于礼貌没有问我，但我可以想象到她内心的想法：她妈在那种事上对男女一视同仁，也把我带上了床，三更半夜躺在我怀里聊天。让她那样想吧，让她鄙视我，鄙视她母亲吧。让她见识一下这世道。

我问她在哪里过夜。此时我们正从昏暗的玻璃门厅出来，朝百老汇大街和第七大街的交汇处走去。万点灯光，倏忽、飘忽，就像两条大街碰撞时迸射的火花。芥末色的切克[1]出租车飞驰而过，欲把街道撕裂，随后是红蓝灯闪烁的警车。我一只胳膊底下夹着折叠桌，同一只手里提着箱子，另一只手抓住了她的胳膊肘，因为她似乎要走进车流，步她爸的后尘。

“她住哪儿？”珍珠问，“我妈。我想见她。她欠我的。”此时，我们正沿着第七大街，朝她入住的那家破宾馆走去。宾馆跟阿斯特酒店只隔着一个拐角，但相差甚远，像是隔着一个宇宙。我们爬台阶的时候，门廊上站着两个男人，他们拿着吉他抽着烟，用好奇的眼神安静地盯着珍珠。他们的眼神并不饥渴，但带她远离他们仍然让我很开心。

“据我所知，”我说，“你妈跟她妹妹有个约定。你姨妈收养你，前

---

1 切克（Checker），一款专为出租车需求开发的品牌，20 世纪六七十年代在美国街头随处可见，1982 年停产。

提是你妈不再联系你，一次也不行。她觉得你最好由她来抚养。”

她的绿眼睛中闪过一丝怒火。“我妈把剪报寄给了我，她想让我来找她，这你总该看得出吧？”

“你不知道是谁给你寄的。”我说，“也可能是我。谁都有可能。”

“是你吗？”她说。

我没回答她，径自说道：“你都不知道她是不是还活着。如果是，她可能住在任何地方，可能在加利福尼亚，或者，或者——”她给我的眼神让我就此打住。“听着，”我说道，就好像她并不是一整晚都在听我讲，“我可以劝一劝她，但我不能保证劝得动，不能保证她会同意来见你。没写地址，没写电话号码……你真的觉得她想保持联系？在我看来，她就是犹豫不决。”

“犹豫不决。”

“对，”我说，“她想联系，又不想联系。”

“我知道这个词什么意思。”

“珍珠，”我说，“如果你真的见了她，你可能不会喜欢她现在的样子。她估计不再招待男士了，毕竟都有四十多岁了，没有哪个男人愿意花钱睡了。但这并不意味着她现在比之前体面。”

“那你觉得她现在在干啥？”

我提起箱子和折叠桌，朝门口走去。“她现在干的，她女儿不一定会看得上。”

“看不看得上不重要。”珍珠说，“我觉得她在找我，她想见我。你告诉她我准备好了，告诉她我收到了她的消息，已经准备好见她了。”

我对她说“我会的”，然后关上门离开了。

前两天那栋楼被拆了，我亲眼看到的。手提钻、推土机，被一排橙白相间的塑料杆挡在后面。同样是走半个街区，对如今的我来说仿佛变长了，所以我看了好一会儿。楼房被敲裂击碎、拆解分离。虽然不带手提箱和折叠桌了，我的双手还是一样满满的，拄着助行器；同时步履迟缓。巨大的檐板和窗沿凌乱地摆在地上，仿佛爆炸后的废墟。我猜想，先被移走的应该是床，然后是灯具，再就是地毯、窗帘、毛巾杆、淋浴头，直到最后只剩楼房本身，一副赤裸裸的骨架。现在连骨架都拆了。

那天晚上之后我就再没见过她，再没跟她说过话，但这并不意味着我没有回去过。我回去过一次，在凌晨的时候。那一夜，我在拐角另一侧的阿斯特酒店的大堂里度过，手中拿着纸和笔，旁边是玻璃酒杯。我喝的比我写的多，而我写了很多。

凌晨，我把便条从门底下的缝隙中偷偷塞了进去，然后安静地离开了。

我猜想她在我离开后不久就发现了它。我知道她去找我了，但是没找到。那一周我几乎没有出门。家里有一台小冰箱，一条面包，几盒罐头，所以没挨饿。

当我再次出门的时候，默里·斯特罗加诺夫——顺便说一下，他并不是俄国人，我们这么称呼他另有原因，改天再说——朝我脱帽打招呼，说他希望我是旅游去了而不是生病了。我说是的，我去西部玩了。既然能敷衍过去，为什么要自找麻烦呢？他说有个女孩在打听我，跟他说我是——“是的，”我说，“我知道。”

“她给你留了电话。”他说。

我收下了，但没有拨打过。

这年头已经没有切克出租车了，时代广场的万点灯光已经不再是白炽灯了，而是巨大的方形荧屏，一个叠着一个，在人们头上播映着糖果色的广告。夏天的时候，有女人只穿着松糕鞋和内裤，戴着羽毛头饰，胸部涂成红色、白色和蓝色，搔首弄姿，换取小费。这是半个世纪后赚一两块钱的新方式，但现在的一块钱可不比之前的几分钱，已经买不来咖啡了。

半个世纪了。

我仍然会读报纸，只是跟现在其他人一样在屏幕上读。屏幕上的墨迹不会模糊，大大小小、本地外地，什么样的报道都能找到。我读到过珍珠·维森巴赫（娘家姓德莱斯勒，但记者可不知道）结婚的消息，读到过她生下双胞胎的消息，读到过她在马萨诸塞州奥尔斯顿市因敬业精神获得百年奖的消息，还读到过她丈夫的葬礼，以及她自己的葬礼。我没有去。

而现在，又是手提钻，又是推土机。都成尘土了，我也快了。阿斯特酒店在那个漫漫长夜之后没多久就被拆了。那一晚，它给了我所需要的东西，不只是坐垫又厚又软的长沙发、免费赠送的信纸和圆珠笔，甚至波本威士忌——这是哈利最爱的酒，选它是为了纪念他。

我写了很多草稿，有些只有几句，有些有好几页。最后，我定下这一稿。五十七年前，大旅馆尚在，小旅馆里珍珠正酣眠，我可以不用铝支架就能站起来，城市里亮着黄褐色和深红色的光，夜晚匆忙而邋遢。

亲爱的珍珠：

原谅我。但这是最好的方式了，即使你将来不这样认为。我也曾十八岁，顽固倔强，从莱克霍帕孔跑到纽约来，以为自己能打下一片天地。我做得还行，尽我所能。你也会的。但你不要在这里，不要让我像牌子一样挂在你脖子上，提醒着你卑贱的出身。你爸是个好人，或者算个好人，我也算个好人，但也就这样了。你要变得更好，去绿意盎然的地方，那里人们会说“你好吗？”而你，会很好。

感谢你的晚餐，非常美味。

你的母亲

皮外伤

简·伯克
Jan Burke

简·伯克既写长篇，也写短篇，曾获爱伦·坡、阿加莎、麦卡维提等奖项。她是洛杉矶县立美术馆的会员，第一次见沃霍尔的作品就是在那里。

“安迪 · 沃霍尔,《头号通缉犯》, 1988 年 5 月 1 日—6 月 30 日”
《13 个头号通缉犯》中的一幅 / 安迪 · 沃霍尔[1]

---

1 安迪 · 沃霍尔（Andy Warhol，1928—1987），波普艺术的引领者，20 世纪美国艺术界大红大紫的明星艺术家。

“人们毁了一切。”埃琳娜·门罗盯着电脑屏幕，心不在焉地说。

“一切？”她的姑祖母问。

埃琳娜抬起头来看她。刚刚指责埃琳娜变成了隐士的瓦莱丽·门罗坐在床上，倚着十来个枕头，眉毛上扬。

“一切。”埃琳娜说完，低下头继续工作。

“举三个例子。”

“性爱，宗教，外出就餐。早晚有一天，会有人让你后悔参与这几件事。”

“听起来像是你妈会说的话。”

她又在煽风点火。瓦莱丽就是个戏精，埃琳娜尽力不去配合演出，所以没有理会这句有关她母亲的小挖苦。

“电脑就不该被发明！”瓦莱丽说。

“你试一试也能学会的，你有那个智商。”

“但我没有那个耐心。况且我也不是这个意思，我是希望你也不会用电脑。”

“受冷落啦？”埃琳娜头都不抬地说。

瓦莱丽笑了两声。“我活该被你冷落，但你说得不对。我恨电脑是因为——我刚才也说过——它们把你变成了隐士。”

埃琳娜双手离开键盘，转动椅子，然后用一根手指摸了摸右脸的伤疤。“是它把我变成了隐士。”

“胡说。第一，这道疤并没有你想的那么丑；第二，现在的整容手术多厉害啊；第三，这一点比其他都重要得多——你多么有才华啊！”

“我都多大年纪了，还跟我说这种屁话。”

“我年纪才大呢，但我也没放弃爱情啊。你才……”她在计算，脸皱成一团。

“五十二。我 1963 年出生的。”

“五十二！这叫年纪大？天呐，要是能让我回到五十二岁，我什么都敢做。你只需找到那个合适的人。我最近发现你吸引到——”

“别说了，再说连王子都冒出来了。把这些话留着用来写你的下一部畅销书吧。况且，我现在很幸福。”

“因为你一直能躲在暗处，我就不该让你这样。好在我不怕在公众场合露面。除了最近这段日子，我什么时候停下来过？又是参加书展，又是上电视，一个也没落下。你看我满脸皱纹，乳房下垂，都这样了，不照样见人吗？”

“因为你知道自己长得好看。另外我对你的感激难以言表，感谢你允许我——”

“停！我们是共生关系，你照顾我，我折磨你。如果你想换一种安排——”

“绝不会。不管哪个王子蹦出来带你远走高飞。”

“我只是不想看你活成你妈那样。”

“这你就别担心了。在职业生涯的这个阶段，我不太可能变成一个未婚妈妈。”

“别假装误解了我的话。你外公过于担心，认为所有追求路易莎的男人实际上都是奔着他的钱去的。他害得她都不相信会有人爱的是她。”

“嗯……我记忆中的她跟你的描述截然不同。她是一个独立、固执、冲动、狂野的女人。说她狂野，是因为找不到更好的词了。”

“你这个年纪的人是理解不了避孕药是怎样影响她那一代女人的性生活的。”

“她要是吃药的话，怎么还会有我这样的意外？”

“胡说。她想要生下你，这才是你应该得出的结论。别拿怀疑的眼神看我了，你妈跟我——”

“几乎是同龄人，我知道。你们更像姐妹，而不是姑侄。”

“没错，你外公比我大 20 岁。你知道后来的事吗？你妈在你外公死后的样子才是她真正的样子。她感觉自己解放了，而谁又能为此责备她呢？女人之所以狂野，是因为缺少安全感，一般都是如此。她之所以有些挥霍——”

“倒是你呀，不教人家如何理财，反而在人家把遗产挥霍一空的时候大吃一惊，当事后诸葛。”

“你可以这样为她辩解。”她停顿了一下，“那么埃琳娜，说说克拉伦斯——”

“表哥被人教过理财。泰特斯舅舅还有些头脑，退出了服装业，买入了多种产业的股份。总之，外公留给他的资产在他手里增值了。他把克拉伦斯带到公司里来培养他，可克拉伦斯呢，就像人们说的那样，挣了一笔小钱，但代价是亏了一笔大钱。”

“他可是我们家族唯一的后人！”

埃琳娜瞪着她看。

“哎呀，我没有说你不是我们家族的一员！”

埃琳娜继续工作。

“埃琳娜！”

“提醒你一下，这周末我就得把你的手稿录完，如果你想让我如期完成，那就让我好好工作。”

她停了一段时间去做晚饭。到了吃饭的时候，先前对话中的种种不快都烟消云散了。

“你的理疗师什么时候会回来？”

“唉，周二。”

“对于一个摔倒过两次的人，你恢复得还不错，虽然两次都不严重。”

“我知道，我知道。”

但埃琳娜知道只要一谈起摔跤，瓦莱丽就心烦。

吃过晚饭后，埃琳娜把药递给瓦莱丽，然后继续码字。然而，那位倚着枕头的戏精又渴望得到关注了。“我知道你爸的名字。”

曾经，埃琳娜还希望有人能告诉她父亲的名字。但在她的人生中，人们最先毁掉的东西之一就是她的这个希望。所以她没有上瓦莱丽的钩。

埃琳娜的出生证上父亲的名字是“未知”，母亲路易莎·门罗一生未婚。那些年，埃琳娜经常央求母亲告诉她父亲是谁，但路易莎不加理会，毫不动摇。

“如果我告诉你他的名字，对你们两人来说都不安全。”路易莎曾说。

“安全！连自己是谁都不知道，还谈什么安全？”

“听我说，埃琳娜·门罗，你听好了。没有人——在这个世界上没有人——有这个权力去定义你是谁。”

埃琳娜现在想来，这句忠告倒不无道理，瓦莱丽也没说错。路易莎是娇生惯养的富家女，父亲教导她不要信任那些追求者。她怀上埃琳娜的时候三十多岁，当时是 1960 年代初期，非婚生子比现如今更丢人，对母亲、对孩子都是如此。

埃琳娜从没觉得自己真正属于门罗家族。除了身高和蓝眼睛之外，她与头发金黄、身材苗条的门罗一家相差甚远。她长着浓密的深色头发，身材宽大，用瓦莱丽善意的话说，是“身形矫健”。

七岁的时候，一场车祸在她脸上留下了疤痕。她有次听见舅舅对她母亲说，她脸上的疤是上帝对她母亲罪孽的惩罚。母亲回他说，如果世上还有比他泰特斯更不虔诚的人，撒旦都会主动让贤。自那以后，她们就很少见到泰特斯了。

1986 年，路易莎过世，留给埃琳娜五十万美元的遗产。对大多数人来说，这可不是一笔小钱，但在泰特斯舅舅和他儿子克拉伦斯眼中，这些钱都微不足道。她找到一份工作，在一家经纪公司里做秘书，住在一套非常小的公寓里。

瓦莱丽邀请她搬过来住。她得到了几次提拔。当她决定听从瓦莱丽的催促，辞掉经纪公司的工作时，她的人生已经平坦开阔，高枕无忧了。瓦莱丽称她为隐士，但在交际花的家里做隐士是不大可能的。只不过瓦莱丽近期摔伤了，访客这才变少的。

明天又是克拉伦斯拜访的日子，他一般每周日都会来。

泰特斯死后，克拉伦斯没有财产托管人来指导和约束，不出五年，就把自己继承的几乎所有财产都糟蹋干净了。现在是第六年，他会向谁要钱可想而知。他向瓦莱丽暗示过自己暂时资金短缺，但瓦莱丽态度冰冷，他也只好作罢，不再提及。六个月前，埃琳娜撞见他打开一个空的珠宝盒。

“你肯定只是想欣赏一下她过去常戴的那条钻石项链。”她抱歉地说，“但瓦莱丽的珠宝以及其他可随身携带的财产都没有放在这里。她有个朋友被自己的孙女偷了财产，她说她不想诱惑我去犯盗窃罪。”

第二天早上，天下着雨，但什么也阻止不了克拉伦斯每周虚情假意地前来孝敬他的姑奶奶。埃琳娜没有被他愚弄，她知道瓦莱丽也没有。

埃琳娜在门厅接待了他，接下他的雨衣和雨伞。克拉伦斯低声说：“早晚有一天你会被赶出去的。”

“克拉伦斯——”

“她会把所有财产都留给我的，所有财产。”

埃琳娜沉默不语。

“真的。虽然她不跟我讨论你的工资，但不用费脑子就能想出来。她拿你当奴仆使唤，给她录手稿、做饭、打扫卫生，为前来聚会的老头老太太端茶倒水，呼之即来，挥之即去。现在，你确实能跟她一起住在豪宅里，她活着你就沾光，但一旦她死了，哼——她想让我来继承财产。可问题是，我不需要打字员。你想好她死后你要做什么了吗？没多长时间了。”

他的语气让她警惕起来。“只有在她自然死亡的情况下你才能继承她的遗产！”

“那不妨杀了她？”

她对他皱起眉头。“不要这么可怕。”

克拉伦斯大笑起来。

她想到瓦莱丽近期的两次事故，每次都发生在克拉伦斯探望之后，最近这一次让她卧床不起。现在，每次他离开后，埃琳娜都要仔细检查，确保地毯没有离奇地变了位置，或者地板上没有可以绊倒瓦莱丽的物件。而且在他离开前，她也要盯着他的一举一动。

疑罪从无。她提醒自己。在法律意义上确实如此，但在法律之外，这样说就不一定是对的吧？一个有罪的人，不管你有没有证据，他都是有罪的，瓦莱丽也都是受害者。

“瓦莱丽死了你应该很开心吧，她对你那么残忍。我都看在眼里呢，埃琳娜。”

仿佛是为了证明他的观点，瓦莱丽在吃午饭的时候又一次奚落她。“我真的知道你爸是谁。”

“如果你知道，在我生日之前九个月的时候给他寄一张明信片，问问他还记不记得 1962 年大概相同日期的那次一夜情。”

瓦莱丽大笑起来。

“你就喜欢无事生非，对吧？”克拉伦斯调侃道。

“对。”瓦莱丽承认道，“而且我还喜欢撒谎，所以才成为这么优秀的作家，是不是呀，埃琳娜？”

“优不优秀不好说，反正很火。”

瓦莱丽笑得更厉害了。

午饭过后，埃琳娜帮瓦莱丽回到书房的床上。书房是埃琳娜最喜欢的房间，不过克拉伦斯不喜欢它深色的镶板和笨重的家具。埃琳娜所钟爱的皮革、旧纸、封皮、墨水的味道他都憎恨不已。他站在落地窗前，望着被雨水冲刷得光溜溜的街道。

“克拉伦斯，亲爱的。”瓦莱丽把他叫到身旁，“看到那本大书了吗？第四层上的第一本。”她指着一个格子。“在艺术类的书里面。”

他朝它走去，说：“沃霍尔的那本？”

“是的。书跟格子之间夹着一本小册子，请把它拿出来，小心点。”

“《13 个头号通缉犯》，”他读着封面上的字，“纽约市警察局。”然后他翻开册子。“1962 年 2 月。这是什么？”

“请把它拿给我。这是纽约市警察局向警察和公众发行的一本小册子。可以把它当成社交媒体的早期形式，提高大众对于在逃人员的意识。”

她开始翻阅小册子，克拉伦斯从她肩膀后方扒着头看。“面部照片以及描述。”他说，“粗劣的设计。为什么把它分到艺术类里面？”

“沃霍尔，”埃琳娜坐在一旁自己的办公桌前，回答道，“他有个举世闻名的作品——”

“其实是臭名昭著的作品。”瓦莱丽说。

“——把这些人的照片放大，并用丝网印刷出来，做成巨型艺术品，准备在 1964 年纽约世博会上展出，名字就是《13 个头号通缉犯》。这个作品引发了争议，在世博会开幕之前，负责人在照片上刷上了银漆。”

“刷上了银漆？”克拉伦斯愤恨地说，“在沃霍尔的作品上刷漆？”

“我也觉得难以置信。有人说那些人只是被通缉，没有被定罪。还有人说很多犯人有意大利血统，洛克菲勒市长想要连任，不想丢掉意大利人的选票。还有可能是因为恐同。到底是哪种原因，很难下定论。当然还有其他理论，也许能更好地解释这场暴行。”

“博览会是用来庆祝美好的事物的。”瓦莱丽说，“罪犯的面部照片可不是。”

“你是怎么知道这么多的？”克拉伦斯问埃琳娜。

“最近皇后区艺术博物馆有个展出，里面就有这件艺术品。虽然我们没能亲自去看展，但网上和报纸上都有相关的文章。我不知道瓦莱丽有一本小册子——”

“啊哈！”瓦莱丽指着一页纸叫道，打断了她的话。

“怎么了？”克拉伦斯问。

“埃琳娜的爸爸！”

一阵惊愕的沉默之后，克拉伦斯大笑起来。“哎呀，瓦莱丽，不要这样！太刻薄了。”

他把小册子递给埃琳娜。

那页纸上是一张年轻男子的面部照片，他长着浓密而卷曲的深色头发，身着浅色正装，右脸淤青肿胀，右眼几乎睁不开。侧脸照是从右面照的，让他看起来郁郁寡欢。正脸照把受殴打的地方展示得更加清晰，可是那神情……她用手遮住了他的右脸。

没错，愤愤不平。安静的愤怒。誓将报仇。

又或者是她过度解读了？

警察逮住他的时候，他正在斗殴吗？还是说这些伤是警察打的？后者的可能性似乎更大，但她提醒自己不要妄言，毕竟她对他的案子一无所知。

“蓄意谋杀罪。”她大声读道，“约翰·维克多·吉斯托，1957 年时三十八岁，蓝眼睛，棕头发，身高 5 英尺 8 英寸，体重 170 磅。”

之后的文字她没有读出声。小册子给出了他已知的最后住址，还列出了他的工作经历（劳工、司机）、恶习（赌博、酗酒、“寻花问柳”）以及前科（性侵、抢劫、严重盗窃、持有危险武器）。

他之所以被通缉，是因为在 1949 年涉嫌谋杀了一个工会领导人。威廉·鲁耶在曼哈顿的一个电话亭里被人刺伤，次日身亡。他是国际妇女服装工人联合会的组织者。工会悬赏两万五千美元缉拿凶手。兑换成现在的美元，得是当时数目的十倍。

还有一个疑似吉斯托同伙的人，后来无罪释放了。

她望向瓦莱丽，发现老太太正沉着地注视着她。

“受害方是妇女服装工人联合会。”

“是的。你外公的血汗工厂就是鲁耶想要拉进工会的工厂之一。”

“姑奶奶，这话过分了！”

“就是血汗工厂，不要跟我争执，克拉伦斯，你对那些工厂一无所知。你爸在 1950 年代就把它们卖掉了，那时候你才出生不久。”

显然，整件事对克拉伦斯来说已经失去了趣味。他回到窗边独自生闷气。

“工会对鲁耶遇刺一事反应剧烈。雇凶杀人的一方可能觉得这件事会震慑住工会，但事实证明他们错了。工会把鲁耶当英雄一般厚葬，将近十万人在路旁观看，或者跟着游行。成千上万的工人涌入第八大街，面色凝重地跟在灵车后面，游行抗议鲁耶遇刺。此外还有成千上万的人参与了葬礼当日的罢工。

“你们要明白，那个时候没有人能发短信或者电子邮件来邀请工人们参加，传播消息的是工会和报纸。他们就是要告诉服装厂老板——包括那些疑似有黑社会背景的老板——他们没有被震慑住。”

“这个案子似乎有疑点。”埃琳娜说，“上面说另一个人被判无罪。”

“对，也不对。最开始警方说有三个人涉案，但后来又改口了。就连唯一的证人站在证人席上的时候，也叙述得跟之前不一样了。检察官和法官很恼火，在那次庭审之后，认定他犯了伪证罪。我忘记了那个无罪释放的人的名字。”

“贝内迪克特·马克里。”

“他向沃尔特·温切尔坦白了。”

“什么？”克拉伦斯说着，从窗边移开，“他向一个口技演员坦白了？”

瓦莱丽单手扶额，摇了摇头。

“你说的那是保罗·温切尔。”埃琳娜回他道，“你说的是那个著名的电台广播员对吧，瓦莱丽？”

“对。他是个新闻记者，还是个八卦专栏作家——一个新兴的职业，由他开创的。他写专栏写了几十年，同时卖给多家媒体。确实，他有一个爱八卦但又非常流行的电台节目。1930 年代的时候，他在节目中炮轰纳粹支持者，但在 1950 年代犯了错误，支持了约瑟夫·麦卡锡[1]。”

“他是怎么插手这起案件的？”

“他就喜欢插手刑事案件，他的线人网络覆盖面很广。妇女服装工人联合会给出了巨额的赏金，他把自己的那份捐给了一家癌症研究慈善机构。那家机构其实是他自己创建的，为了纪念好友达蒙·鲁尼恩。温切尔通过几期节目把他与马克里接触的故事一点一点透露给听众。他私下跟马克里约见过，并说服了他去自首。温切尔跟他一起去的警察局。”

“太有戏剧性了。”

“温切尔是歌舞小品出身，并不是学新闻的，他知道戏剧性的力量。”

门铃响了。

“刚说到戏剧性，戏剧性就来了。”埃琳娜心想，然后去开门，在通往门厅的长廊里查看了一下苹果手机。她打开门，不出所料，来者

1　约瑟夫·麦卡锡（Joe McCarthy，1908—1957），美国共和党人，极端反共主义者。

是三位先生。其中两人不比瓦莱丽年轻多少，另外一位四十多岁。

他们都身着正装，岁数大的其中一位拿着一大束鲜花，年轻的那位提着一个公文包。

他们热情地向埃琳娜打招呼。

“先生们，下午好。”她微笑着说，“天气这么差，你们还能过来，非常感谢。”

他们说没什么，并把大衣和雨伞递给她。

“我们都在图书馆，请随我来。”

年轻的那位名叫阿尔德斯，他看了一眼她的手机，问道：“云盘或者……？”

“都有。”

他满意地点了点头。

他们是瓦莱丽的常客，但因为瓦莱丽把周日预留出来专门见克拉伦斯，而克拉伦斯又觉得周日的拜访已经够他受的了，所以就没有见过他们。当他们走进图书馆的时候，克拉伦斯正在查看瓦莱丽的药片，见他们到来，急忙把药瓶放回床头柜上。

瓦莱丽开始介绍。

“罗伯特·泰勒先生，撒迪厄斯·费奇先生，阿尔德斯·费奇先生，请允许我向你们介绍我的侄孙，克拉伦斯·门罗先生。”

费奇父子与他握手。泰勒向他点头，并弯下腰亲吻瓦莱丽的脸颊。她笑了起来，并感谢他送的花，然后吩咐埃琳娜把花插进花瓶里。等到埃琳娜拿着花瓶回来的时候，几位先生已经在瓦莱丽床边就坐了。

“埃琳娜，我们该从何说起呢？”瓦莱丽问。

“你这是要开会啊。”克拉伦斯说，“那我还是先走吧。”

“这个会是为你开的。”瓦莱丽说，“留下来。”

“为我开的？”

“撒迪厄斯·费奇先生是我们的律师，他的儿子阿尔德斯是他的搭档。罗伯特·泰勒是埃琳娜的会计，也是我的未婚夫。”

“未婚夫！”他愤怒地望向埃琳娜，“你竟然允许这样的事——”

“我亲爱的克拉伦斯啊，”瓦莱丽说，“我还没糊涂呢。我只是老了而已，还是有能力做决定、谈恋爱的。”

“姑奶奶，求求你了，我只是想保护你！总是有人奔着你的钱来的！”

“她没钱。”埃琳娜轻声说。

“没钱？！没钱？！”

“一穷二白好些年了。”瓦莱丽欢快地说。

“可是——可是——不可能是真的！”

“是真的。”

“可那些畅销书……！”

“克拉伦斯，深吸一口气，思考一会儿。你每周都来看我一次，什么时候见我写书了？”

“你经常上电视！你很出名啊！”

“我好几年没在公众面前露过面了。书都是埃琳娜写的。”

他瞪着眼睛，看向埃琳娜。

“书都是埃琳娜写的，但她不像我这么外向，所以我们就达成了一个协议。这不是我们第一次了。要不是她的帮助，我这栋房子都保不住。”

“我不明白！她名下只有50万！她只是个秘书。”

“可以由我来解释吗？”泰勒先生问埃琳娜。

她点了点头。

“你姑祖母和你表妹已经允许我们讨论她们之间非常私密的事务，但是你不可以把你已经听到的、或者将要听到的任何信息透露给别人。”

“我看不出你有什么办法可以阻止我！”

“你不可以。”阿尔德斯声音虽轻，却字字铿锵。“你不可以。”

除他父亲之外，克拉伦斯恐怕没有见到过任何声音与阿尔德斯·费奇同样威严的人，一时间不敢言语。

泰勒先生继续道：“当她最开始搬进来和你姑祖母一起住的时候，正如你所说的，她在一家经纪公司做总经理秘书。”

埃琳娜说：“我有次听到一个同事问他为什么要雇一个脸上有疤的人，之前的秘书可都是大美女。他说他的第三任妻子就是其中的一个大美女，而她才是那个雇我的人——为了防止他出轨。”

“那个男的就是个混球。”瓦莱丽说，“你能辞掉那份工作，我都替你高兴。”

“他又离婚了，还被前妻举报给了证监会。”阿尔德斯说。

埃琳娜吃惊地看着他，他耸了耸肩。

“埃琳娜几乎把所有的薪酬都给了你的姑祖母。”泰勒继续道，“不过她也为自己放纵了一次——买了一部SE/30。”

“什么东西？”克拉伦斯问。

“苹果电脑的早期型号。”埃琳娜回答道。

“她特别喜欢那台电脑，以至于几乎把所有的遗产都用来买苹果股票了。这个决定可以说是让她收益颇丰。不久后，她又投资了亚马逊。”

“我也喜欢书。”埃琳娜说。

“还亲自写书。”泰勒先生温情地说，“正如你所说的，克拉伦斯，书卖得也很好。”

“好吧，好吧！就算埃琳娜跟摇滚巨星一样有钱，这幢豪宅不还是瓦莱丽的吗？价值几百万呢。”

“撒迪厄斯？”瓦莱丽说。

律师打开公文包，抽出一份房产证书，递给克拉伦斯。克拉伦斯的脸上渐渐没了血色。

“与此同时，”瓦莱丽说，“克拉伦斯，我跟你一样愚蠢，挥霍无度，最后差点失去这份房产。埃琳娜愿意帮助我，而我的尊严不允许我单纯地接受她的救济而不予回报，所以就把房产转让给了她。”

克拉伦斯站起身，方才还煞白的脸此时气得通红。“所以一直以来——这些个周日——”

“你一次次向我保证你是真正的关心我，而不是奔着我的钱和房产来的。没错，从第一次到现在，我都瞒着你。”

“我要让全世界都知道！”

“代笔作家也不少见。”费奇先生说，“出版商和代理商完全清楚整件事的安排，门罗女士近几年也不再公开露面了。这件事掀不起什么波澜。”

“即便如此，他也不会对外透露的。”埃琳娜说，“因为我有他企图谋杀姑祖母的证据。”

“你撒谎！”克拉伦斯惊慌地喊道。

阿尔德斯站起身。“坐下，闭嘴。”

克拉伦斯乖乖服从。

埃琳娜决定要向阿尔德斯学习如何发号施令。

“我得想办法阻止你，克拉伦斯。我向来不喜欢瓦莱丽跟你玩的游戏，也知道你是不会理解她的用意的。她只是想见见你，想保持联系。我本想着在她过世的时候赠予你一些资金，可后来你竟然试图谋杀她。”

克拉伦斯张开嘴巴，看了一眼阿尔德斯后，把话又吞了回去。

“阿尔德斯跟他父亲一起工作，但并不是律师。他做过一段时间警察，然后就当私家侦探了。在瓦莱丽第二次摔倒后，他帮我安装了隐形摄像头。所以刚刚你在她的药里动了手脚，我们是有证据的。”

然后在众目睽睽之下，他伸手去抓药瓶，随后意识到自己再一次暴露，只好又颓丧地坐了下来。

“你们要让警察逮捕我吗？”他沉默良久后说。

“取决于你自己。”泰勒说，“假如由我来决定的话……可惜不是，瓦莱丽知道自己在这件事里的角色，还对我说你在监狱里可能受不住。她确实在乎你，克拉伦斯，天知道为什么。”

“费奇先生起草了一些文件。”埃琳娜说，“你必须同意不再联系或干扰她和她未来的丈夫，也不能联系我。我会把你安顿在佛罗里达州，并且给你一笔钱，足够你在那里舒适地生活。那笔钱会交给一个托管人来管理。如果你回到纽约州，如果你把代笔的秘密告诉任何人，如果你跟任何人谈论我和瓦莱丽的财产，你会失去一切，并且我们会把今天录的视频发给地方检察官和媒体。阿尔德斯？”

阿尔德斯在埃琳娜讲话的时候戴上了手套，然后把那几瓶药装进袋子里。

他让克拉伦斯站起来，并把医生开的那瓶药交出来。鬼知道他放在桌上的那瓶赝品里装的是什么致命的物质。

克拉伦斯再次服从。埃琳娜惊叹不已。

克拉伦斯在文件上签上了名字。

“你们是我仅剩的家人了。”他阴郁地说。

“你这个忘恩负义的——你刚刚还试图霸占埃琳娜所拥有的一切！”阿尔德斯难以置信地说。

“哪有，她还有个杀人犯老爹呢。”他讥讽道。

“他这是在说啥？”阿尔德斯问。他喘着粗气，似乎强忍着暴打克拉伦斯一顿的冲动。

“阿尔德斯，不要！”埃琳娜说，“我来解释他的意思。”

埃琳娜把小册子递给他，然后简要地把事情讲述了一下。

“什么乱七八糟的，你跟他长得一点都不像。”

阿尔德斯在屋里来回踱步，然后面向瓦莱丽。“你也真是禀性难移，总搞这些恶作剧。”

几个月之后，在一个明媚的春天，埃琳娜站在皇后区动物园的鸟舍里。阿尔德斯·费奇沿着小路走来，他的出现并没有让她惊讶。

他养成了守护她的习惯。她原以为自己会觉得他像个跟踪狂，但他并没有那样过分。也可能只是因为他的存在让她舒服。她逐渐意识到，他的存在比他的缺席更让她舒服。

他在教她怎样变得更有威严。确实有效果，在签新书合同的时候就反映出来了。她也更有勇气外出露面了。

她观察着鸟舍里的鸟。

“在 1949 年，销声匿迹更容易。”他走到她跟前说，“不管以何种方式，他失踪了。一开始，我以为他在鲁耶遇刺后不久就被人灭口了，但现在我不确定了。当警方的公告发出来的时候，他已经逃亡十几年了。如果警察觉得他死了，就不会劳神费力地把他印在小册子里了。”

“但在那之后，也没有人声称见过他，是吧？他的照片是《13 个头号通缉犯》的故事里最常见的一幅。有这么高的曝光度，竟然还能躲过追捕，简直不可思议。”

“他可能染了头发，留了胡子，改名换姓，去某个小镇生活了，这种事是有先例的。他可能在那个地方还是模范市民呢。”

“你觉得他会吗？”

他摇了摇头。“我觉得不会。”

“我也觉得不会。”

他们站在一起，沉默不语。她感到很放松，似乎很久都没有放松过了。

阿尔德斯说：“我不相信他有罪，也不相信他无罪，就是感觉整件事很蹊跷。一般来说，我对案子还是有一些头绪的，但他就是一个谜。”

“能让瓦莱丽感兴趣的事情往往都是谜。”

“这对幸福的新人最近怎么样？”

“确实幸福呢。”

“那就好。”他说，“那就好。”

过了一会儿，他说：“我一辈子都住在纽约，但从来没来过这里。我喜欢这里。”

“这是 1964 年世博会时建的，就是毁掉沃霍尔艺术品的那次世博会。这是它的网格球形穹顶。”

“世博会上还有鸟舍？”

“不是。它本来是一个巨大的未来主义风格的展馆，世博会后第二年人们用它举办了一场纪念丘吉尔的展会，当时丘吉尔刚死不久。再后来，它就变成了鸟舍的穹顶。人们在它上面套上网，一直用到现在。跟那次世博会上几乎所有的东西一样，它也有一段坎坷的历史，不过好在最近经过整修，重获新生了。”

“还好他们没有放弃它。”

“我一直都在想这里的鸟是更想要自由，还是更想要安全。”埃琳娜说，“唯一一只已知的跑出去的鸟是一只喜鹊——正合我意啊！然后，那只喜鹊飞了回来，透过网子喂其他的鸟。最后，他们又把它引回了鸟舍。”

“一直逃亡下去通常是很艰难的。”阿尔德斯听出了她话里的忧虑。“你不能让自己相信他真的是你父亲。”

“有几件事确实对得上。据说我外祖父是一个相当残暴的人，确实有可能雇他去杀工会的领袖。也许在约翰·维克多·吉斯托做司机的时候，他就认识了他，然后把这个任务托付给了他。他是个富翁，确实有可能把他藏起来，躲过警察的追捕。”

“过了十几年后，约翰·维克多就搞大了他女儿的肚子？”

“也可能是外祖父死后，约翰·维克多断了收入来源，手头缺钱，所以就想接近外祖父狂野的女儿，意图继续先前的交易。”

“你靠编故事为生，编故事的人总在解释这个世界以及世上的难题。埃琳娜，你可以继续编关于他、你母亲还有你自己的故事，但这些故事不一定就是事实。”

“你说得当然没错。”

“你可以去验 DNA 的地方，在试管里吐一口吐沫，然后看看吉斯托的基因跟你的匹配不匹配。”

她摇了摇头。“不行。如果真的匹配，我就不好脱身了；如果不匹配，我会有一种可笑的失落感。或许我就跟这些鸟一样，不介意中间地带，那里的安全和自由恰好是我想要的程度。”

他听到后，看向别处。她微微一笑。

“有些事，”她说，“并不是非黑即白。无辜，有罪；自由，安全；事实，虚构。”

他又看向她。

“我现在想下一个命令，”她说，“同样也是一个请求。”

“好的，”他说着，回应她一个微笑，“说吧。”

后来她心想，有些人让一切变得更好。

硬石山的男人

杰罗姆·查林
Jerome Charyn

杰罗姆·查林最新一部小说《牛仔王惊心动魄的冒险：泰迪·罗斯福和他的时代》于2019年出版，新书《切萨雷：饱受战争蹂躏的柏林》将于2020年问世。[1]

1　本书英文原版出版于2019年。这里提及的新书已如期面世。

《人类的黄昏》 / 洛克威尔 · 肯特[1]

1 洛克威尔 · 肯特（Rockwell Kent，1882—1971），20 世纪最负盛名的美国版画家，曾当选为全美艺术家协会副主席和全美版画家协会主席。

拉森独居硬石山。

他的木屋位于山脚下，旁边是一座破旧的采矿城，现已颓败得看不出模样。拉森没有电，也没有自来水。小城原本装有电线，但一天上午，他的电话没了拨号音，从此没有恢复过。他没有有线电视，手机无法充电，邮递员也不再送信——他甚至都不确定小镇上还有没有邮局。吃的也买不着，商店都关门了。为了生存，他只好四处觅食。

他拿着一根撬棍从一条街到另一条街，从一间小屋到另一间小屋，从一家店到另一家店，甚至闯进石河路那家废弃的汽车旅馆。他背着麻袋，就像一个神经错乱的圣诞老人。但他收获颇丰：花生酱、饼干、果冻、果酱、牛肉干、玉米粒罐头、番茄汤罐头，足够他吃上一年。所以自那之后，他就不怎么出去搜罗了。他从小屋后面的一口老井里取水喝，虽然井里住满了青蛙，井水的颜色也黄黄的。他有大量的火柴，有一个炉子，烧的是纸团和木柴，还有些尚未生锈的手电筒电池。硬石山方圆几里已经没有广播台和电视台了，也可能全世界都没有了。况且没有真正的电源，光有电台又有什么意义？

猎枪尚在，子弹也有一抽屉，但是松鼠连影都见不着，狐狸也没有。所有的动物都逃走了，包括那条经常扒他家垃圾桶的黑熊。现在没什么垃圾可翻了，他用玻璃罐和易拉罐喝水，用饼干盒当引火点大肚炉。倒还有个小花园，但土壤已经酸化了，种的胡萝卜都蔫了。他养过一只猫，叫基拉戈，后来死了，埋在小屋的后面。如果它还活着，该喂它什么好呢？炼乳和苏打饼干？拉森突然想到基拉戈在全镇人接二连三逃走前就死了。

拉森孑然一身，连声鸟鸣都听不到。工厂的大烟囱在山的另一侧，远远地依稀可见，但他记不得上次见它们冒烟是什么时候了。不过，这倒有一个巨大的好处：没有了不断冒出的烟雾，他可以欣赏夜空和漫天的繁星。

他哼着小曲，满足于自己的生活，无心去寻找人类同伴——本来也没有什么同伴。然而一天，两个陌生人出现了，像是凭空变出来的布娃娃。一个是二十七岁左右的女人，穿着朴素的罩衫；另一个是五岁的小女孩，小家伙长着绿色的大眼睛和锈红色的头发，手里拿着一个镶着珠子的小包，紧紧地贴在肚子上。

“邻居，我们很饿。”女人说，“能分给我和小家伙一些吃的吗？”

一想到有两个人可以跟自己做伴，拉森激动不已。“你们从哪儿来的？”他问。

“山的另一边。”她的声音甜美动听，像他怀念的鸟鸣。

“那边还有城镇？”他问。他记得关于大规模网络攻击的含糊报道，但规模有多大他说不清。没有什么是一瞬间死去的，可能突然来一阵电，可能突然手机铃响，还可能突然收到一条未知联系人的短信：

救援会来的。

“那边的城，”她说，“跟这里一样。你可以给我们一些吃的吗，邻居？”

“可以，”他说，“当然可以了。”此时拉森突然警觉起来。他用鸡蛋粉做了一个蛋奶酥，然后把番茄酱和花生酱放在桌上。

“太好吃了。”她握着拉森的手说，“我叫艾玛·罗斯柴尔德，她叫凯茜。”

“你女儿真可爱——红色的头发。”

“很抱歉让你失望了，她算是我侄女吧，收养的。”

“我不明白。”拉森说。

艾玛高个子，手臂肌肉发达，眼睛浅蓝，嘴唇上方有一道金色的胡印。“我是在一个荒废的村子里发现的她，她当时都快要饿死了。我当场收养了她，一个仓促的决定。”

“她妈妈不反对吗？”

“我反驳了她的所有异议。”艾玛说。

拉森不依不饶，艾玛有点生气，皱起眉头。

“一个母亲是不会把孩子交给一个素不相识的人的，哪怕是在当下这种奇怪的年代。这在我看来不太正常。”拉森说。

“绝对正常。我知道怎样养活她，而她妈妈不知道。”

“可你的每顿饭都是讨来的。”拉森说。

艾玛不屈不挠。“讨饭也是技术活儿。”

拉森邀请这位肌肉发达的金胡子女人和小女孩一起住在他家。

“你确信我们不会拖累你吗？”艾玛问。她清澈的蓝眼睛像鹰眼一般盯着拉森。

“不会的。”他说，“我可以给凯茜做玩具，雕刻是我的绝活儿。”

“我是个不错的园丁。”

“可是土壤是酸的，我只种出了一根蔫巴巴的胡萝卜。”

“等着瞧吧。”艾玛说。

她用指甲把酸性黏土挖出来，整整劳作了一下午。凯茜站在她旁边，像一个玩具士兵，手里仍然攥着她的小包。他们找到一小块黑色沃土，挖出来的黏土围在四周，像一口巨型棺材。艾玛从口袋里掏出一些种子种在土里，拉森见后不寒而栗。艾玛就像一个神通广大的女巫。他给小女孩刻了一辆小马车，还装上了木轮子。凯茜拿着马车玩，幻想着上面满载着从硬石山的森林里消失的动物。

拉森担心晚上艾玛没有地方睡觉，却不曾想她像一个蹦床艺术家一般跳上了他的床，然后脱掉罩衫，跨在拉森身上。拉森惊诧不已。

“艾玛小姐，如果你想要报答我的话，没有必要这样。”

“不要说话。”她怒声道，然后骑着他进入某种酣畅的永恒。他没有经历过多少鱼水之欢，不知道该怎样释放自己的欲望，好在她技术精湛。那小孩也在同一个屋子里，蜷缩在一只巨大的枕头上，面无表情地看着他们，就仿佛他们是一对杂技演员。

拉森把持不住，人生中第一次神魂颠倒，爱上了一个凭空出现的女人。白天，他们为了生计辛苦劳作，拉森做饭，艾玛在园里除草，因而不会有身体上的触碰。只有到了晚上，他们才会彼此碰撞，发出妙不可言的声响，身上还带着白日里辛勤的汗水。

就这样持续了一个月。随后又出现了一个陌生人，一个长得像青蛙的人。他和所有饿得半死的人一样脸颊凹陷。拉森在木屋的小门廊上给他吃了一些豌豆和饼干。但看到艾玛和孩子后，青蛙停止了咀嚼。

“上帝啊，孩子，”这个小个子男人低声道，“他们是吃肉的家伙。”

“吃肉的家伙？”

“食人族。”小个子男人说，“这两个人吃掉一家，再吃一家。不然，你觉得她们是怎么活这么久的？”

“谁告诉你的？”拉森不得不问。他的手在颤抖。

“这可是人尽皆知的呀，孩子。谢谢你给的豌豆，我得赶紧开溜，否则就成盘中餐了。”

青蛙急忙逃走了。

拉森沉默了两个小时，但他并不害怕。他已经和两人度过了欣喜若狂的一个月，艾玛的床技不知为何重新点燃了他。他再也不想孤僻而扭曲地生活，无论艾玛是什么人，也无论她做过什么事。

最后是艾玛打破了沉寂。

“拉森，那矮子跟你说了什么？你的脸白得跟粉笔一样。”

“他说我要是继续待在这儿，待在自己的木屋里，就会成为盘中餐。”

她大笑起来。拉森看到了她的牙齿，又黄又尖。

“我喜欢你，拉森，你看不出来吗？我在你的破床垫上找到了安宁。我很满足。”

“可你和小女孩是不是吃人？”

她的蓝眼睛没有回避他的目光。“是的。”

“当我们的食物不够的时候？”

“那就找个陌生人……我把他引诱到你的床上——然后也就一分钟的事。我们会幸存下来的。”

“不行。”他说，“我的木屋不是停尸房。”

“好吧。”她打了个响指，“不过是个假设而已，亲爱的。反正我们还有食物，而且我对我们的园子还有些希望。”

自那之后，一切都变味了。他给凯茜做了新玩具，但她似乎并不喜欢自己的小游乐园，很快便厌倦了所有的玩具。她自己也制作玩具，用弯钉子、碎木片，还有一把从小包里拿出来的小银锤。但她做的玩具都莫名其妙；不管她怎么用力敲，弯钉子就是咬不进木头。她把乱七八糟的零件丢在周围，还不肯让拉森出手帮忙。

拉森仍然会和艾玛做爱，并津津有味地欣赏她在他身上留下的齿痕。在她骑他的时候，他也会配合她的动作。但是，他就像一只爬行动物，不管是在做爱时，还是在睡觉时，都瞪着一只阴郁的眼睛。

“拉森，都是那个矮子害的，他毒害了你对我们的信任。”

她拽着他走进她的小菜园，让他看胡萝卜和西红柿的秧苗。

“瞧，”她说，“我接管了你的黏土地，让它重获新生了。这是不是上帝的力量？”

拉森嘴唇微动，低声道：“应该是吧。”

后来又来了其他陌生人，甚至比那只矮小的青蛙还要饥瘦，但同样在看到艾玛之后便逃之夭夭了。拉森已有足够的证据——“我在跟两个食人怪一起生活。”然而他已经和她们栓在一起，难舍难分了。凯茜对他的玩具和她自己的碎木片已经视而不见，倒是对自己的小包兴致盎然，不断地扣上面的小珠子，直到所有的装饰物都消失不见。拉森觉得她变了个人似的，比他自己还有掌控力。她的头发变成了血红色，牙齿变长了，下巴变宽了。

拉森的库存就要空了。他已经没有鸡蛋粉做蛋奶酥了，番茄酱也吃光了，摆上桌子的饭菜越来越不丰盛。

“艾玛，我们很快就要挨饿了。整个镇子我都转遍了，除了空架子什么都没有。”

“别担心，亲爱的。”

他怎能不担心？他看着她娴熟而灵巧地清洗厨房的刀具，幻想着她手中拿着各式各样的武器。她和她的同伙会不会把他啃得一干二净？

“我害怕。”他说，“我得离开了。”

“去哪里呢？”她问，“别跟个小孩子似的，拉森。你爬硬石山会迷路的，留下来。”

她向凯茜打了个手势。两人随即离开了，没有说话，没有亲吻，也没有挥手。他再次孤身一人，并因此痛苦不已。他把艾玛的园子里的黑土当宝贝一般捧在手里，看土壤从指缝中滑落，然后揉了一两个泥饼。他没有胃口，靠几块饼干和花生酱为生，远不能填饱肚子。他听不到艾玛和小女孩的声音，睡不着觉，心神难安，郁郁寡欢。这样是活不下去的。

他出门登山。但山上无可留恋，只有石头和硬黏土。就仿佛全世界都已变质，而他与死人痛苦同行。甚至连漫天的繁星也只能彰显永恒的辽阔与荒芜。他再次孑然一身，而这次他并不享受。

拉森回到自己的木屋，颓丧了大概两个星期，从未感到如此孤独过。他不忍看到自己的手工艺品以及小女孩自制的奇怪玩具，便把它们悉数打烂，把碎木片铲进炉子。即便如此，也感觉不到温暖。拉森没有自杀的心性或才智，虽然活着，却已是一具行尸走肉了。

然后，她们又凭空出现了。

艾玛·罗斯柴尔德容光焕发，面色红润，身上的肉丰满了起来，再也不像杂技演员了；小女孩的肚子有些鼓鼓的，就仿佛五岁的她竟突然怀了孕。他没有被她们平静的举止所欺骗——这两个人肯定是找到了猎物，吃了一肚子人肉。拉森对此深信不疑。

“艾玛，”他嘟哝道，“我们的食物还是会吃光的。”

但她不想让他毁掉她回家的喜悦，用长满老茧的手拨弄他的头发，抚摸他的头皮。她和小女孩带来了好几麻袋的食物——橄榄罐头、干麦片、各式各样的松糕……

突然间，拉森像饿狼一般食欲大发。艾玛和小女孩看着他吃，听他牙齿咀嚼的声音。她们心满意足地手拉着手，甚至都没品尝一下松糕。

“不要再忧虑了，好不好？”她问。

“我尽力。”

“我们回来了，拉森。这还不足以证明吗？”

“证明。”拉森像一只精神错乱的鹦鹉一样重复道。

“证明我们在乎你。我们本可以在硬石山另一边留下来，那边有无数的机会，是不是啊，小凯茜？”

小女孩点了点头——但又似乎什么意思都没表达。

拉森审视着艾玛，同时进攻第五个松糕。“山那边是什么样的？我还没去过。”

艾玛言辞躲闪：“不管你去了哪里，人都是人，一个样的。”

“他们的电网还能用吗？”

“哎，不稳定——跟这里一样。”

然后，她把他引诱到他的床上。拉森对她一点都不温柔，因渴望而野蛮，用狼爪般的长指甲在她的胳膊和腿上抓出一道道血痕，但她似乎并不介意。

她笑了起来。

“亲爱的。”她说。

但是，他的眼角余光瞥见了小凯茜。血痕令她着迷。她从小包里拿出那把小银锤，动作没有丝毫的冲动与漫不经心。她挥着小银锤，捶在他的右太阳穴上。这不是孩童的嬉闹，而是有意而为。她又捶了一次，舌头在嘴里游荡。他看向艾玛，乞求她，鲜血从左鼻孔冒了出来。她和小凯茜并不是因为关心他才回来，而是因为他是又一只待宰的鸡。锤子的敲打让他意识模糊。小凯茜是个高超的鼓手，每舔一下嘴巴，便敲打一下。

拉森朝艾玛伸出手，手指在尘土飞舞的空气中抽搐。然而，艾玛像硬石山一样无动于衷，像漫天的繁星一样捉摸不透。拉森唯一能做的，便是等待锤子敲击他的头颅之鼓，看着，等着。

漂离钻石浅滩

布伦丹·杜波依斯
Brendan DuBois

布伦丹·杜波依斯著有二十二部长篇小说，其中包括《第一夫人》和《康沃尔失踪谜案》(与詹姆斯·帕特森合著)；还著有一百七十多部短篇小说，并斩获三项美国私家侦探作家协会颁发的夏姆斯奖、三项美国推理作家协会颁发的爱伦·坡提名奖。如果答案是“《危险边缘》[1] 游戏节目的冠军”，那么问题就得是“布伦丹·杜波依斯是谁”。

---

1 《危险边缘》(Jeopardy)，哥伦比亚广播公司益智类问答游戏节目。该节目问答形式比较特殊，与常规形式相反，以答案形式提问，以提问形式作答。

《哈特拉斯角钻石浅滩上收帆》 / 温斯洛 · 霍默[1]

1 温斯洛 · 霍默（Winslow Homer，1836—1910），19 世纪美国最杰出的现实主义画家之一。

九月末的这天下午，北卡罗莱纳州罗丹萨区的钻石浅滩酒吧内相当冷清。“格蕾丝”号飓风的外沿已至，拍打着哈特拉斯岛以及酒吧唯一一扇明窗。其他的窗户都用胶合板封了起来。酒吧的老板波莉·特伦顿之所以没有关门，是想让我们做完今天的交易后，把最后一扇窗户封起来。

我跟提尔·金坐在窗边。他是我的老朋友，我们一起读的文法学校和高中。他弓着背，护着自己的百威生啤，就仿佛波莉会跑过来偷走它似的。提尔这一生中，有很多东西都被人夺走了，所以有这种恐惧也不无道理。

提尔看着我说：“别担心，塞勒斯会来的。一场飓风还不足以让他放弃这笔交易。”

我什么都没说，只是拿起冰茶，抿了一口。

波莉站在吧台后，身穿一件黑色的运动衫，运动衫上印着酒吧的广告。浓密的金发束在脑后，发髻上插着两支笔。她仰着头，看着挂在天花板上的电视机。电视机里正在播报一条 CNN 的新闻，新闻里有一个勇敢的记者。他穿着黄色的雨衣，在距我们几英里的地方被风吹得摇摇晃晃，五级飓风“格蕾丝”一路捶打，灌进我们所有人的喉咙里。

她喊道：“电视上说，两个小时后要封掉 12 号公路，撤走应急人员。剩下的人只能自求多福，没有人会来救援的。”她看向我们，神情烦躁，“伙计们，到时候能搞完不？”

我看向提尔，说：“那得看他哥会不会出现。”

波莉说：“伙计们，我可不管他来不来，反正一个小时后我就走，你们最好能搞完。”

提尔说：“他会来的，我敢保证。”

“好吧。”她似乎对他说的话一个字也不相信。此时，又刮来一阵狂风，撞在酒吧上。空气在颤动，电灯在闪烁。虽然我已经做好计划，知道下一个小时会发生什么，但我仍然脊背生寒，对即将到来的风暴有着原始的恐惧。我看上去漫不经心地坐在这里，时不时啜一口冰茶，但内心深处却在告诉我：快逃，快逃，快逃。

又是一股狂风，比上一股还要猛烈，玻璃器皿和瓶瓶罐罐叮当作响，墙上挂着的照片和打印画也在颤抖。照片里有昔日的渔民、老旧的拖网渔船、一艘“罗珀号”美国海军驱逐舰（1942 年，该驱逐舰在离此处不太远的地方击沉了一艘德国 U 型潜水艇）、两座东海岸上的德克萨斯雷达塔（现已为数不多，曾经用作灯塔，现在废弃了），还有一张镶框的打印画，名叫“哈特拉斯角钻石浅滩上收帆”，作者是温斯洛·霍默。钻石浅滩离这里只有一小段路的距离。

我对绘画和艺术几乎一无所知，但这张百年水彩画总能搅动我的心绪。我的单间公寓里甚至也有一幅相似的画。这张水彩画里，阴云聚集，波涛汹涌，两个渔民在一艘敞篷船里奋力收帆，不远处是一艘灯船，安扎在海里来警告水手远离钻石浅滩。多年来，钻石浅滩可能已经导致六百多艘船沉没。

吧台旁边的那幅画歪了。我本想起身把它扶正，但此时又刮来一阵狂风，画又变了位置。

碰它简直是浪费时间，那就算了吧。

但我再次望向它。我和提尔年轻的时候，经常乘小帆船出海，沿着整条海岸线，去钻石浅滩。我们钓鱼、游泳，有时还潜水，寻找海底沉船里的财宝。

在这些一日游中，我们几乎没打捞到什么东西，只收获到很多愉快的回忆。还有那么几次，我们真的像画中渔夫的样子，在狂风和波涛中努力收帆。

外面，酒吧的停车场里已有大概半英尺高的积水。满潮尚在四个小时之后，正是飓风“格蕾丝”风势最猛、威力最大的时候。

真是可怕的组合。这意味着等到波莉回来的时候，酒吧很可能只剩下水泥地基了。

提尔说：“亨利，我读了你最新一本书，写得很不错。”

“谢谢。”

“这大概是你的……第五本？”

我说：“第八本。”

“嗯，好吧……我挺喜欢你最新一部的。”

“你最喜欢哪一部分？”

提尔笑了。他的牙齿残破、歪斜，左边少一颗臼齿，留下一个黑洞，跟泥一样黑；皮肤粗糙、褶皱——毕竟他日复一日地出海劳作，夜复一夜地喝酒，在药物的作用下才能睡上一会儿觉。

“我也说不清。”他说，“所有的部分都好，不骗你。”

“结尾怎么样？”我问，“喜欢吗？为了写它，我还查了些资料。”

他快速点头，就像一只渴望得到认可的宠物。“对，亨利，我能看出来，写得非常生动。”

灯光又闪烁了几下。我说：“那是虚构的，我写那个场景的时候也很痛快，U型潜艇浮出水面，甲板上的大炮朝灯塔开火，还记得吗？”

他的头点得更快了。“我当然记得，亨利，我当然记得，我的天哪，感觉身临其境一样。”

我摇了摇头，朝我的老朋友笑了笑。“对不起，提尔，我在糊弄你，书里根本就没有什么U型潜艇。”

他做了个习惯性的动作：扭曲着脸，低下头。他不管是撒谎，还是酒驾，还是未经许可捕鱼，每次被抓都是这个样子。他说：“不骗你，我看了开头，改天会读完的，不骗你。”

“没事的，提尔，我相信你会的。”

外面有了动静，一辆黑色林肯领航员开了进来，溅着水花，车头灯和雨刷在大雨中艰难地工作。这辆大型越野车先后经过我的那辆锈红色的雪佛兰老皮卡和波莉的那辆破旧的起亚，然后停在酒吧跟前的一块残疾人车位上。

“看到没？”提尔说，语气中有一丝胜利的喜悦，“塞勒斯来了。”

我看着外边，心中再次听到“快逃，快逃，快逃”的警告，直到我看到车门打开，一个男人从中钻出来后，这才放松下来。

“确实来了。”我说。

大概一分钟后，塞勒斯·金冲进酒吧，抖掉爱尔兰粗花呢帽上的雨水，脱下深绿色的雨衣，又抖了抖雨衣上的雨水。

“上帝啊，我他妈还没在这么大的雨里开过车。”他说完，把帽子和雨衣放在一张空桌上，迈着大步走过来见我们。波莉瞪着他一路走来，因为他把湿衣服放在了一张干净的桌子上。他穿着深卡其色便裤，一件黑色高领毛衣。凑近看，他跟弟弟提尔长得明显相像。不过，塞勒斯面色红润而饱满——毕竟他常年在室内钩心斗角，尔虞我诈。

他在我们桌边擦了擦手，说：“嘿，提利[1]，我想坐在窗边。”

提尔问：“为什么？”

他哥呵斥道：“我怕有人偷我的林肯，明白了吗？”

提尔没有再说什么，只是习惯性地垂下肩，站起身。然后，塞勒斯坐在提尔的座位上，看着吧台说：“波莉！生啤有啥牌子的？”

她又去看 CNN 新闻了。“啥都没有，都卖光了。我是不会浪费时间去补货的，没几分钟就要关门了。”

“该死，好吧，随便给我来一瓶。”

波莉没有动。“对不起，全卖光了。”

“但是提利在喝啊。”

“那是最后一瓶。”

灯光再次闪烁。雨下得巨大，风吹得生猛，仿佛有水管对着这唯一的窗子喷水，阻挡住我们的视线。

塞勒斯转头面向我。“好吧，但愿飓风把这里夷为平地。”

“不见得。”波莉说，“这酒吧多年来挺过了多少风暴。”

1　提利（Tilly），“提尔（Till）”的昵称。

塞勒斯给了我一个难以置信的表情，说："好吧。亨利，我都来了，那就谈正事吧。你终于打算接受我的报价了？"

我点了点头。"是的，我接受。"

"拖了这么长时间。"

"能拖多久就拖多久。"我说，"要是我爸还活着，他是不会卖的。现在，一年过去了，时机似乎到了。"

塞勒斯说："好吧，很高兴事情能朝着正确的方向发展，只可惜你老爹是个傻子。"

提尔说："不能这么说。亨利他爸是个好人，就是倔了点。"

塞勒斯头都没转说："我问你的看法了吗？给我闭嘴，提利。"

一阵沉寂。

我说："你弟弟叫提尔曼，或者提尔。我不喜欢你叫他提利，他也不喜欢。"

塞勒斯说："还在给我的废物弟弟撑腰呢？"

"也许吧。"

"那谁给你撑腰呢，亨利？嗯？我听说你靠那些烂书勉强过活，老婆和孩子都在阿灵顿。都这样了，还在浪费时间去拯救世界。"

"不是整个世界。"我说。

他咧着嘴笑了，牙齿又白又工整。"那当然了。什么回收啊，风车啊，可降解垃圾啊，都是些什么破玩意儿。嘿，波莉，我以前在报纸里看到这位亨利提倡使用再生纸做的盘子，你用过吗？你觉得你的顾客愿不愿意用拿擦过屁股的卫生纸和旧纸巾做的盘子？"

波莉说："如果你反对的话，那我就考虑不妨一试。"

塞勒斯仍在微笑。“你总觉得你比我们更优越，更强大，觉得自己的屎不臭，整个高中都是这样。你总觉得你会超越我。好呀，看看谁是这里的赢家，嗯？谁是赢家？”

突然一声刺耳的“哔”，灯灭了。

再也没有亮起来。

“看来飓风‘格蕾丝’是此时的赢家。”我说。

酒吧内没有什么光亮。波莉说：“就这样了，伙计们，我们正式打烊了。还记得你答应的事吗，亨利·卡特勒？”

“记得。”我说。

塞勒斯大声说：“没必要再浪费时间了，懂吗？在我大衣里就有销售购买协议，还有五千美元的保付支票，我们就在这儿签合同，签完就离开这座岛。”

我说：“你害怕了，塞勒斯？”

呵，这话让他挺直了腰杆。“他妈的，这世上就没有让我害怕的东西。”

“那就按之前的约定来。”我说，“一起去我的祖宅，让我看它最后一眼，然后再签合同，然后它才归你。”

“好吧。”他嘟哝道，“那就赶紧走吧，把事儿搞定。”

酒吧外，波莉钻进起亚，启动车子，打开车灯和雨刷。塞勒斯钻进林肯，做了同样的操作。我和提尔则留下来履行我们的承诺。

酒吧门前的地面上有一块胶合板，上面压着四块水泥砖，附近还有一个工具箱。我打开工具箱，检查了一下电钻，电量仍然充足。我和提尔把水泥砖挪开，抬起胶合板。风吹得它四处乱飞，似乎要它飞遍罗丹岛，我们费了很大的劲儿才把它摆对位置，砰的一声按在窗前。提尔比我重，所以就由他来倚在胶合板上。我拿着电钻，把六个长长的木螺钉钻进事先钻好的孔里。

我们后退几步，两人都浑身湿透。我把电钻放回工具箱，扣上盖子，然后把工具箱滑到露天木台的下面。

在我们身后，塞勒斯按了两次喇叭。

“你哥等得不耐烦了。”我说。

“是啊，一直都这样。”

又传来一声温柔一些的车喇叭，波莉开着起亚离开了。她朝我们招了招手，我们也招了回去，然后吃力地朝我的皮卡走去。

坐进雪佛兰驾驶室，车窗很快便起雾了。我发动引擎，缓缓地开到 12 号公路上，向北行驶。打开空调，去除车内的湿气。塞勒斯紧跟在我们后面，提尔说：“小心点，他会跟得很紧。只要你一刹车，他就会撞上来。”

“我愿意付出这样的代价。”

降雨量很大，公路大部分都被淹了。两辆越野车从我们身边经过，也是向北行驶，车前灯朝我们闪烁——快逃，快逃，快逃——此时，提尔说：“我不知道。”

我们继续行驶了一段路。

“你不知道什么？”

皮卡在狂风中震颤。路旁的电线杆七倒八歪，电线被风扯了下来，我不急不慌地躲避着。

“我不知道你为什么要这样做，非得在这种狂风大作的时候。”

“我的恶趣味吧。”

“哼？”

前面一段路已经变成了一片汹涌的水域。我小心而缓慢地寻找路面的隆起处，生怕在离我家老宅这么近的地方让洪水熄灭发动机。附近的大多数房屋和钻石浅滩酒吧一样钉上了板子，还有一个“文化人”用鲜亮的橘黄色喷漆在胶合板上写下“格蕾丝，今晚手下留情”。

我们爬上一个缓坡。向右方放眼望去，越过国家海岸线，可见波涛汹涌的大西洋。我说：“这样的日子，正是航海的时候，对吧？”

提尔双臂交叉。“不对。亨利，这天气可不适合航海。”

“我知道。可你还记得吗？我们经常在‘格蕾丝’这样的大风暴之后出去，去看海滩上有什么被抛了上来，比如沉船里的东西，附近不就沉了一艘U型潜艇吗？”

“你真是着了U型潜艇的魔。”

“我捡到的那个阀门上就写着德文啊，你也知道的。”

“好，好，是写着德文，但并不意味着是U型潜艇上的，还可能是货船上的。你证明不了的。”

“心中所想即是事实。”我说，“无需证明。”

“哦，快闭嘴吧。”提尔大笑，我也一起笑。

右边有一条狭窄的泥路，写着“科特勒家”的标牌朝路面倾斜。我打开转向灯，开始拐弯，然后看了看后视镜，正如提尔所警告的那样，塞勒斯紧紧跟在后面，就好像他想用自己的大车林肯领航员来震慑我，或者压制我。

“好哇，”我心想，“祝你好运。”

路开阔了些。很多蠢蠢欲动、想要现身的回忆都探出了头脑。我和提尔在这条路上骑着自行车，手中拿着渔具，在狭窄的海岸上找一处最佳地点来懒散度日；晚上去沙丘边看星星；也有时骑自行车去卡拉汉超市给妈妈买一些食品杂货；还有晚上的篝火、哈特拉斯小岛上的居民——他们都是最要好的朋友，彼此约会、结婚。

然后，我看到了新建的房屋和公寓。

那些回忆消失了。

道路两侧都是高大、强悍的建筑，坚实刚硬地插在这片娇弱的土地上。它们有两层楼高，带塔楼、室外木台和大窗，屋顶上装有卫星蝶形天线。据说，塞勒斯·金有人脉、有势力，设法拆掉了这里的旧房屋，建起了耗资几百万的资本主义城堡。它们是一座座纪念碑，标志着他自己的贪婪和穷人出身的痛苦回忆。不过，这些都只是哈特拉斯角上酒吧里的流言蜚语，没有书面或口头的证据。

我记得一天晚上，在牛顿站酒吧里，小提琴手和吉他手在演奏一首凯尔特古曲，我在畅饮，一个瘸腿渔民对我说：“你知道‘塞勒斯’是什么意思，对不对？它在古波斯语里，是‘君王’的意思。也就是说，那王八蛋叫‘君王·君王’[1]……或者‘王中之王’，就跟他妈的耶稣·基督似的。”

1　塞勒斯·金的姓氏“金”在英文中是“King”，即“君王、国王”之意。

而我家，我的祖宅，它安安稳稳地坐落在那里，至今已有一个多世纪。此时，它就在我们的面前。它和哈特拉斯角上的很多老宅一样，一层楼，小窗户，墙板厚重，木台环绕，整体风格与景色融为一体，粗重的木柱子支撑着一切，结实牢靠。

是啊，多年前确实与景色融为一体，可现在景色变了，它杵在那里，反倒像是一个走进脱衣舞夜总会后台的阿米什妇女[1]。

这套房子还有两个小棚屋，房后的木台下塞着一艘皮划艇。屋顶上有一些生锈的旧撑杆，是我的一个项目剩下的。那项目几年前失败了。

我把车子停在房子附近。提尔说："为什么是今天？嗯？为什么是今天？"

"你知道为什么。"

"我不想知道为什么。"

我关掉引擎，雨刷停了下来。大雨倾泻如注，挡风玻璃之外一片混沌。

"那就待在车里，提尔，好吗？你对我承诺过的，但如果你改——"

"我只是说我不想知道为什么。"他说着，推开车门，"我还是要进去陪你的，就像我所承诺的那样。"

林肯紧随我们停了下来。这里风雨更加猛烈，酒吧附近好歹有一

1　阿米什人，美国宗教群体，拒绝现代科技和价值观，过着简朴、保守的生活。

些大楼，起到了防风墙的作用。塞勒斯从车里出来，说了些什么，但我一个字也听不到，干脆耸了耸肩，踏上旁边的台阶，来到木台上。

门没有锁。

多年以来，在塞勒斯招来的新邻居以及他们的派对、沙滩车、喧闹的音乐、明亮的灯光到来之前，这座宅子的门就从来没锁过。

回到过去真好，哪怕只有片刻。

室内光线昏暗，提尔和塞勒斯跟在我身后。我摸索着穿过黑暗，走进厨房，找到一盏油灯——又叫飓风灯，真他妈叫对了场合——然后用一根火柴点燃。厨房的圆桌上还有两盏灯，我一并带到起居室里。我们常把这间屋子称为“大屋”。

油灯散发出些许光亮。我站在玻璃推拉门的一侧，望向外面的大西洋。塞勒斯和提尔也加入了我。提尔敬畏地低语：“我的天哪，你们看看那边。”

“那边”正是大西洋，离这里不过一百码的距离。波涛朝我们滚滚而来，坚硬、宽广、深厚。白色的泡沫铺在浪前，风像长鞭子一般，把泡沫抽卷到空中。提尔站在我身旁说：“我的妈呀，海浪现在就已经到道尔沙丘了，而真正的风暴潮还有四个小时才会来。我的妈呀。”

我承认在看到海浪冲击道尔山丘（很久以前，那里有一间由漂流木和林木建成的棚屋，里面住着一个名叫道尔的隐士）的时候，我的脸和手变得冰凉。我这辈子乃至我家人的记忆里，大西洋的潮水都没有涨得如此之高。天哪。还有天空……乌云低垂、阴沉、凶恶，水汽滚滚，拧成条、扭成带，似乎马上就要从天而降，将我们所有人都闷死。

窗户在风的震颤和雨的敲打下嗡嗡作响。塞勒斯说："妈的，卡特勒，我们能快点搞完不？"

我想说一些侮辱性的话，但是做不到。

"行，我们开始吧。"我说。

我退到黑暗里。塞勒斯说："嘿，亨利，你的太阳能项目没能成功，是不是太可惜了？要是成功的话，肯定能用上这里的光……哪怕天在下雨，乌云密布。"

"嗯……本来能成功的，但不知道为什么，总是被人故意破坏。"

塞勒斯说："很有趣，是吧？"

"令人捧腹。"我说。

"我还听说你在这里修建的风车还没建完就塌掉了。"

提尔说："塞勒斯，不是塌掉了，是被人催倒了。"

"推倒了。"他哥纠正道，"天哪，你这是喝醉了？"

"没有。"提尔说。此时一阵劲风吹来，就连这座结实的老房子也颤了颤。"但我真想喝个大醉。"

我点燃另一盏飓风灯，带他们走到"大屋"的另一个区域。那里有一个门厅向外探出，中间有一张笨重的木制船长椅，用螺栓固定在地板上。这么多年以来，我爸经常坐在上面，注视着他心爱的大海和他那片土地。

我把灯放在一旁的桌子上，塞勒斯抓住椅背，拽了一下。

椅子没动。

"咋回事？"他问。

"我爸不喜欢他的椅子被人挪来挪去。"我说，"我们这群小孩子经常拽他的椅子，所以几年后，他就用螺栓把它固定在了地板上。”

提尔说：“哦，怪不得。”

但我没有把我爸当时说的其他话说出来：“我之所以把椅子固定在地板上，是因为我们卡特勒家的人绝不动摇，绝不让步，卡特勒家的人永远在这里。”

这些话我恐怕是不会说出口的。

门厅的这个区域是一个工作台，这些年来我时不时会使用。桌上堆着塑料袋、工具、一台旧笔记本，还有一个工具箱。桌子对面是一面墙，曾经挂着很多家庭照，现在只有两张：一张是二战时期的航空母舰“企业”号，我爷爷曾在上面服役；一张是驱逐舰“约瑟夫·肯尼迪”号，我爸在上面待过几年。

塞勒斯在我身后，离我很近，我都能感觉到他呼在我后脖颈上的气息。他说：“你没服过兵役，是吧？”

“没有。”

“为什么呢？没有那个胆量？”

“没有合格的心脏瓣膜。”我说。

“好吧，管它呢。”塞勒斯说，“销售购买合同就在我口袋里，赶紧把这破合同签了，好让我们回到内陆去。”

我站着不动，看着墙上的黑白老照片。

塞勒斯说：“快点，可以把事儿搞定了不？”

“当然。”我说。

我抓起旁边工作台上的一把锤子，转过身猛凿过去，正中他的额头中央。

他的头骨肯定非常厚，我的锤子只让他眩晕了一下。所以我趁他后退的时候，又在他额头上敲了第二下。他踉跄后退，仍然没有倒下。我厉声道："提尔！给我搭把手！"

但提尔只是站在原地，目瞪口呆。我抓住塞勒斯的右臂，把他拖到我爸的椅子前。他倒了下去，重重地坐在上面。

他说："你……你……"

我回到工作台边，拿了些特殊材质的塑料绳，把他的双臂和双腿绑在椅子上。绑完他的脚踝后，他恢复了些，说："你他妈的在干啥？"

我站起身，喘着粗气。

"把事儿搞定。"我说。

他动了动胳膊和腿，但几乎动不了。"松开我。"

"现在不行。"我说。

"提利！"他喊道，"拿把刀，割断带子，放开我！"

他弟弟看上去既惊恐，又豪横。"我讨厌你叫我提利。"

塞勒斯的额头淌下鲜血。他咬牙切齿地说："好啊，提尔曼，我的亲弟弟提尔曼，请割断带子，好吗？"

提尔仍然站在原地。

"看来你弟弟并不想帮你啊。"我说。

他的头转向我。"你！立刻放开我……"

我转身走开，说："不。"

提尔也转身走开。塞勒斯大喊："你他妈搞什么？想要更多的钱？对不对？"

"不对。"我说，"我不想要你的钱，只想要这个。"我说着，挥了一下胳膊。

“这个？你的房子吗？你他妈又承受不起！你自己也知道！”

提尔停下脚步。我回到塞勒斯身边，说：“我知道。我承受不起房屋税和维修费，尤其是现在，因为新邻居经常闯进来大肆搞破坏。但是，到明天的这个时候，这里就没有房屋了，只剩土地，而我可以承受得起地税。”

“可是……”

“你想要这个地方很多年了，先是骚扰、恐吓我妈，然后是我爸，想逼他们搬走。好哇，祝贺你，这个地方是你的了，至少这一天是属于你的。”

他说：“你不能这样，亨利！”

“我觉得我能。”

他又动了动被塑料绳捆住的手脚。“什么？你不觉得自己会被抓住吗？有五六个人知道我今天要见你。如果他们发现了我的尸体……被捆成这样……兄弟，你不觉得自己会被逮捕吗？”

我凑近他，朝他微笑。一个从高中到现在都在折磨我的人。我摸了摸塑料带子。“这些绳子是由特殊材质的塑料袋制成的，才研发出来没多久，非常非常结实……但泡在盐水里四十八个小时后，它就会溶解。就这么简单。而你的尸体会在废墟中被人发现……我会告诉所有的警探我在离开酒吧后改变了主意，没有跟你约在这里。你肯定是害怕了，决定在这里躲过风暴，所以自己跑过来的。”

塞勒斯想看向他弟弟，但扭头的方向反了，而且受伤流血的头能扭的角度有限。但他仍然大喊：“提利……我是说，提尔曼，给我松绑！”

我说："你弟弟这些年真是受够了你，就跟我一样。还有，我并不是在拯救全世界。"

我拍了拍紧绷的塑料绳。

"而是世界的这一部分。"

外面风雨肆虐，也就意味着我们听不到塞勒斯的喊叫，真是太好了。我钻进皮卡，提尔也钻了进来。

我们彼此一言不发。

我启动雪佛兰，在湿漉漉的停车场里转了个弯，然后开始返程。我们到达小路与 12 号路的交汇处，发现一根倒在地上的电线杆，与小路平行，上面似乎没有电线附着。

我灵机一动。

我说："等一下。"

我停下车，来到外面。狂风暴雨不会再次浸透我，但绝对会让我更湿。

我从车斗里拖出一条又粗又长的链子，先把一头固定在车尾，再蹚过水，把另一头拴在木头杆子上，然后拽了拽，没有松动。

很好。

我回到车内。挡风玻璃上的雨刷在飞速摇摆；空调还在运行，逐渐把车内的湿气抽干；大雨砰砰地敲击金属车顶。

"亨利？"

"等一会儿。"

我开动雪佛兰，前进了几码，然后停下，回到风雨中。电线杆现在堵住了小路。

干得漂亮。

也就意味着接下来一个小时里，哪怕有热心肠打此经过，也不愿拐进小路去探查一番。

我开动车子，向右转弯，沿着 12 号大道向北行驶。

就这么湿漉漉、哗啦啦地行驶了一英里后，提尔说："亨利？"

"嗯？"

"嗯……你不觉得时间已经够久了吗？"

我沉默不语。又是一段淹在水里的路，我开得比刚才还要慢，积水如瀑布般冲刷着车的两侧。此时、此地都是千万不能熄火的。

他补充道："是不是该回去了？"

"不。"我说。

提尔说："我是说，我原以为我们只是想吓唬一下他。我刚刚是这样想的。"

"那你想错了。"

"可是，亨利……"

我们经过牛顿枢纽熟食店，店已关门，裹得严严实实。

"亨利。"

"嗯。"

"你这样做不对。"

我沉默不语。

12 号公路现在如此空荡，只剩下水和风，还有封闭的房屋。

提尔说："你听到没？你这样做不对。"

前方是 12 号公路与 64 号外环路的交汇处。64 号路经由著名的洛亚诺克岛通往内陆。州警和志愿消防人员驻守在前方的检查站，车上闪烁着红蓝灯光。

“你知道什么才是不对的吗？”我问。悬在公路上方的交通灯杆像风车一样前后摇晃。

我说：“你哥从你还不会走路的时候就开始践踏你，这才是不对的。塞勒斯蛮横地操纵着哈特拉斯这片区域，这才是不对的。塞勒斯欺负我的父母，欺负我，蹂躏这座岛屿，这才是不对的。”

前方有一位北卡罗莱纳州州警，他站在灰白相间的巡逻车旁，挥着一根亮着橘光的警棍，指示我们向左转弯，离开岛屿。他穿的黄色雨衣在风中猛烈地拍打。

我说：“提尔？你明白了吗？”

他终于说道：“你误会我了。”

“什么？”

“我说你这样做不对的时候，意思是你不该一直瞒着我，你就该告诉我，告诉我你要对塞勒斯做什么。”

我们来到了交叉路口。那位浑身湿透的州警近在眼前，向他喊话他能听见。我看向提尔的手，看看它们是否在门把手附近，或者在车窗按钮附近。

他的双手放在自己的大腿上。

提尔说：“如果我知道，我当时就会多说些，就会在那混蛋身上取更多的乐子，告诉他我到底是怎么看他的，这是你做得不对的地方。”

我打开转向灯，不慌不忙、小心翼翼地左转，驶上 64 号外环线。

州警朝我们挥手。

我挥了回去。

“对不起，提尔。”我说，“是我疏忽了。”

“没事儿。”他说。

然后，我们安全驶上柏油路，把哈特拉斯岛与钻石浅滩甩在了身后。

你是行走的定时炸弹

珍妮丝·艾杜斯
Janice Eidus

珍妮丝·艾杜斯是长篇/短篇小说家、散文家和写作教练，两次获得欧·亨利奖，一次获得手推车奖。长篇小说有《罗森一家的战争》《城市的幸福》《最后一个犹太处女》；短篇小说被收录在《维托爱杰拉尔丁》和《独身俱乐部》中。她的自传性散文曾刊登在《纽约时报》《紫三叶草》《莉莉丝》《修正》等主流杂志上。她住在纽约繁华的市中心，同住的还有她的丈夫，十几岁的女儿和一只精力充沛的猫，名叫“樱桃”。欢迎访问她的个人网站：www.janiceeidus.com

《14号》 / 马克·罗斯科[1]

1 马克·罗斯科（Mark Rothko，1903—1970），美国著名抽象表现主义画家，常用纯净的颜色和简单的形状来表达无形的思想和情绪。

五年前的今天，我在四十岁生日时脑动脉瘤破裂，所幸没死。从那时起，我就有了一句座右铭：你是行走的定时炸弹。这句话我每天对自己重复多次。它让我平静，提醒我要把每天都当作最后一天来生活——直到那一天真的来了。

我有百分之十五到二十的几率长第二个动脉瘤，再次破裂很可能会致命。第一次没死就已经是奇迹了。

“我的头从来没这么痛过。”我对杰夫呻吟道。他是我当时的男朋友，给刚起步的时装公司和媒体公司做平面设计。我们第一次约会的时候，他说，“在大学里，我立志成为下一个沃霍尔，重塑艺术，名利双收。”谈到自己年轻时自命不凡的样子，他羞红了脸。不过，他看起来对现在这种非沃霍尔式的生活也相当满意。

我不难理解杰夫的感受，因为我自己的职业——生活教练——也不是我曾想象过的。我从未梦想过天天帮助别人“实现人生目标，过上幸福的生活”，也没想到自己会真的信奉这样一句行话。

事实证明，我糟糕的童年倒让我很适合这个工作。那时候，我爸整晚整晚地泡在酒吧里，患有抑郁症的妈妈天天一个人待在房间里看电视。我内心痛苦，没人关心，因而练就了帮助别人所需要的共情力和洞察力。

头痛得更剧烈了，我揉了揉太阳穴。我和杰夫拥抱着躺在他凌乱却舒适的床上。我们刚吃完一整块他为我做的巧克力生日蛋糕。

汗如洪水，从我的额头和腋下涌出；我的脖子变僵了。我极少会头痛，所以痛一次会令人吃惊，而痛得这么厉害就令人震惊了。

杰夫有疑病症，往往烦得我不得了。他凡事总爱往坏处想，比如长了一个顽固的痘痘，他会说："是癌症。"扭了一下脚，他会说："我再也不能走路了。"

他从枕头上撑起身子，深棕色的头发乱糟糟的，绿褐色的眼睛眯了起来。"我来打 911。"

"只是头痛而已。"我虚弱地反对道，"又不是……"疼痛过于剧烈，我话都没说完，就闭上了眼睛。

五年后的此刻，是一个风和日丽的春日上午。今晚我要去奥菲利亚过生日，那是一家我最喜欢的屋顶酒吧，在上面可以俯瞰东河景色。两个挚友会陪我一起，她们也都是生活教练。我们喜欢彼此分享生活技巧，比如，"如何用问题引导病人解决问题""如何确认不切实际的梦想"。

阳光洒进我的公寓。我等待着今天的第一个学员：1 号学员。她的名字叫玛丽莎，但我习惯用编号称呼学员，这样有助于保持客观。

我低声说出我的座右铭："你是行走的定时炸弹。"在与学员见面之前，我总会这样提醒自己。

我的公寓在一幢白砖大楼的 20 楼，大楼在联合国总部附近。

已故抽象表现派画家马克·罗斯科的画使我家既有个人情调，又有职业风格。它们无处不在：挂在门口；挂在客厅里学员坐的黑皮沙发上方；挂在我指导学员时坐着的活动躺椅上方，有时我会难以察觉地向后倚靠；挂在摆放着最新生活教练书籍的木书架旁；挂在厨房里；挂在两间卧室里（其中一间特别小，只能放下一张窄床和一个抽屉柜）；挂在卫生间的墙上。

罗斯科所有的画都包含着浓烈而鲜亮的颜色，由内向外散发着光芒：橘黄色、红色、黄色、蓝紫色、蓝色、绿色、青紫色、红褐色、黑色、洋红色。学员有时会夸它们“好看”，但对我而言，它们是凶猛的。它们噼啪作响，像血管爆裂的大脑。

大学毕业后，我打了几份临时工，写了两部卖不出去的小说。其中一部写的是一个跟我相像的年轻女性，她的父亲是酒鬼，母亲有抑郁症，等等。另一部是末日幻想小说，写的是地球上最后一批幸存者，一群心理治疗师，一边讲述自己的童年，一边讨要食物和武器。我就是因此才有做心理治疗师的想法的。毕竟我从糟糕的童年里获得了共情力和洞察力，不是吗？

但我又没耐心回学校读社会工作学硕士或博士。然后，我发现了生活教练这一行——帮助人们实现目标的“快速通道”。我跟着一位明星教练开设的播客和有线电视节目学习，三个月后，就获得了资格证。

有些人嘲讽生活教练为二流治疗师，但对我来说，生活教练就是教大家迈步向前，走出我们所有人都会有的童年阴影。曾有个旧友表示怀疑："你这是被洗脑了。"我回答："不，我找到了自己的使命。"

每天，我都会按照面谈顺序给学员编号。1 号学员三十岁，小个子，米黄色的长裤摇摇晃晃地挂在瘦小的骨架上。她害羞地跟我打了招呼。三个月前我们第一次会面，她让我给她立了三个主要的目标：多吃点；交一个朋友；找到人生的激情与目标。

她轻声说："上周的两个作业我都完成了。"一个任务是吃至少两块意大利辣肠披萨，这是她最喜欢的食物。另一个是加入一个线上猫友聚会群。她的猫"喵喵"是她最亲密的朋友。

我们一起看着她的作业本。她用淡紫色的墨水写道："点击'加入'按钮实在太难了，但是……当当当当……我做到啦，而且我不会退出的！"

"恭喜你。"我由衷地自豪，微笑着说，"这个群将会怎样改变你的生活？"

"我可能会……"她犹豫地说，"……遇见一个志同道合的人。"

我点了点头，不露痕迹地注视着她头顶的罗斯科的《14 号》——我的第一幅也是最爱的一幅罗斯科的画。在我的动脉瘤破裂之前，我对他一无所知。其实，我对视觉艺术都所知甚少。我倒不至于说出"我两岁的侄女用手指头画都比杰克逊·波洛克[1]画得好"这么过分的

1 杰克逊·波洛克（Jackson Pollock，1912—1956），美国抽象表现主义的先驱，著名的行动绘画艺术家。

话，但离这也不远了。

为了止血，我做了神经外科手术。术后一段时间过得非常艰难，经常忘记自己的计划，忘记人们对我说的话。我非常害怕自己再也不能为客户提供帮助了。我对杰夫的冷漠也侵蚀了我们的关系。

好在我恢复了。我想起了学员的需求和愿望，重新开始工作。在跟朋友聚餐时，我能准时出现在正确的地方，也能在杰夫设计出新的标志或网页时，真心实意地祝贺他。

为了庆祝我的康复，我和他去旧金山度了一个短假。不论我们去哪里，不论我们做什么，不论我们是在跳上或跳下缆车，还是在品尝酿酒厂的产品，还是在金门大桥散步，他都在抱怨自己胸痛、肚子痛。“我心脏病发作了。”在一个大风天，我们正乘渡船去恶魔岛时，他哀嚎道，“要么是克罗恩病，或者乳糜泻。”

“是我们午饭吃的墨西哥餐引起的烧心。”我有些不耐烦。当他犯疑病症时，我经常不耐烦。但我仍然挤出一个微笑。他最近救了我一命，我欠他太多了。

他面容扭曲地捂着肚子，我则凝视着水面。

第二天醒来，他感觉好些了：“我们去现代艺术博物馆吧。”

我并不想在密不透风的博物馆里无聊地待上几个小时，但还是热情洋溢地点了点头。

一看到旧金山现代艺术博物馆墙上挂着的罗斯科的《14 号》，除了无聊之外的其他情绪我都感觉到了。这幅画在我眼前炸裂开来，它的颜色堆叠却不凝滞。红色、橙色、蓝色、紫色既灿烂又灰暗。它们从画布上跳跃、旋转，直入我心。《14 号》感情浓烈，独具一格，它是生命，是死亡，是我。我抓住杰夫的手。“这是我见过的最好的画。”

“好吧。”他一脸狐疑地看着我说。

那天晚上，在酒店的房间里，我在网上查资料，发现罗斯科自杀了，死在包厘街工作室的地板上，倒在自己的血泊里。他用一把刀深深地砍进自己的胳膊和肩膀中，仿佛想让围绕自己的深红色血液成为他最后的艺术品。

他的痛苦源自何处？他的灵感枯竭了吗？他是否想要更高的声望？他的童年是否太悲惨，致使他不能“向前看”？

如果你把大脑想象成一个胀到极限的气球，那么动脉瘤就是气球上的薄弱点。我的动脉瘤爆破时，感觉就像有人拿刀子反反复复刺我。事后，所有人都说我非常幸运，没有死，没有陷入昏迷，没有遭受永久性脑损伤。

我确实幸运：眼睑没有下垂，面部没有松弛，看起来就是一个锻炼得当、饮食合理的四十五岁健康女性。除此之外，我还记住了数据：脑动脉瘤有大概百分之四十的致死率，女性患者远多于男性，幸存下来的患者当中，大概百分之六十六的人会遭受永久性神经功能缺损，七分之四的人会有终身残疾。你看我多幸运，是吧？

1 号学员把她下一周唯一的目标记录下来：“我要参加一次现实生活中的猫友聚会。”她瞪着大眼看着我，“可是，我要对那里的人说什么？”

“你要怎样跟他们拉近感情？”

“分享喵喵的照片？”

“然后呢？”我鼓励道。

“请求看他们的猫咪的照片。”

我从不告诉客户要做什么。生活教练要以提问的形式引出解决方案。“有没有什么方法可以奖励自己的成就？”

她温顺地说：“一块香草蛋糕？”

“完美。”我说着，跟她握了握手。我跟所有的学员都会做这个仪式，它代表着辅导课结束。我笔直地站在客厅中央，注视着《14号》做瑜伽式呼吸。它的颜色给我以洗涤与安抚。

“你是行走的定时炸弹。”我重复道。然后，我会见了2号与3号学员，他们是一对已婚夫妇，长得很像，圆脸，卷发。他们有着共同的目标，即改善萎靡的婚姻，拯救他们的小打印店。

他们的关系太熟悉了，与我和杰夫的关系如出一辙。2号妻子对3号丈夫不耐烦。今天早上的她比以往更易怒，对3号厉声道：“你对什么事都不主动！”

我不由自主地回到了过去。那时候，我经常对杰夫说他需要投入到我们的感情当中。“我们在一起已经够久了，是时候住在一起了！”

2号和3号引发我的不适，他们却浑然不知。2号频繁地打断3号讲话，就和我曾对杰夫一样，但她并不知道我有多么恼火。我只向他们展现出我的活力、热情和帮助他们的欲望，不会表露出我的不耐烦。

1 号哪里知道，如果她把猫友群搞砸了，我甚至都会有掐死她的冲动。

我的学员中，没有人知道我的挚爱杰夫离开了我，也没有人知道我的动脉瘤，知道我的座右铭，知道我长寿的可能性很小，知道我有这么多罗斯科的画并不是因为我喜欢抽象表现主义，而是因为他的艺术让我谨记大脑的残忍背叛。

2 号完成了她每周的目标，把可以用来与 3 号更好地交流的建设性行为和措辞列举了出来。她一边用手指梳理蓬松的头发，一边大声朗读自己的笔记："我保证在说话之前先做深呼吸，询问自己的感受，而不是抬高嗓门，威胁着要离婚。"

3 号没有完成他的目标：给两个潜在新客户打推销电话。他怯懦地看着地板。

2 号不再摆弄头发，皱起眉头，把手一本正经地放在大腿上。"我不会因为你没有给他们打电话而跟你离婚。"

我们三个都同意这是一个开端，最后又讨论了一些有潜力的"新招式"，比如每天询问彼此的感受等。我们握了握手。我关上门。

我深吸一口气，再次凝视罗斯科的《14 号》，聚焦在一块醒目的橘黄色上。我想起了小时候爱吃的橘黄色雪糕。母亲虽然极少关注我，但在买这种雪糕时都是一打一打地买，然后存放在冰箱里。

我检查了一下语音信箱。4 号学员发来一条信息："对不起，今天不能来了……无法避免的冲突。"她一如既往，听起来气喘吁吁、神志恍惚。

我努力强迫自己少对 4 号妄下论断，但每当她称自己“诗人”的时候，我总忍不住在大脑里蹦出一个词：“想得美”。

4 号大麻吸得很凶，讨厌自己的工作（一家私立学校的特殊教育老师）。“那些爱子心切的家长总期待着我创造奇迹。”每次见面，她都会这样抱怨。

令我崩溃的是，经过三个月的共同努力，她连一句诗都没写出来。我好想说：“赶紧去写一首该死的俳句[1]！”

我平复了一下心情，啃了几口放在厨房柜台上一个鲜亮的陶瓷碗里的小胡萝卜。陶瓷碗是恋爱初期我和杰夫去墨西哥度假的时候买的。

厨房柜台上挂着罗斯科的《16 号》，画里是忧郁而阴暗的红色、棕色和黑色。

第一次与 4 号面谈时，我问她：“你热爱什么？”

“写诗。”

“你躲避什么？”

“不拿我当诗人的人。”

“是什么在阻止你写诗？”

“不欣赏我的诗的人。”

“深吸一口气，闭上眼睛。”我建议道，“想象你一年后会在哪里。”

1　俳句，日本古典短诗，三句一首。

“会在希腊的一座岛上全职写诗。”

我真想尖叫。

4 号取消了倒也不错。我嚼着胡萝卜看手机。杰夫的脸书和照片墙设置的都是私人可见。我已经有两年没有见过他或跟他讲话了，不知道他在做什么让我难受得要死。他有没有谢顶？有没有留大胡子？有没有结婚生子？有没有搬进苏荷区[1]的公寓，重燃他的沃霍尔式幻想？有没有怕什么来什么，疑病成真病？

压垮我们感情的最后一根稻草、入殓的最后一根棺钉——也就是他离开我的原因——是我做了一件任何头脑清醒的生活教练都不会推荐别人去做的事。

我给他妈打了电话。

我说：“你好，米拉，我想求你帮个忙。”

杰夫已经说过米拉不喜欢我。我再三追问为什么后，他叹气道：“好吧，首先，她觉得你的职业很‘荒唐’，她说，‘生死由自己，谁他妈需要教练？’”

尽管知道这件事，我还是问：“米拉，你能帮忙说服杰夫跟我住在一起吗？”

“你肯定是在开玩笑吧？”她挂断电话。

为什么，哎，为什么偏要给她打电话？我和杰夫可以做很多事来

1　苏荷区（SoHo），休斯顿街以南，隶属于曼哈顿区，纽约著名的艺术街区。

寻找情侣的相处之道，最后同居、结婚。我们可以一起做瑜伽，一起冥想；可以找一个生活教练，比如开播客的那位明星教练；可以找一个传统的心理医师，重剖我们痛苦的童年；等等。但凡能赋予我们力量的事，我们都可以去做。

今天是我第一次见 5 号学员。

对于一个对冲基金首席执行官来说，他电话里的声音怯懦得令人惊讶。“我害怕演讲。”他对我说，“我冒冷汗，浑身乏力，早上吃百忧解，晚上吃曲唑酮[1]。”

通完电话后，我用谷歌搜索了他。他爷爷把公司传给了他爸，他爸又传给了他。从他爷爷和他爸的维基词条可以看出，他们两个都没有演讲方面的问题。

“你是行走的定时炸弹。”我自语道。几秒钟后，5 号便进来了。他骨架宽大，西装松垮，头发凌乱，重重地坐进沙发里。

我略略倚靠在椅背上，把第一次见 4 号学员时问的问题原原本本地问他：“你热爱什么？”

“什么都不热爱。”

我身子前倾，以便听得更清晰。“你躲避什么？”

“演讲。”

“是什么在阻止你实现目标？”

1　百忧解和曲唑酮都是抗抑郁药。

“向我爸和爷爷看齐。”

几分钟后，5 号去了卫生间。我凝视着另一幅罗斯科的画。这幅画不只是编号，它有名字：《白色中心》。白色、黄色和粉红色泛着微光，让它看上去轻快而乐观。它让我充满了希望——希望动脉瘤 2 号不会出现，希望我很快就能放下对杰夫的怀念，毕竟他想与我一刀两断。

5 号从卫生间回来了。我们决定只设一个近期目标：下周的每一天，他都要站在镜子前，大声朗读一遍林肯总统的葛底斯堡演讲稿。

“我觉得我可以做到。”他的声音比刚来时更有力量。

我们握了握手。

5 号是我今天的最后一个学员。我看了一眼手机。朋友发来群聊消息，确认今晚是否庆祝我的生日。

还有一封语音邮件。毋庸置疑，肯定是哪个学员想修改预约时间，或者取消预约，或者此时此刻急需跟我说话。

然而，我听到的却是杰夫的声音：“我一直想你。我们能谈谈吗？我当初不该那样抛弃你。我真的想你。”

他的话是音乐和诗歌的结合。我心跳加速，然后飙升。我要先喝一杯甘菊茶来平复一下心情，然后再给他打电话。我要在我们谈话的时候全神贯注，保证不再打断他。我会耐心地听他讲，即使他会抱怨某种幻想出来的病痛。

但倒完茶的一瞬间，我就意识到一切为时已晚。这次就连杰夫都救不了我了。我的脖子变得僵硬，视线开始模糊，我感到头晕，眼后的疼痛比五年前要剧烈一千倍。

我跪倒在地，心想我已经尽力活得精彩。我不是无私的人——绝对不是——但我真的在用心帮助别人尽力活得精彩。

我最后一次重复我的座右铭："你是行走的定时炸弹。"我环顾罗斯科的画，把它们的美尽收眼底，让它们的颜色拥抱我，我也感受到了杰夫的拥抱。我懂得无论你是谁——是生活教练、治疗师、吸大麻的诗人，还是对冲基金首席执行官，或者大名鼎鼎的艺术家——这一刻都将到来。

在我悄声离开这个世界、这个世界悄声离开我的时候，我还大彻大悟到，在转瞬即逝的人生中择善而行绝不是"荒唐"的，无论做得有多不完美。

这或许不是世上最独到的顿悟。

但也不必是。

石榴石

克里斯塔·浮士德
Christa Faust

克里斯塔·浮士德，获奖作家，著有犯罪小说、影视周边和漫画。她在时代广场脱衣秀表演间做职业虐恋女主，在成人电影行业镜头内外工作了十多年，目前在洛杉矶居住和写作。

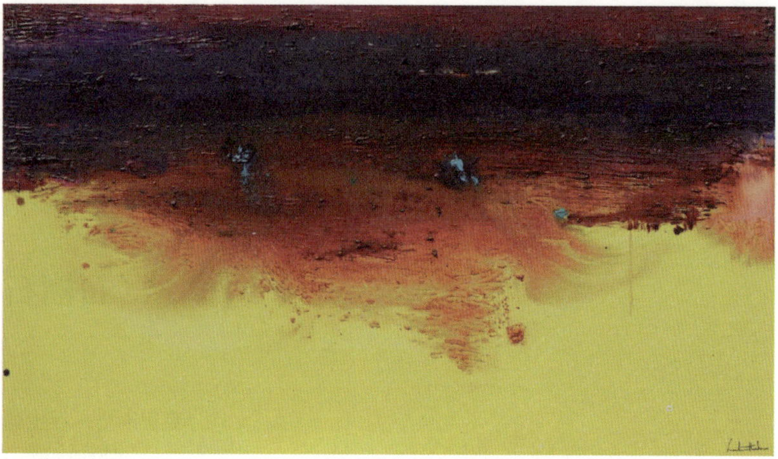

《阿迪朗达克》 / 海伦·弗兰肯瑟勒[1]

1 海伦·弗兰肯瑟勒（Helen Frankenthaler，1928—2011），美国抽象表现主义画家。

她说她叫“萨拉”，没有“h”[1]。她说“没有h”的时候漫不经心，仿佛这句话说过千百遍。但她随意的语调中又有一丝刻意，让我不禁怀疑她是否生来就是这个名字。这女孩跟我是一类人。

我对她说我叫“卡米”。“卡米”也不是我生来就有的名字，而是“卡米洛特”[2]的简称，丹妮给我起的外号，儿时私下里开的玩笑，当时觉得妙极了，现在却叫人摸不着头脑。我曾打算换一个化名，比如我租这辆车时用的那个名字，但“卡米”总是蹦到我脑子里，暗示我念念不忘的那个人。

接“没有h的萨拉”小姐上车有很大的风险，那种彻底完蛋的风险。可我一直都控制不住自己的冲动，否则你说我怎么会沦落到如此境地?

她独自站在路旁休息区停车场的一头，我看到她时太阳刚刚升起。此处离阿迪朗达克的小镇约翰斯伯格很近，我就是在这座小镇上长大的。这是一个阴郁沉闷的秋日，这样的天气定会让赏秋者大失所望。她看上去冻得不轻，穿着难看的羽绒服，下巴缩进衣领里；头发又脏

---

1 “Sarah”是最常见的拼写形式。

2 卡米洛特（Camelot），传说中的亚瑟王宫，亚瑟王与骑士们举行圆桌会议的宫殿。

又乱，染成黄绿色，根部深棕色；背包上装饰着歪七扭八的补丁和马克笔涂鸦；骨架宽，个子高，身材丰满，双腿健壮。我喜欢的类型。只可惜年纪太小了，小得让人不敢动邪念。

不过我还是停下车，把烟屁股弹出窗子，问她需不需要搭便车。

她当然需要了。

她走到车后，敲了敲后备厢盖，想把背包放进去。

“不行！”我几乎是喊出来的，随后对自己的反应感到尴尬。在她坐到副驾驶座位上时，我试图开个玩笑缓解一下。“第 101 个搭便车的人，孩子，记住，一定要把自己的东西放在触手可及的地方，以便你在紧急时刻逃生。”

“你是说我得从你手里逃生？”她把背包塞到靴子之间，嘴角闪过一抹戏谑的坏笑。

我过后想出了各种巧妙的回答，但当时只是说：“说不准。”

这其实是我所能给出的最真诚的回答。我的一生都“说不准”。

我们互相介绍姓名后，就没怎么交谈了。她连我要去哪里都没问。如果她有手机，她也没掏出来过。她有一种离奇的沉静，我从未见过，也再没见过，不是像瘾君子那样的迷离，而是像猛禽那样的安静和警觉。

“听说在这附近可以找到石榴石。”她终于说道，“是真的吗？”

“什么石榴石啊，太傻了。”二十六年前，丹妮曾说，“不过是石头上生的锈。”

我的心脏停顿了一秒。她是警察吗？她知道吗？

不大可能。她只是个孩子。诚然，她有着跟丹妮一样的蓝眼睛，但很多人都有蓝眼睛。法兰克·辛纳屈[1]，费尔鲁扎·鲍克[2]，还有他妈的杰夫瑞·达莫[3]。说明不了什么的。

“石榴石是我的诞生石。”萨拉说。

我点了点头，偷偷瞄了她一眼。她在看窗外的流景。她的美是那种未经世事沧桑的美，但同时又很锋利，像一把崭新的刀子。

仍然不敢动邪念，但越来越难把持住了。

“你呢？”

“我怎么了？”

“你的诞生石是什么？”

我耸肩。“不知道。”

“好吧，你的生日是什么时候？”

“六月。”我说得太快了，都没意识到此时撒谎才更明智。

“珍珠。”她又坏笑。“不适合你。月光石更好，更神秘些。”

“我不神秘。”我说，“我就是个老怪物。”

“你这么年轻，怎么会是老怪物。你多大了？三十？”

“四十二。”我又瞄了一眼。这次，她直勾勾地看着我。我移开视线。“你呢？”

“十八。”她满不在乎地说。

我希望她没有撒谎，但其实又并不在乎。我们之间有一种默契的

1 法兰克·辛纳屈（Frank Sinatra，1915—1998），美国歌手、演员、主持人。

2 费尔鲁扎·鲍克（Fairuza Balk，1974—），美国演员。

3 杰夫瑞·达莫（Jeffrey Dahmer，1960—2004），美国变态杀人狂，杀害十七名男子，手段极为残忍。

引力，似乎某些事已不可避免。我不知道自己是要跟她做爱还是跟她坦白。可能都会吧。

在那之后，我们都没有再说话。没必要了。我们一起沉默地坐在车里，空气燥热而暧昧。我在纠结要不要换路线，朝一个新的、不同的方向行驶。或许去汽车旅馆。加拿大？加利福尼亚？任何其他地方都行。

但我没有换路线，而是按原计划，拐进附近杂草丛生的停车区，“丹妮之路”的起点就在附近。不过，让萨拉上车不在计划之内。

我甚至还没熄掉发动机，她就扑在我身上，像捕食者一样挑逗我，让我难以抗拒。她的嘴巴有股快餐的味道，身子也需要洗个澡，但我不在乎。我被她支配我的方式瞬间迷倒，她把我的手放在她的情欲之处，用锐利的蓝眼睛将我制服，然后吻得我无法呼吸。

她终于让我吸一口气了。我耳语道：“扇我。”

她歪着头端详我。在我少得可怜的性经历中，大多数都是在此时开始变味的。一般的女人都没有这种癖好。

她扇我了。

我不再对丹妮念念不忘了。

没人知道我们之间的游戏。我们的父母觉得我们在徒步游玩，对于健康、正常的女孩来说，这是一种健康、正常的爱好。

在我们还是小孩子的时候，这游戏就开始了，当然是丹妮的主意。我们从二年级开始就是最好的朋友了。即使在这游戏发明前，我也一直都是她的奴隶。

她漂亮，聪明，出名。但我不。反正不是那种可以让你出名的聪明。

1992 年失踪后，她就更加出名了。

毕竟她是完美的受害者。邻家女孩。金发缕缕的波波头。粉红色的唇彩。厚实的毛衣。大奶子，但又不过于淫荡。一个好女孩。

但她不是好女孩。所以我才爱她，所以我才神魂颠倒。说实话，我现在仍然如此。

游戏始于角色扮演。她假装自己是某个女王，而我是她的奴仆，或者骑士，或者女佣，或者——我最喜欢的角色——战俘。最开始跟性无关，但也不是完全无关。我年纪太小，理解不了她用各种手段制服我时，我的身体感受到的快感。我从高尔山上结冰的小溪边为她采集石榴石，她给我的奖励是往我脸上吐口水，告诉我石榴石不够，我做得不够。

我百玩不腻。

后来，长大后，我们再也无法假装这只是一个纯真的游戏，此时事情变得复杂多了。我通过摩擦她的徒步靴达到第一次性高潮，并且相信自己会死于快感。同时，她和男孩子约会，逛商场，就像一个正常的青少年，看不出她会在享受另一个女孩口活时，把刀尖按在她耳后的柔软处。

大概在这个时候，她开始威胁我：如果我把我们之间的游戏告诉任何人，她就会曝光我，说我是恶心的变态女同。她用拍立得给我拍下不雅照，照片里的我双腿岔开，躺在她脚下的泥土里。她说她要把照片卖给男生手淫。那些照片我现在还留着。

你可能觉得她是个虐待狂，对吧？你可能觉得我是个可怜的受害者，但其实远非如此。我杀死她并不是因为她伤害我，而是因为她决定不再伤害我。

别一脸惊诧了，其实你早就预料到了。什么？你原以为这是某种爱情故事？不过，仔细想想，还真算是。

“我本打算抢劫你。”萨拉说。我们躺在后座上，半裸着身子，四肢伸展，互相纠缠。“劫你的车子，如果你反抗，还可能会杀掉你。这样的事我做过很多次了。可是，不知道为什么，这次我就是不想做。”

“很多次了？”

她羞怯地转移了视线。

“好吧，就两次。不管怎样，那些家伙完全是活该。”

“我猜也是。”我说，“其实我也活该，不过可能理由不同。”

“为什么这么说呢？”她问。

“你穿上衬衣。”我说，“我给你看一样东西。”

我按下按钮，打开后备厢，然后下车。萨拉从她那一侧下车，然后来到车后面。

“呜哇！”她皱着鼻子说，“她是谁？”

我点了一根烟来遮盖味道，深吸一口，然后递给她。

“一个播客女主播。”我说，“看上去挺不错的一个人，但是……”

萨拉默默抽着烟，表情难以捉摸。我在想自己是否犯下大错，但又发现自己是在一如既往地跟着感觉走，如果出事了，那就出事吧。

“你听说过丹妮尔[1]·恩布里一案吗？”我问。

“90年代失踪的女孩？”萨拉把香烟递给我。“尸体从未找到。不是有一个悬案类的电视节目里有一期讲的是她吗？据说是那个哈德逊福尔斯[2]杀人犯干的，那个人就喜欢金发女郎。”

“只是一种假说。”我回道。

那位女主播名叫尤金妮亚·派克。我不知道这个名字是糟糕还是优秀。她五十多岁，长着一张三角形猫脸，周围环绕着很多有弹性的灰色发卷。她有着深受孩子喜爱的教师或者儿童图书管理员的气质和举止，温柔友善，但在必要时，她还是会“嘘”你让你安静。不知为何，我觉得她应该会戴眼镜，但她并没有。她的黑眼睛不会错过任何细节。我知道此人不好对付，但还是同意她进入了我的公寓。

她不是第一个想就丹妮一案来采访我的人。我一般都会拒绝，但她不依不饶。我知道她不会放弃，所以打算丢给她几个关于丹妮的众多男友的假线索，然后对尚未结案表示哀怨，或许再流几滴眼泪。

但她不相信。

她问她是否可以录下我们的对话，但我能从她的表情看出，她不是在问，而是在告知。她先让我说了一会儿，让我把打算要说的话说完，比如某个男生有收藏刀子的癖好，比如我听说还有一个男生威胁她说，如果她跟他分手，他会“让她后悔”。我正酝酿流泪的环节时，

1 “丹妮尔（Danielle）”是“丹妮（Danni）”的全称。

2 哈德逊福尔斯（Hudson Falls），美国华盛顿县的一个村镇。

她“啪”的一声，把一张 8×10 英寸的照片拍到我们之间的饭桌上。

“这是你吗？”她问。

照片很好看。一只鹰飞过悬崖峭壁，温暖的霞光使万物都仿佛蘸了蜂蜜。完美得几乎可以印在明信片上，或者印在宣传阿迪朗达克度假的广告里。只不过构图有些缺陷，鹰离画面右侧边沿太远了。可能同一卷胶卷里就有一张更好的照片，一张几秒前拍摄的照片。

“我不明白。”我说，尽管我对她的意图心知肚明。我认出了那个悬崖，就像我认出了自己的身体一样。那是我们最爱的地方、私密的地方。

“我不想再玩这个了。”丹妮曾说，“厌了。”

尤金妮亚拿出一个摄影师们使用的那种圆形放大器，然后放在照片的左上角。

“离近一些看。”她说。

我抬头看她，然后低头看照片。在我身子前倾，眼睛贴着放大器的时候，我的耳朵都能听到心脏在怦怦直跳。

悬崖边上站着两个微小而模糊的身影，一个金色的头发，一个深褐色的头发。深褐色头发的人一只胳膊高高举过头顶。

这个人当然是我了。

“看，石榴石。”我没有理睬丹妮，假装没有听到她不再想跟我玩的话。

“什么石榴石啊，太傻了。”丹妮说，“不过是石头上生的锈。”

但真的有石榴石，上百滴，深红色的，在斜阳琥珀色的光芒中闪烁。我挥着胳膊，用那块石头一下又一下地砸下去，砸累后，用靴子把她抽搐的身体踢下悬崖。

“摄影师叫埃米特·兰德斯。”她告诉我说，“他拍了上百张矮猫背崖附近的不同鸟类，那天正好是丹妮尔·恩布里失踪的日子。这是唯一一张可以清晰看见这两个人物的照片。”

“但我还是不明白你为什么觉得那个人是我。”我努力保持双手张开，呼吸缓慢。

“埃米特·兰德斯一直都是我多年来最怀疑的对象。”她说，“即使警察已经排除了他的嫌疑，并且网上几乎所有人都认为他不值得关注。当他在二月份死后，女儿想收拾一下他堆积在车库里的一箱箱照片和底片。给它们分类费了她很大的劲儿，但实在太值了。”

她又抽出一张照片，放在第一张上面。这张照片里，一只肥硕的小麻雀嘴里衔着一根草，站在一辆停着的汽车后的地面上。

“你对警察说她失踪那天，你得了流感，生病在家。那时候，人们没有理由怀疑你。然而……”她拍了拍照片，很明显特别享受这个过程，“这是你的汽车，是吧？”

当然是了。那是一辆破旧的迈锐宝，是我爸送给我的十六岁生日礼物。没有人会眼馋这样一辆车，当时已经彻底报废了，但他还是买了下来，然后给我亲自修理。我爱那辆车。画面的焦点是小鸟，汽车是虚的，但仍能看得清车牌号。

我的变装皇后邻居偏偏挑此时调大音乐，嘈杂刺耳的流行曲传来。几个月以来，她每天晚上都吵得我要发疯。但此时，我只想亲她。

“对不起。”我说着，耸了耸肩，仿佛是在为音乐道歉。

但我并非此意。

"所以你杀了这位女士，因为她发现你杀了那个女孩？"萨拉说。她并没有被吓到，只是在陈述事实。

"是的。"我说着，把烟屁股按在保险杠熄掉，正要丢到地上，转念一想又把它塞进牛仔裤的口袋里，"其实我还杀了其他人，但只有她俩值得一提。"

"所以你的计划是什么？"

"计划？"我皱起眉头。我一直不怎么擅长计划。

我开车出来是出于一个浪漫的念头：把女主播带到我们的专属地，然后把她的尸体丢下悬崖，这样她就可以跟她费尽心思寻找的女孩在一起了。但这想法太傻、太不切实际了，以至于我都不好意思说出来。不过杀死她本就不是什么明智之举，杀死丹妮也是一样。

电视上的人特别喜欢一气呵成地推测杀害丹妮的理论上的凶手，把他（总是男性的"他"）想象成一个恶魔般的高智商罪犯。但我不得不告诉你，在现实生活中，我不过是一坨屎，一坨幸运的屎。也可能不再幸运了。

"这辆车是租的？"萨拉问。

我点头。

"假名字？"

"嗯，信用卡也是偷的。"

她耸了耸肩，关上后备厢。

"去他妈的。"她说。

我有没有说过她跟我是一类人？我当然知道自己早晚会落网，而且早多于晚。但此时此刻，这个年轻漂亮的女孩用残忍的蓝眼睛看着我，而我并不在意。我他妈没什么可以在意的了。

“有趣。”我说，“就在刚才，你觉得你可能要杀掉我，我也觉得我可能要杀掉你。但你知道吗？我不想杀你，甚至现在也不想。”

她微微一笑，早就知道我不会杀她。

“我能再给咱俩劫一辆车，小事一桩。”她说，“你想不想一起兜会儿风？”

我知道这样下去没什么好下场，不可能有好下场，也向来都没有过。

“好哇。”我仍然说，“我想。”

他钻进卫生间的窗子

斯科特·弗兰克
Scott Frank

斯科特·弗兰克是一位屡次获奖的编剧（《我的天才宝贝》《矮子当道》《战略高手》）和编导（《小心为上》《行过死荫之地》《无神》），此外还著有长篇小说《震者》（惊悚小说，背景为地震高发地洛杉矶）。

《格特鲁德·范德比尔特·惠特尼》 / 罗伯特·亨利[1]

1 罗伯特·亨利（Robert Henri，1865—1929），美国画家、教师，垃圾桶画派领袖之一，反对经院式死板艺术，提倡非传统艺术。

米勒德·梅休大隐于市将近两年后，从乔治卡·阿姆斯公寓十八楼的窗户一跃而下。邻居很少看见他或听到他的消息，因而没有人说得准米勒德·梅休是被人推下去还是自己跳下去的。而那些不幸目睹这位六十七岁老房地产开发商从18楼头朝下着地的路人恨不能赶紧忘掉所见的画面，因而无法提供如此细节。

乔治卡公寓是一幢战前的红砖大楼，外表跟同一街区内其他战前的红砖大楼一样。其所有者是一家空壳公司，而且经调查，这家公司其实是米勒德·梅休自己在十几年前购买西班牙哈林区和布朗克斯的楼盘时创建的。现如今这家公司已经破产，乔治卡公寓陷入失修状态。走廊内设施破损，电线裸露；电梯时而工作，工作时叮当作响，摇摇晃晃；热水稀缺到几乎不存在的地步；暖气只有一小段会在冬天散发些许热量，而且常在大半夜发出吵闹的金属声。就在一周前，一只猫跳上4楼的窗台，倚在玻璃上。窗框已经腐败，玻璃从中掉了出去，碎在人行道上。好在猫活了下来，没有落得这位不称职的楼主人的下场。

似乎在米勒德·梅休摔成人行道上的煎饼之后几秒钟就有警笛响起。现在，一名不当班的消防员不知从哪里冒了出来，开始往那坨人形淤泥上盖蓝色塑料布。塑料布由隔壁221卑尔根公寓1楼的五金店慷慨提供。年轻消防员围着梅休先生徘徊盘旋，折腾厚厚的塑料包装良久，终于笨拙地揭开了似乎永远也揭不开的塑料布，将眼前的噩梦遮盖。梅休还要在那里待上三个小时；等到有人检查他的右鞋并发现他藏在里面的一张地图时，又过去了十八个小时。但谁又会想到鞋里有东西呢？

住在走廊对面门牌号18F的马克斯和谢丽尔·巴策后来声称，他们听到了梅休在跳楼前与人争辩。他们觉得他在打电话，因为听不到另一方的声音。然而，侦查员发现梅休全然接纳“与世隔绝”这一概念，根本就没有手机。

巴策夫妇与其他人一样，对住在门牌号18G的邻居近乎一无所知，只知道他似乎有广泛的艺术藏品。梅休搬进来那天，他们站在门边，透过模糊的猫眼看到陆陆续续、源源不断的档案箱从货梯运到那间一居室小公寓里。少数几次跟梅休同时出门的时候，巴策一家瞥见那间小屋里的箱子从地板一直堆到屋顶。然而近来，他们发现梅休又开始把箱子逐个搬出去，有时一天几次。上次碰到梅休时，他们又往公寓里瞥了一眼，发现里面除窗边的一幅画外别无他物，连一件家具都没有。他们在梅休关门前那几秒间，只看到一幅装裱华丽的油画倚在墙上，画里是一个女人。几天后，梅休还会把那幅画也运走。

警探最初认为梅休在卖自己的艺术藏品，用以偿还他欠下的大量债务。但进一步挖掘后，他们发现他并没有把东西卖掉，而是把它们藏在他全国各地的房子当中。他如此抗拒卖藏品还债，以至于从卡莱赛尔集团的八室合作住房中逃走，跑到乔治卡公寓里躲着。有必要指出，债务中很大一部分是借的新泽西州贝永市的史蒂维·巴达梅的“过桥贷款”。

他死的那天，警方在他公寓里只找到一个睡袋，一条“神奇”牌面包，一支牙刷，还有一包未拆封的三条装“鲜果布衣”牌内裤。

米勒德·梅休显然是一个走投无路的人。不过，他的前交际圈中还有传言说他有一个情人。不只是情人，而是令他痴狂的人。梅休绝不半途而废的名声在外，被一个女人消耗殆尽也不无道理。

他的妻子十几年前离开了他，然后这位貌似光秃秃、皱巴巴的梨子的房地产大亨经常被人在城市各地看到跟各种各样、各行各业的年轻美女在一起。据米勒德·梅休介绍，她们有着各不相同的身份，比如“来这里做研究的斯坦福大学经济学博士生”或者“为近期获释的罪犯创建的非营利组织的负责人”，但她们所有人明显都是按小时计薪。所以当米勒德·梅休在布鲁德咖啡馆吃着牛羊胰脏和龙虾沙拉午餐，向一位朋友屏息吐露私情，说自己第一次“被真爱彻底征服”后，圈里人都开始玩全社会最流行的猜谜游戏——“她是谁？”

大概与米勒德·梅休坠楼身亡的同时，在几百英里之外、南卡罗莱纳海岸附近的一座黑暗的迷你宅邸里，另一个人也在坠落。凯尔·奥基夫，又称“奥蠢夫”（雷福德监狱的狱警喜欢如此称呼他），拽着一个重达二百磅的“哨兵”牌保险箱，从走廊的壁橱走到客厅的中央，以便借助喷灯的光更好地端详它。保险箱上仍带着山姆会员店的标签，会让他的盗窃之行暴露无遗。但凯尔不是那种为小细节担惊受怕的人，一看到那个黑色的铅盒子，就开始拉着它，穿过已经掉漆的枫木地板，朝着网上宣传册中所谓的“豪华大厅”走去。

地板上满是泥土、碎玻璃，以及各种啮齿动物的粪便，使人难以看出它的“豪华”之处，而且更重要的是——遮掩了房间中央四英尺宽的地洞。有人可能会说，泥土、碎玻璃、啮齿动物粪便，这些都是上天的进一步暗示，而凯尔不知为何忽略掉了。大多数家具已在几个月前被偷走，但凡是个头脑清醒的人，看一眼这个地方就会转身离开。其实，凯尔本来也正向门外走，可偏偏此时注意到了壁橱，打开它，然后不敢相信自己的好运。不过，事后——“事”已近在眼前——他会修正“好运”这一表述。

凯尔刚把保险箱生拉硬拽地搞到大厅的地板中央，就和近两百磅的盒子一起掉进洞里。

德尔常说：“坠落不是你的死因，坠落的骤停才是。”这是他最喜欢的句子之一。又或者……“你觉得铁丝网那边的水塔里有多少滴水？一大滴！”德尔是一个蛮有意思的人——在他没有把凯尔的头塞进马桶或者偷他东西的时候。

凯尔不确定自己醒来前在地上躺了多久。他感觉自己像是被一根烧红的鲸鱼叉固定在地面上——一根生锈的细铁柱刺穿他的脊柱，从腰间的软组织冒出。冒出来的部分泛着红色血光，凯尔沮丧地断定这是一段钢筋。他全身麻木，既感到铁柱散发的炽热，又感到休克前的寒冷。他猜想休克过后疼痛才会出现，不过也有可能身体已经瘫痪，即使痛也感觉不到了。不管怎样，他短时间内哪儿也去不了。

他不敢看自己的双腿，转而盯着头上的洞口，同时整理思绪。一只幼鹿伸着鼻子来到洞口，探头看他。一时间，凯尔觉得自己仍然昏迷。一只野生动物在上方的房子里淡定地踱步，这样的画面也确实奇怪，但更奇怪的是凯尔能够从下面闻到它的气味。即便光线很弱，他仍能看到它的棕色硬毛，甚至看到嵌在皮毛里的蜱虫和草叶。如果这还不够夸张，他敢确信自己能听见它的心跳，不仅能听到，还能感觉到。

凯尔动了动身子，尖叫一声。身体里的每一根碎骨都跟着他一起尖叫。又过了几分钟，他才鼓起勇气检查双腿。右脚趾有知觉，好现象。但左膝以下失去了知觉，罪魁祸首很可能是压在他小腿上的保险箱。保险箱的门是开的，看来从一开始就没上锁。里面只有一本手册，仍然被胶带粘在箱顶。几英尺外的地面上有一张哨兵保险箱公司的保修卡。

凯尔决定要么自己拖着身子缓慢地爬上去（无疑会痛得死去活来），要么等人来救他。两种方法都不乐观。他看不出自己当前的位置，但根据一本他从旧网站上打印出来的宣传册，他断定自己此时像烤肉一样被扦在“现已竣工的防风暴地下室”里。地下室看上去可不像“现已竣工”的样子，形形色色的垃圾堆积成山。在他之前来过、比他更有眼力的盗贼见此情景，都宣称这地方不值得费力翻查。几英尺之外，在他右侧，有一尊破损的雕像，看上去像是两个摔跤的裸体小天使。他们摆在一幅画前，画的内容被垃圾挡住，凯尔看不太清，只能看到两只透过黑暗向外凝望的绿眼睛。

凯尔是在新奥尔良“蛇与杰克圣诞俱乐部”酒廊里，从一个名叫加勒特·奥尔森的潜水员口中第一次听说杜福斯科岛的。加勒特是个肌肉发达的瑞典人，留着金色长发，用皮质发箍扎成松散的马尾辫。他在海湾里做水下焊接已十年有余，很可能有合适的人脉。在蹲监狱之前，凯尔是加尔维斯顿海湾里某个石头钻塔上的采购员。在得克萨斯碰壁之后，他来到路易斯安那。没有人想要雇一个空头支票诈骗犯兼身份信息盗窃犯来管理薪资和采购，除非别无选择。所以那天晚上，为了打听英国石油公司的工作机会，他掏空最后一笔钱给加勒特提供大量酒水，然后便听他说到杜福斯科岛。

杜福斯科岛在南卡罗莱纳海域，是希尔顿海德岛和萨瓦娜市之间的一个小岛，近来成为各方盗贼的金银岛。据加勒特说，某纽约黑心地产商在小岛的梅尔罗斯区开发了一个度假胜地，后来其融资问题遭到曝光，往好里说是资金不稳，往坏里说是彻头彻尾的庞氏骗局，公司因此而破产。当联邦调查局拜访该公司位于上西区林肯中心几街区外的商品陈列室时，一幢俱乐部会所和几十座占地四千平方英尺的沙滩“小屋”已经建成。很多地方都装饰奢华，富丽堂皇，配备完善，有昂贵的艺术品和古董，甚至还有铜制炊具，看上去仿佛已经被人抢购到手了。此外，衣柜里还摆着昂贵的鞋子和衣服。地产商和那群合伙人扮演成房主，在各处的别墅里举办派对，把潜在买家邀请过去，跟他们说自己住在那里有多享受，让他们不必拘束，四处参观，但一定要先去逛一下免费酒吧。

然后加勒特告诉凯尔，所有那些东西都还在那里。豪宅里仍然满是宝贝，比如灯具和青铜装置，如果有眼光的话，还能鉴别出一两幅珍贵的名画。如果还嫌不够——几年前，某位摇滚明星购买并翻修了一座梅尔罗斯区附近的老教堂，以供自己度假时居住，但他显然从未居住过，也就意味着一直没人看守。那地方肯定堆满了各式各样的稀世珍宝，就等着人去捡呢。

用加勒特的原话是："那些别墅里有金子。"

唯一的风险就是怎么去那里。陆地与岛之间没有桥，也没有渡船。要想去杜福斯科岛，就得乘坐水上的士，而对于一名盗贼来说，这是下下策。迄今为止，去那里掠夺财物的主要是孩子，他们是乘坐橡皮艇和摩托艇去的，只能载着能载得动的东西回来，大件没人动得了。有传言说，所有值得偷的东西现在都被人藏在某个别墅里。想要带走它们，只需找一艘尺寸够大的船，停靠在俱乐部会所，再随便跳上一辆停在当地的、崭新的高尔夫球车，然后开工。

越听越像凯尔听说的某片泰国海滩。又或者是一部电影？一个美得一塌糊涂的地方，但要想到达那里，需要从瀑布上跳下去。跳下去之后才会发现它有多壮观、多完美。女孩们都袒胸露乳（至少凯尔记得是这样），所有人都在肆意交配（凯尔记得是这样）。除从瀑布上跳下来之外，唯一的风险就是那地方被杀人不眨眼、配有乌兹冲锋枪的大麻种植者包围。哎，非得要经历风险。

凯尔哪知杜福斯科岛上处处是风险。

凯尔可以租到的尺寸够大的船是一艘三十五英尺长的"无畏"牌中央控制型船只，三个舷外"雅马哈"牌发动机，总共三百马力，一天的租金是——如果他没听错的话——二百美元。凯尔可以偷到的船是一艘十四英尺长的"波士顿猎鲸"牌钓鱼船。它的二冲程发动机起航十分钟后就开始发出一阵阵刺耳的声音，最后在离杜福斯科海岸几百英尺的地方耗光燃油。凯尔起初决定原地等待，希望最后能漂到岸上，然后从岛上搞些油来以备返程，或许还能找到一艘更好的船。他注视着岛上可见的几盏灯，在黑暗中等了一个小时后，才发现自己在向外漂，而不是向内。所以他把装满工具的旅行包放在浮垫上，朝小岛游去。四十五分钟后，他精疲力竭地爬上海滩，衣服湿透，沾满沙子。他的右鞋在他奋力游泳的时候掉了，因此右脚（以及他的半张脸）被水母蜇伤了。

他在海滩上来回徘徊，但光线太暗，找不到一个合适的入口，只好拖着工具包在灌木丛中穿行，二十分钟后，终于进入一片曾是高尔夫球场的地方。草坪荒废了一年，已变成杂草的天下。所有的杂草都结着又刺又粘的种子，不知不觉地跑进凯尔的衣服里，而且还有蜱虫，凯尔能感觉到它们在钻咬他赤裸裸的右脚。

他一生中最有价值的东西便是他的工具。这些工具最初是他爷爷的。他爷爷十几年前死于肺气肿，喜欢别人叫他"吉姆老爹"，常面带微笑，嘴角插着小雪茄。凯尔曾花一个月跟他一起建篱笆，然后是工具房，最后是凯尔自己的房间。吉姆老爹认为人生中所有的经验都能通过木匠活儿来习得，手工是最高端的使命。所以凯尔长大后从事建筑行业，在休斯敦郊区做镶框和粗木工，持续了五年，直到2008年世界经济坍塌，几乎没有建筑工作可做。他报名参加了凤凰城大学开设的在线簿记课，然后任职于一家石油公司。工作很稳定，但凯尔仍然欠凤凰城大学一万四千美元，而且越滚越多。所以当一个名叫苔丝的采购员在电话中用销魂的声音告诉凯尔从两家公司的交易中偷几次钱有多么容易时，凯尔就心动了。他同意做这种勾当，除了想见苔丝之外，也只有这一个原因了。她的公司出售凯尔被授权购买的镀锌配件和管道，以及其他商品。她来伪造账簿，让公司的要价更低，而凯尔则按真正的协议价支付，然后他们平分差价。两人简直是"天作之合”。

凯尔第一次也是唯一一次见到苔丝是在六个月后接受提审的时候。她是一个菲律宾女人，矮个子，已有七十多岁。这是她第四次被定罪，第三次面临监禁。地方检察官决定放弃指控，将她驱逐出境，凯尔则被送至雷福德监狱。

他为什么要来杜福斯科岛？这是走投无路之举，而他从未把自己看作走投无路的人，只是比别人稍稍落后而已。即便如此，他也从不放弃，并且比任何人都更努力。总会另有出路的。他希望今晚就是出路中的短暂节点。他并不期待自己变富，只是想换取一些时间，换取一些空气，用来呼吸和思考，同时无须奔波——这在他人生中前所未有。

根据宣传册，一个名叫米勒德·梅休的开发商已经把梅尔罗斯度假胜地打造成“梦想家与实业家、流浪者与漂泊者的家园”。尽管凯尔不太清楚这句话的含义，他断定自己即使找不到宝藏，也能找到自我。不管结果如何，从杜福斯科岛归来的他会改头换面。就是这种无稽之谈使凯尔一辈子都陷入困境无法自拔，这也是自亚当和夏娃偷水果时起，几乎每一个小偷的信条。

“干完这次傻事，肯定就能过上好日子。”

所以凯尔咬牙坚持，在看到十几辆高尔夫球车排列在废弃的俱乐部会所前时，终于舒了一口气。会所的窗子要么封着胶合板，要么已经破碎。板子上有油漆喷的标语，其中一句是“这地方真他妈操蛋”，让爬进第一辆球车的凯尔愣了片刻。

钥匙就插在点火开关里。如此明显的好运让凯尔从内陆出发以来第一次受到鼓舞。可他很快又发现所有球车的钥匙都乖乖插在点火开关里。悲哀的是，所有的电动球车都已经超过一年没有充电。他老老实实依次点火并依次失败，终于以他的惯有思维接受了这一新的憾事，正如接受先前的所有憾事一样。他心想，“这是上天的暗示吗？”但不幸的是，凯尔并没多想，而是继续他的寻宝之旅。

摇滚明星住得离高尔夫球场不远。凯尔只跋涉了几分钟，便看到树木上方的老教堂尖顶。他听到里面的音乐，然后又听到说话的声音，靠近后发现房子里确确实实满是人。看样子那位从不来此居住的家伙正在此居住，且跟五十个人一起。狗叫声传来，听声音是一条大狗。

凯尔继续前行。

他一直走，直到——“啊哈”，他终于来到第一座占地四千平方英尺的“小屋”。当然，屋内没有灯光。楼上的窗子都是破的，前门不见了，留下一张长方形大嘴，门框里残留的碎木片向下探出，像破碎的牙齿，仿佛在对所有自此经过的人咬牙切齿地说：“这地方真他妈操蛋。”

里面完全是废墟。这栋房子已被人毁损且洗劫，甚至有人在厨房地板上堆起了一堆木头生火。凯尔弯腰从灰烬里拿起一根黑漆圆杆，同时注意到另一段半烧焦的圆杆，上面仍能看出“坦威”[1]金箔字样。显然，某人或某些人把一旁的钢琴残躯拖了过来，并把它劈碎喂火了。

1　品牌全名应为“施坦威”，全球顶级钢琴品牌。

凯尔接下来进入的两座“小屋”也惨遭类似的毒手，所有的东西都一文不值。就连凯尔也不得不接受携宝离开的几率渺茫这一事实。他决定再看最后一个地方——如果那里也是一堆破烂，他就找一艘水上的士，然后离开小岛。不仅如此，此时此地，他还下定决心，一回到陆地就乘公交直接去杰克逊维尔市，然后听从假释官的建议，报名就读美发学院。雷福德监狱每两个月举办一次“罪犯职业日”，杰克逊维尔美发学院派来一位代表，给最后三十天狱期的罪犯发表讲话。凯尔听他的介绍，觉得理发师的生活比较平静和安稳。

她的声音让他回过神来。

“现在觉得自己傻了吧。”

凯尔感到一束亮光在炙烤他已经麻木的脸蛋。阳光透过屋顶的豁口，照进洞里，让他睁不开眼睛。他扭头躲开刺眼的阳光，看到一个女人在地下室的对面盯着他。

“自从他们拆掉烟囱之后，就一直是这个样子。”

他抬头看了看悬在残破的屋顶正上方的太阳，随即闭上了眼睛。

“哎呀，行啦，”她说，“阳光哪有那么足。”

他眨了眨眼睛，想弄清楚眼前这位是不是真实的人。

“不过，”她热烈地笑道，“显然你的智商也不足。”

那双绿眼睛很熟悉。但现在他能看到她的整张脸。她挪动了雕塑吗？小天使竟然在她后面。

“这是梦，对吧？”

“如果是，”她仍在微笑，“那这可不是什么好梦啊。”

她正坐在——好吧，用“懒洋洋地倚在”更生动——长沙发上，或者用德尔的话说是“睡榻”上。他会拍一拍下铺，然后对凯尔说，“快到我的睡榻上来”。她看上去三十多岁，穿着某种绿色睡衣和一条深蓝色睡袍，手指上的钻石反射着屋顶的光，散发出绿色的光芒。

“你是谁？”

“你可以叫我特鲁德，或者格特，或者什么都行，随你便。”

他试着坐起身，但腰间传来一阵刺痛，仿佛有一千只黄蜂在蜇他。他想起自己被一根钢筋刺穿，试图让自己的呼吸平静下来。像上次一样，他不敢看自己的双腿，现在两条都没了知觉。

“你这都是自找的，对吧？”

他双腿的知觉或许已经丧失，但其他的知觉在跌落之后不知为何越来越敏锐。就比如，他可以轻松看清她的红唇膏、希腊鼻和尖下巴。她的短发向两侧分开，额头上裸露的皮肤在凯尔看来是心形的。他还闻到了浓烈的香水味。

“你要不要帮我？”他问，“或者……”他停顿下来。一部分大脑告诉他这女人不可能是真的，而另一部分则全然相信她是真的。

“我想问，”他再次说道，“你能不能帮我抬一下保险箱？”

“我为什么要呢？”

“我可能摔断了腿。”

“摔断了腿？”她又大笑起来。“你他妈的是摔碎了腿。骨盆很可能也碎了，还有后背。”

“我被什么东西刺穿了。”

“无疑是一根钢筋，从曾经的壁炉上拆下来的。看样子，它是从你的第四节腰椎附近穿进来，又从阑尾上方戳出去的。”

“你是医生吗？”

“雕塑家。”

“哦……”

“我学过解剖学的。”

“好吧。”

“那个壁炉是这栋破房里唯一的好东西。”

他问：“什么壁炉？”他忘记了动一下有多痛，转身寻找，随后惨叫起来。

她等他叫完，解释道：“这里曾经有一个壁炉，但比你更有造诣的贼把上面的大理石和花岗岩都偷走了。”

“怎么偷的？”

“一次一块。”

他急切地想喝一杯水。

“我好渴。”

“我猜你也是。”

“你可不可以——”

“我不可以。”

她仍然没动，胳膊仍然搭在睡榻的靠背上。“等等，不可能是睡榻。”凯尔心想，“睡榻没有靠背。”他之所以知道这个，是因为他曾毁掉了奶奶盖尔的睡榻。他在上面躺了六周，当时只有十一岁，小小年纪就觉得自己肯定会死在那件家具上。现在想来，那种死法总比在某个屁眼大的岛上的地下室里慢慢失血而死好得多。不过，正如奶奶当年乐于指出的那样，现在已经没有人死于麻疹了。

他看着被她压在身下、从垫子边上垂下来的紫色毛毯，说："我好冷。"

"我还以为你渴呢。"

"又冷又渴。"

"你休克了。"

"能把毯子给我吗？"

"给你。"她说，"来拿啊。"

凯尔听到了音乐声。过了一会儿后，他才意识到自己听到的是摇滚明星家的舞曲。似乎不太可能听得到，但确实是同一首曲子。他就是知道。

"凯尔？"

他睁开眼睛。

"不要睡着。"

"你到底是谁？"

"我已经告诉你了。"

"你住在这里吗？"

她觉得这个问题可笑至极。"肯定不是。"

"那为什么——"

"我在躲着米勒德。"她说，"或者说他在躲着我。有时候我也说不清。"

"米勒德？"

"梅休。他建的这栋房子，还有其他的那些。"

"他把你带过来的？"

“恰恰相反。”她说，“他派人把我送过来的。”

“因为？”

“他家族里有人在找我。”她看了看周围。“他叔叔山姆绝对不会来这里找我的，这一点是肯定的。”

“好吧。”凯尔的声音低弱沙哑。“没人来找你，但希望有人会来找我。”他的嗓子很痛，地下的尘土和霉菌更是火上浇油。现在，既然他都醒了，腿上的知觉也就恢复了起来，而且都是不好的知觉。最初睡着时感到的是痒痒的刺痛，现在迅速演变成灼痛，就好像一觉醒来发现腿放在了火堆中央，而且还抽不出来。

“我偷了一艘船。”为了转移腿上的注意力，他说。

“是吗？”

“岛上的人会发现船，然后去找把它开过来的人。”

“还可能会觉得它只不过是在暴风雨中挣脱了绳子，然后就把它抛到脑后了。”

“有暴风雨吗？”

“这里总是有暴风雨，”她说，“甚至更糟的气象。”

“看来我昏迷的时间比我想的要久。”

“戴尔是谁？”她问。

他看向她。她双腿交叉。

“你总是说，‘戴尔，求求你放过我’类似的话。”

“德尔。”他低声道。

“那德尔是谁？”

“我在雷福德的狱友。”

“狱友。”她兴致再起。“你蹲过监狱？”

“三十一个月。”

“好吧。”她说，“我知道那是什么感觉。”她的笑声在地下室里回荡。

凯尔不知道雨是何时开始下的。他一醒来，就听到雨滴击打周围的地板的声音，然后立即张开嘴巴，一心只想多接些雨水。悲哀的是，洞口的位置和吹进破房的狂风另有图谋。特鲁德的脸上倒挂满水珠，大雨从楼上的某处破窗泼进来，倾斜的角度恰好打在她脸上，但她似乎不在意。

她说：“用不了多久了。”

然后没过多久，飓风大作，穿堂而过，房子先是鬼哭狼嚎，后又迅速演变成全力尖啸。尽管雨几乎都被风吹到洞口的两旁，但水仍然慢慢填满地下室。凯尔看着积水上涨，越来越恐慌。老鼠、鸟、各种各样的其他小动物以及昆虫的死尸从它们藏身的角落里缓缓浮起，重获自由。积水载着它们从凯尔身边逐次经过，来看他最后一眼，就像是泡在水里的守灵仪式。特鲁德呢？仍然坐在那里，注视着他。

“没什么大不了的。”她说，“死亡。”

“你不是真的。”

“那我是什么？”她问，“幻想出来的朋友？在你生命的最后时刻给你安慰的人？”

“为什么不是呢？”

“你有没有在看某人照片的时候，感觉里面的人也在看你？感觉他们真的在看你？”

“我不知道。可能吧。”他已经控制不住身体的颤抖了。

“你知道‘精华’是什么意思吗？”

“管它呢，老子不在乎。”

她大笑起来。凯尔突然感到疲惫。

“它是你的精神，你的本质，你的灵魂。”她低声细语，却穿透了狂风暴雨。

“好吧。”他说，“随你怎么说。”凯尔突然意识到自己说的每句话都可能成为遗言，而他不太想让“随你怎么说”成为自己的临终之辞，虽然这句话也还行。

“有些人的精华很强大。”她喋喋不休。但同样，凯尔也不想让“闭上你的臭嘴”成为自己的遗言，只好任她继续。

“你只需看他们一秒，然后闭上眼睛。他们仍然在，你仍然能看到他们，那效果就像抬头看一两秒钟的太阳。”

凯尔感觉自己投降了，感觉身体跨越了某条界限，而他莫名其妙地知道这条界限意义重大。

“凯尔？你能明白我的意思吗？”

“并不能。”

凯尔本没打算说出来，条件反射性地接了一句“我操”，接着便陷入最后一次长眠。

摇滚明星最初来杜福斯科岛是为了躲避媒体，他在戒毒所里进行了为期十六个月的“环球巡演”。一年前，在他第三次离婚前，他的按摩师把这个地方告诉了他，她曾来此度夏。按摩师才二十六岁，不久后成为他的第四任妻子。在他六十岁生日的那天，他们在“血腥角[1]”租了一栋房子，目的有二：一是过二人世界，磨合“感情”；二是再立戒毒目标。没过多久便明显可以看出这两个目的都无法达成。妻子见状离开了，摇滚明星留了下来。

他每天上午都徒步远行，以便清空大脑，寻找艺术素材。那段时间，他正在用捡来的物件创作拼贴画，而岛上处处都是好东西，从古老的鲎壳到门把手不等。一年后，他买下老教堂，把它翻修成房屋。直到此时，他才更加深入地冒险，发现了隐藏在梅尔罗斯的宝藏。也几乎是在同时，他开始用旧门板当空白画布。那些弃置的房屋里满是结实的橡木门板，他可以把捡来的零零碎碎粘在上面。他创作的最后一幅作品在切尔西市的佩斯画廊卖出六万美元高价。

所以在过去一年里，摇滚明星和他的三条罗德西亚背脊犬把每一栋空房至少洗劫过两遍，把可以（以艺术的名义）盗走的东西都盗走了。然而，在他六十二岁生日晚会之后的那天早上，十几个宿醉的客人竟吵嚷着要去看那些遭人洗劫的“烂尾项目”的遗址，他们多有耳闻却尚未一见。

这群人收拾好名牌背包和手提包，一路搜刮，横扫梅尔罗斯。仍有许多小件宝物有待发现——这里有把勺子，那里有根门柱圣卷，以及奇形怪状的门把手或合页。

最后这栋房子是摇滚明星的最爱。他花了半年多才把壁炉上的石

---

1 血腥角（Bloody Point），杜福斯科岛的南端，因 1715 年印第安人与英国侦察兵发生血战而得名。

头运到自己家里，把它们占为己有，然后请来一位巴西泥瓦匠，把它们打造成一个八角形火盆。昨晚他们还围着火盆吞云吐雾呢。背脊犬一进屋门便开始叫，聚在一个地洞周围。地洞离原来壁炉的位置不远。摇滚明星小心翼翼地爬进地下室；这里是全岛最低点，多年来饱经洪水冲刷。

泥泞的地面散发着腐臭和霉味。几只狗不知是怎么下来的，高度警惕地四处嗅探。最大的那只叫“雷克斯”，在一个填满泥土的旧保险箱附近挖着挖着，叼出一根骨头来。另外两条狗“冈瑟”和“乌娜”也挖出了骨头。拾荒队跟在摇滚明星之后下来，用“布朗德斯通”牌工装靴和“普拉达”牌登山靴踢着附近的泥土。

“肯定是什么动物，”摇滚明星解释道，“被困在这里了。”

“可怜的东西。”另一个人说。

摇滚明星朝地下室内部走了几步，弯下腰，轻柔地清掉压在某个东西上的泥，然后举起一幅画，微微一笑。

“那是什么？”

他把画转过来，让大家看到画布。大家都笑了。不管画里原本是什么，现在只剩一抹脏兮兮的棕色。霉和水毁掉了原画，并携手绘制出一幅全新的作品。

“我喜欢这个相框。”摇滚明星说，“陈旧的程度刚刚好。”

然后，他开始小心翼翼地拆解木相框。潮湿使其变软，拆起来轻而易举。他把它们塞进背包，看了画布最后一眼，考虑要不要留下它，犹豫片刻后，把它丢到尸骨堆上。

外面有人在欢呼喧嚷，显然在庆祝什么新发现，于是他们离开了。

小特里路

汤姆·富兰克林
Tom Franklin

汤姆·富兰克林来自阿拉巴马州狄金森区，著有三部长篇小说《背后的地狱》《史蒙克》《被遗弃的人》以及短篇故事集《偷猎者》。《被遗弃的人》荣获英国金匕首奖和《洛杉矶时报》侦探/惊悚小说奖。富兰克林还曾获爱伦·坡最佳故事奖（1999年）以及古根海姆奖；最新一部小说名为《倾斜的世界》，与妻子贝斯·安·芬内利合著；现居牛津，于密西西比大学教授小说写作课。

《我只知道这些》 / 约翰 · 赫尔[1]

1 约翰 · 赫尔（John Hull，1952— ），美国当代艺术家，擅长风景画和风俗画。

糟糕的一天始于手机来电，所以当铃声四点钟响起时，迪布斯提心吊胆地翻过身。他在被褥里摸索手机。他不记得自己什么时候上的床，但知道肯定是在两点之后，因为酒吧两点关门。他也不记得自己是怎么开车回家的。铃声再次响起，他找到了手机。“有事吗？”

“喂喂？”

天啊。“费丽迪？”

“我遇到麻烦了。”她说。

他双脚下床。“你在哪儿？”

“那家印度人开的汽车旅馆。”

“你一个人吗？受伤了吗？”

“对，一个人，但没有受伤。”

他站起身，庆幸自己睡前没脱衣服。窗帘被月光照亮，屋内很冷，他都能看到自己呼出来的气。她在道歉，说自己不知道现在这么晚。

“没关系。”他说，“我十五分钟后就到。别离开，也别给任何人打电话。”

他挂上电话。他一个人住在树林里这间老猎房里，卧室里的壁炉是唯一的热源。不久前他意识到，自从自己三年前搬进来之后，这里就没来过一个人。他的工作——副警长——要求他经常跟人渣打交道，使他对同类的鄙视深入骨髓。除了与他共事的其他副官和警察之外，这里就真的没有别人了。

还有费丽迪。

他开到汽车旅馆后面时熄掉了车灯。和往常一样，停车场几乎是空的，只有几辆破车，应该是外来务工人员的。他希望店主福阿德在睡觉，没有看到他的车灯。迪布斯从一辆绿色的雪佛兰卡米诺旁缓缓驶过，然后停在12号房间前。他从皮卡车中出来，在牛仔裤上擦了擦手心，朝门口走去。

他还没敲门，她就打开了。她穿着内裤和星球大战T恤，眼睛下面有睫毛膏的污迹，脸颊上有一处指甲造成的伤痕，红色的头发又长又湿，乱得像是老鼠窝。

她说："嗨。"

他走进屋，她关上门。屋里弥漫着香烟的味道。他刚转过身，她便扑过来抱他，一遍又一遍地念叨他的名字。他双手悬空，不知该如何安放，最后把胳膊缓缓落在她的后背上。他意识到她的胸贴在自己的肚子上。

"发生了什么？"他的声音闷在她的头发里。她的头发散发着旅馆的草莓味洗发水的味道。

"我在小特里——"

"天啊，费，你去那里干什么？"其实他知道。那里是惹是生非的地方，住着一个混账毒贩，名叫特里·利特尔，人们都叫他"小特里"[1]。

1　英文姓氏"Little（利特尔）"同时有"小"的意思。

他的堂兄斯派克经常跟他一起，迪布斯抓过他不止一次。上一次是几个月前，斯派克磕了药（用他自己的话是“元神回归”），拒捕时一拳打在迪布斯下巴上。后来迪布斯趁搭档转过身时修理了他一番，只是下手有点重了，打断了几根肋骨。虽然警长没有明说，但迪布斯知道自己不能参与此案了。

“你最近住在哪儿？”他问，“你什么时候回来的？”

“不知道。几周前？”

这么久了。上次听到她的消息时，她住在圣达菲。她爱摄影。那是一年前的事了。而现在她回来了？他竟然没有感应到？

“告诉我发生了什么。”他说。

“我一直都想给你打电话，但得先等头脑清醒之后。我只是想去那里买点大麻烟。”

“发生了什么？”

她哭了起来，推开他，坐到床上。他走过去，坐在她旁边，把被单盖在她修长的腿上，然后搂着她，为她梳理头发。“告诉我。”

她告诉了他，时而忍不住哭起来。她想买大麻，但他们告诉她，他们有一些高纯度冰毒，并且不接受拒绝。他们三人喝了些桃红葡萄酒，吸了些大麻。然后，她迷迷糊糊地发现自己在他们又脏又小的厨房里，他们在用卷起来的纸币往鼻子里吸屎黄色的粉末。然后，他们把她领到卧室里，脱掉她的衣服。“我反抗过他们。”她说着，又哭了起来。

“发生了什么？”

她深吸一口气。“他们把我扔到床上，然后开始争谁先上。”

“斯派克和特里？”

“对。”她说，当小特里说“既然这是他的房子，他就该先上”的时候，斯派克推了他一把，然后又推了一把，说“狗屁”。费丽迪看到床头柜上有一把手枪，挪着身子去拿。此时，斯派克正在锁特里的头，特里正在拿拳头捶斯派克的背。

“我拿到枪，检查了一下，里面上了子弹——”

教她射击的人正是迪布斯自己，当时她十七岁。

“——然后我从床上下来。他们看到我的时候，我都快跑出门了。我需要拿自己的衣服。然后他们松开了对方，朝我冲了过来。我举起枪，向斯派克开了一枪，然后特里开始尖叫，我也向他开了一枪。”

她泣不成声，哭得床都颤抖起来。

他说“嘘”，心想：今天周二，很好；事情发生在两点之后，也很好。那地方估计到早上九点才会有人去，九点是早一批瘾君子醒来的时候。他凑过去，双手按着她的肩膀，把她转过来。

“他们死了吗，费丽迪？”

她耸耸肩，然后摇头。“我只顾跑了。我知道我需要给你打电话，知道你肯定会像往常一样帮助我，虽然你没有这个义务。”

如果他没有这个义务，那谁有？这是他纠结了十年的问题。她是与他一起生活过的女人的女儿。迪布斯与芭芭拉谈了一年多的恋爱，正考虑结婚。然后一天晚上，费丽迪出现了。这是他第一次知道她的存在。芭芭拉在十六岁的时候生下了费丽迪。女孩由父亲及其妻子抚养，几乎没见过自己的母亲。现在她和父亲、继母吵架了，所以带着两个行李箱找来这里。她是迪布斯见过的最漂亮的女孩，比芭芭拉漂亮得多，两人长着同样的腿，同样光滑的皮肤和红头发。他们当然收留了她。不过，跟一个十六岁女孩、一个既不是自己的女儿也不是继女的陌生女孩住在同一屋檐下让迪布斯感到不自在。他和芭芭拉关系依然很好，一直以来都是如此，但她从没向他提起过这个女儿，这让他心生芥蒂。

“他们死了吗？”他又问了一次。

费丽迪推开他，躺到床上，用枕头蒙住脑袋。“我不知道。我扔下枪就跑了。”

“那是他们的枪？”

枕头上下动了动。

“你确信？”

又动了动。

他起身，关掉灯，望向窗外。

“他们打听过你。”她的声音闷在枕头下。

“打听过我？怎么打听的？”

“说我们是不是有关系，说我好像对你无所不知，问我们有没有乱搞过，诸如此类的话。”

他们并没有。芭芭拉死后，他和费丽迪之间有着各种各样的紧张关系，性欲便是其中一种。

一辆汽车在高速上驶过，他看着它，直到它消失不见。他感觉自己的体温上升，脸又红又热。“还有呢？”

“还问你身上有没有污点，他们可以利用的地方。”

“怎么利用？你怎么跟他们说的？”

“没有，没什么可说的，据我所知没有。你跟他俩有什么瓜葛？”

“不久前有过一些小冲突。抱歉让你为难了。”除了抱歉，还有一种扭曲的开心，因为她回来了。不过，与费丽迪相关的一切都是扭曲的。一切都仿佛是错的，就比如他对她的感觉。他四十四岁，她才二十七岁。且不说他还跟她母亲同居过。“没有其他人在？”

“没有。”

“你留下什么东西了没？”

“没有，我带走了自己的包。”

“手枪呢？”

“应该是扔掉了。”

他回到床边，坐下来，直视她的脸。毒品的劲儿还没过，她目光呆滞，冲他哆哆嗦嗦地微笑。此时是他们最好的状态：她需要他，而他被需要。

“留在这里。”他说，“不要打任何电话，发任何短信，也不要让任何人进来。我尽快赶回来。”

她站起身，被单落到地板上。“你去哪儿？”

他拿起她的车钥匙。“那辆雪佛兰是你的？”

“朋友的。”她见他瞪了她一眼，说，“我借来的，好吧？”

他把钥匙放进口袋。“等我回来再问你。”

她朝他走来，但他在她抱到他之前钻出了门（上次告别拥抱的时候，她偷了他的钱包）。他坐进皮卡车，发动引擎，思考接下来要做什么，他愿意做什么。首先，他必须放弃他的工作，这倒不是问题。继续待在这鬼地方，他早晚会被踩到脚下，碾成粉末。然后，他们必须离开这座城，甚至这个州。想到这里，他觉得阿肯色州的奥扎克山区不错。或许有山的话，她就会留在他身边了。

他驶下四车道公路，此时暖气开始起效。他减速慢行，转弯进入一条双车道公路，一会儿后又拐进另一条更狭窄的双车道公路，然后是一条土道，即所谓的“小特里路”。这里曾经有一个车库，后来车库主人上吊自杀了。迪布斯关掉车灯，停在房前一百码的地方。他从杂物箱里拿出自己那把未注册的格洛克手枪，流畅地演练了一下。他的工作手枪放在座位底下，跟手中的这把一模一样。他把一双橡胶手套塞进口袋，检查了一下脚踝上的枪套，那把点 22 口径小枪在里面。尽管气温不高，他还是把外套留在了座位上，然后把手电筒塞进屁股口袋，手枪握在手里，一路小跑，在冷空气中留下呼吸的尾迹。那栋房子出现在视线里，灯火通明，像是在过圣诞节。整个夜色都被月亮这盏高高在上的白色聚光灯照亮。在这种夜晚，你想要的是黑暗，而不是月光。

房子前面有三辆汽车：一辆车窗摇下来的越野，一辆小汽车，一辆卡车。后两辆似乎被人遗弃，车胎扁平，车门外杂草丛生。他从车旁匍匐而过，身下的影子在这怪诞的月夜里扭曲变形。他注意到前方有一间旧棚屋，心想待会儿不能漏过这间屋子。

房门半开。他肘开门，屋内的凌乱映入眼帘。一个裸男趴在地上，半在卧室，半在前厅，脸朝下一动不动。是斯派克。费丽迪说她是在卧室开的枪，看来他中枪后向外爬了一段。他似乎没有了呼吸，身下有一大摊血。

“操。”迪布斯说着，环视身后。

此时，此地。此时此地是他最后一次呼叫支援的机会。此刻起的每一步都将踏在犯罪之路上。

他迈出了这一步。目光越过斯派克，投向卧室。卧室的地板上有更多的血迹，原本黄色的地毯现在变成棕色。迪布斯小心翼翼地从斯派克身上迈过，以免靴子沾上血，然后进入房间，举着枪，走到床后的角落；床后无人。

他又回到前厅，扫视地面，旧沙发下、椅子下什么都没有。在斯派克尸体后面的昏暗门厅里，迪布斯看到一个沾血的脚印，看上去是男性运动鞋。他蹑手蹑脚地走过去，在内部的厨房里又看到一个脚印，随后又看到后门敞开，纱门半掩。他推开纱门并保持敞开，然后缓慢地走下台阶，进入黑夜。由于树木的遮掩，这里的夜更黑。

“救命啊！”有声音喊道。

迪布斯打开手电筒，随着灯光走进树林。脚下是一条小路，他小心翼翼，以免荆棘挂掉衣服上的丝线，同时留心落脚点，以免留下脚印。他就这样缓慢而谨慎地走了足足两分钟，才找到小特里躺着的位置。

他晕过去了，平躺在路中间。迪布斯模糊地记得这条路最终会通向一条小河。

借着手电筒的光，迪布斯看到小特里的秋衣已被鲜血浸透，牛仔裤也是一样。特里和他死掉的堂兄一样，流了大量的血。迪布斯在他周围照了照，想看看他是否拿着手枪或者手机，但什么也没发现。他凑上前，握紧手枪，跪下身，然后用手背拍了拍小特里的口袋，看看有没有熟悉的手枪触感。

什么都没有。

他站起身，回头去看房子，灯光透过幽暗的树林，时隐时现。那把手枪去哪儿了？费丽迪说她扔掉了。他又原路折回，检查那间棚屋，然后从屋里出来，拿着手电四处寻找，先是搜查草丛，然后是越野车，接着是旁边的两辆破车（一辆是1967年生产的福特雷鸟，一辆是破旧的克莱斯勒道奇公羊）。没有枪，也没有人。

“算你走运。”他心想。当下这种情景本该有千万个差错，却一个也没有。还差一步。只要小特里在迪布斯回来之前咽了气，那就万事大吉了。

但他没有。

他的眼睛睁着。手电筒的光照在他脸上，他眯起眼睛，想要用手遮住脸，但没有力气。他很年轻，只有二十出头，白种人，脸上长着青春痘，嘴周留着山羊胡。

“你是谁？”他问，声音比迪布斯预料的更有力气。

迪布斯本打算不回答他。

但他也有问题要问。

他放低手电筒，凑上前，松开紧握手枪的右手。“你好，特里。”

在黑暗中，小特里用了好久才认出他来，然后表情发生了改变。当你穿着警服的时候，人们看你的方式全然不同。迪布斯穿着法兰绒衬衫和牛仔裤，可能是任何人。

“谢天谢地！”特里说，“我他妈从来都没有这么乐意看到警察。”

“听说你们都在找我。”

“不是我，是斯派克。”

“好啊，我已经来了。”

“你打 911 了没？”

迪布斯拿出手机，看着耀眼的屏幕。没有新来电。

“谢天谢地啊。”特里说，“那婊子朝我开了枪。”

迪布斯把手机收起来。“哪个婊子？”

“救护车来了没？”

“你没说她是谁，也没说她为什么开枪。”

“你为什么不叫救护车？”

“她为什么开枪？她是谁？”

“这要紧吗？我们可以在医院里再谈这些。他们来了没？”

“现在就谈。”

小特里目瞪口呆。他双手捂着肚子，上衣湿透。“她来买冰毒，最近这些天经常来，我们玩得很过瘾。我在沙发上正要睡过去，就被他们吵醒了。他们在卧室里吵架，大喊大叫，他说她在偷他东西。然后她朝他开了枪，又他妈跑出来给了我一枪！”

“费丽迪——”迪布斯在静夜中大声念出这个名字，就像施咒一般，“说你俩想要强奸她。”

“我的老天啊，迪布斯，那他妈是个谎言！她想买通我们，但是又他妈一分钱没有。她说如果我们拉她入伙，她就会给我们口交。”

“她真的做了吗？”

“给我们口交？那当然，相当专业。”

悲哀的是，特里的叙述和费丽迪的一样，都有可能是真的。不过现在，他们的故事渐渐变成了迪布斯的故事，或者说是他主动要参与进来。他了解特里的过往。大家都了解。诚然，特里有个坏父亲，但迪布斯也有。特里在警局的档案里密密麻麻记录的都是他从青春期起对别人干的坏事。比如第二大街上的那对夫妇，比如那次那位女士的狗，再比如那个被他“一不小心”扔下铁路栈桥的孩子。最近他又在帮堂兄斯派克兜售劣质冰毒。

迪布斯对这些都清楚，他也知道费丽迪的遭遇更不堪。抚养她长大的亲生父亲竟然性侵她，谁又忍心责备她呢？芭芭拉最初并不知情，之后尽力弥补这个可怜的女孩。迪布斯也煞费苦心，把她们当作“家人”，带她们下餐馆，出门游玩，看电影。比如在格尔夫海岸钓鲑鱼的那个周末，比如不远万里去密西西比中部参加内肖巴县展览会，还有那次在莱尔·洛维特的演唱会上，芭芭拉和费丽迪跳起舞来，甚至吸引到了莱尔的注意力。

芭芭拉死于动脉瘤。医生说她死得很快，就像大脑挨了一枪。从那时起，迪布斯开始饮酒，费丽迪憋在屋里不出来。接下来两个月里，他们就像一对鬼魂，在同一所房子的不同房间里游荡。他常志愿上夜班，而她正在读高三。芭芭拉葬礼后大概三个月的一天晚上，她闯进了他的房间，当时的他喝得醉醺醺的。她钻进了他的被窝，开始吻他，他的手抱起她的身子，但她的体重与芭芭拉不同，味道也不同。他睁开眼睛，发现她是费丽迪，吸毒吸得神志不清。他把她从身上推开，然后摇摇晃晃地下床。她跑出房间，跑到室外，消失了。第二天，她打来电话，说是在大伯家（一个谎言），并将住在那里。

特里的眼睛闭了几分钟了，呼吸也很浅，迪布斯希望他很快就会死去。他一直在发抖，突然停了下来，睁开眼睛。“这次不是我的错，”他说，“我发誓。大多数时候都是我的错，大多数时候我是那个罪人。”他又开始抖了，“好冷啊。至少给我拿条毯子，好不好？”他开始哭泣，反复说冷。他保证会做迪布斯要他做的任何事，会说迪布斯要他说的任何话，会说斯派克企图强奸费丽迪，只求迪布斯拨打 911。“求求你，我他妈太冷了。”

然后，他轻声说：“我知道你为什么要杀我，因为费丽迪。你觉得你能拯救她，是不是？”

或许。迪布斯转过身，沿着小路朝房子走去，任由小特里在身后呼唤。他走到树林边缘，看着那栋房子，打算关掉里面的灯，但又改变了主意。他碰的东西越少越好。他来到皮卡旁。这辆皮卡的后挡板卸下去了。他坐在车屁股上，点着一根烟，调整了一下脚踝上的枪套。特里还在呼喊。月亮变了位置。他感觉躲在黑暗中更有安全感，或许这种感觉会伴随他的余生。他已经跨过一条线，现在面临着另一条线。问题是，这些线何时终了？

他看了一下表，五点钟。特里那边已经有一段时间没动静了。迪布斯的烟燃到了滤嘴处。他把它按在靴尖上熄灭，放进口袋里，然后沿着小路朝特里走去，确保他已经死了。

破晓时，他回到汽车旅馆，在转弯前就料想到那辆雪佛兰已经不在了。他拿了她的钥匙，但她仍然记得他曾教过她的短路点火技巧。

房间当然是空的，只剩下草莓味洗发水和香烟的味道。他呆呆地望着皱巴巴的床，然后走进洗手间，把卫生纸裹在手指上，蹲在浴缸边上清理她掉下的长发，然后冲进马桶。他清空烟灰缸，丢掉一小袋垃圾，擦掉她留在屋内的指纹，尽量不去想他戴上橡胶手套，用手捂住小特里口鼻的情景。他本期待他会反抗，但他已经没有力气，嘴唇无声地翕动。不过是一小时前的事，迪布斯却感觉已经过了好几个世纪。他把刚才的自己视作傻子，竟然会抱有再次见到费丽迪的幻想。

他坐到床上。今天早上晚些时候，会有人去小特里家买货，然后发现斯派克的尸体。他们会先偷东西，手机、电视，甚至那把迪布斯没找到的手枪，最后才会有人报警。犯罪现场会被污染得一塌糊涂。在迪布斯和搭档钱尼到那里之前，门口会聚起一堆人。

迪布斯从床上起身，走到窗前，向外望去。几辆笨重的大卡车在路上驶过，朝阳渐渐染红了路面。是时候去警局了。今天早上，他会让钱尼开警车。钱尼比他年轻，喜爱开车。迪布斯会提议在3号公路的凯勒快餐店买早餐，但不会提及那里离小特里路有多近，因为所有人都知道，小特里路是惹是生非的地方。

会有一场革命到来

简·汉密尔顿
Jane Hamilton

简·汉密尔顿著有七部长篇小说，其中包括《路得记》《世界地图》和《优秀的隆巴德一家》。关于她的故事，她有如下注释：“《革命的女儿》里的老太太压抑拘谨，尖酸刻薄，同时还沾沾自喜，叫人哭笑不得，伍德创作她们的时候肯定乐在其中。对我来说，我喜欢琢磨她们根深蒂固的苦恨和期望的破灭。”

《革命的女儿》 / 格兰特·伍德[1]

1 格兰特·伍德（Grant Wood，1891—1942），美国地方主义画家，其作品常反映美国小镇的传统旧式价值观，代表作《美国哥特式》。

你想象不出那天我们在乎的是什么。是幸福吗？你可能会如此希望。是快乐吗？你可能会如此思忖。1947 年 4 月。我们三人一如既往，坐在老位置上，等着开会。

“贝蒂。”弗洛伦斯·班纳特对我说。我的名字是有调子的，先是第一个音节尖锐的高音，再降到第二个音节的低音。音调跨度相当可观。

弗洛伦斯经常穿戴蕾丝衣领，喉咙下的搭扣像一颗小浆果，上面还趴着一只马蜂。我没有对她说下午好，也没有称呼她的名字，或许只是稍微点了一下头。一个有尊严、有名望的女人就该这样。

艾达·特里布尔站在一旁。她和她唯一的儿子住在加利福尼亚。他是一个银行家，有三个孩子。艾达的丈夫早就死了，久远得都记不清了。她从不自怜自哀，不可能的事，哪怕家人都以某种方式逃离了她。在“相信自己”成为戒条之前，她就已经拥有了这一品质。

在艾奥瓦州，我总莫名地恐惧。田野和天空无边无际，土地空旷，平静的表面恒久不变，时而风暴骤起，撕扯夷平，凭空出现，又凭空消失，然后，仿佛什么都没发生过，小鸟突然唱起了歌。路易丝在谷仓上吊自杀，年仅十九岁，就死在复活节之前。她是农民的女儿，那农民是我丈夫的堂兄。我看着棺材里那位勇敢的女孩，心想，她已无需嫁人，无需生子，也不必日复一日地醒来了。

我和艾达·特里布尔、弗洛伦斯·班纳特一起参加艾奥瓦市“美国革命之女”的会议有多久了？这么多年以来，我们三人都是协会的顶梁柱，自以为元老级别的人物，就好像从创始之时就坐镇至今似的。艾达还真有一位祖先是《独立宣言》的签署者；弗洛伦斯·班纳特的曾祖父参与了波士顿倾茶事件；我的祖先俄巴底亚·泰勒誓死效忠美国叛军，且协会创始成员之一玛丽·洛克伍德是我母亲的第四代表亲，也能给我添一些分量。但《独立宣言》的签署者是最不同凡响的勋章，因而艾达·特里布尔是我们社里最受尊敬的成员。

“贝蒂，”在弗洛伦斯唱出我的名字之后，艾达对我说，“你的劳伦斯怎么样了？”她声音可不适合唱摇篮曲，不管是现在，还是年轻时。她端着茶杯，修长的手指一副随时要对你指指点点的样子。我一听便知，尽管不了解细节，她还是警觉了起来，皱着鼻子嗅探。

我也是一个寡妇，独自养大七个孩子，堪称壮举。我的丈夫是一名外科医生，死于一场车祸，当时劳伦斯才六岁。我和艾达·特里布尔从来没有交流过守寡的感受，从未私下里承认过守寡是一种苦难——抑或解脱。我承认自己有时会责备那个死去的人，如果他不死，我也不会这么难，我可怜的儿子也不会没有父亲。难怪劳伦斯喜欢跟大哥哥一起玩，难怪他会敬仰他们。

“劳伦斯，”我微笑着说——我竟笑得出来，“被圣安德鲁斯预备学校录取了。在康涅狄格州。今年八月底就要过去了。”

艾达抿了一口茶。“去这么远。”她思忖道，“读高三吗？”

弗洛伦斯嘟哝道：“换个环境。”

此时，我才真正意识到我健康茁壮、活力四溢的金发儿子就要离我而去了。弗洛伦斯·班纳特，那个长着八字眉、戴着马蜂胸针、目光迷离的女人，就是她逼着我的儿子在还不到上大学的年纪就离开艾奥瓦市，就是她给我写了一个便条，只有一句话："劳伦斯是人类的祸害。"黑墨水字迹纤细而紧凑。我真希望此时能直视弗洛伦斯说——"你说什么？"我还能说什么来为劳伦斯辩解？

倒是艾达替我说了话。她对弗洛伦斯说："你的威廉呢？"

对，对！我真想大喊，把威廉也扯进来！威廉是弗洛伦斯的长子，黑头发，面颊红润，身材苗条，蓝眼睛黑睫毛，比劳伦斯高一年级。他常在音乐会上唱男高音，声音高亢得很，一张嘴就能让你的血管和骨髓都颤抖。"无论你走到哪里，凉风都会吹拂林间草地。"[1]弗洛伦斯和她的丈夫（食品商）以及相貌平平的双胞胎女儿坐在音乐厅前排，就仿佛他们有这种特权。

"我的威廉，"弗洛伦斯坚定地说，"有很多选择，他决定去读欧柏林学院。"她迅速补充道，"欧柏林的音乐学院。"

这所长老派学院早就接收女性和黑人了，不知艾达作何感想？不过话又说回来，以威廉这样的天赋去音乐学院就读，也确实无可厚非。她没有就此评论，而是说："威廉和劳伦斯这两个好朋友肯定会想念彼此的。"

她的语气没有褒贬，话说得也异常中立。后来我想，当时的她就像准备了一把极不锋利的刀子来割我们的脓疮。或者更有可能的是，她喜欢慢慢汲取快感。弗洛伦斯在看别的方向。当时的我肯定又露出

---

1 男高音歌曲《无论你走到哪里》（"Where'er You Walk"）中的歌词。

了微笑。艾达啜了一口茶，紧闭双眼，仿佛利顿茶香得难以承受。我和弗洛伦斯从未想过我们可能已经把彼此视为同党了。想象一下那会是怎样一个画面。可遗憾的是，我们都做不到坦诚相待。事实上，世上罪恶万千，我们都视若无睹，反倒像两个站在校长面前的姐妹，暗自盘算着如何伤害彼此。弗洛伦斯面向我，假笑道："人家劳伦斯的朋友多了去了，个个优秀得很。"

别误会，我总体上还是怪罪自己的。我经常思忖，一个人的性格是怎样形成的？倾向又是如何产生的？或许欲望的滋长不只在于一个电话，一场悲剧，或者父亲的缺失，而是由于很多不起眼的小错。劳伦斯十岁的时候，被派到市中心的药店去取女孩"每月访客"的用品，红色马车上装的是一盒又一盒的卫生巾。他的六个姐姐经常痛得躺在床上敷热水袋。马车上坡的时候需要人推，但那天推车的帮手有事没来，所以就只好找劳伦斯帮忙。虽然他一直都是个爽快的男孩，但我可能忽略了他的尴尬。六个女儿——六个女儿的母亲一刻也不得闲，决不能沉湎于闲情逸致，必须精于管教，勤于监督，还要埋头劳作，实在难如登天。其中一个女儿嫁给了犹太人，还有一个嫁给了头上扎着发辫的 1960 年代拆迁工。七个孩子，没有丈夫，再加上两个折磨人的侍女。大女儿曾问我这辈子可曾幸福过，问的时候竟面带讥笑。

会前就坐的时候，我真想把弗洛伦斯的眼珠子抠出来。为什么？因为是她迫使我的儿子离我而去，是她给我写了那样一张便条；也可能没什么特别的原因。我永远也不会忘记劳伦斯对我是怎样一种安慰。这是我不久之后的誓言。我和我儿子每天五点准时相聚于客厅，年迈的普吕为我们奉上老式波旁威士忌。十五岁已经足够大，可以培养这种陶冶情操的习惯了，何况劳伦斯聪慧，迷人，文雅，勤奋。他是个机智而健谈的男孩，我从未想到他会给我闯祸。我允许他每周有一到两天的假，而我这位富有企业家精神的儿子用放假时间给大学生写论文。他把打字机放在客厅的牌桌上，再摆上几摞图书馆的书，坐在那里一写就是几个小时。他才思敏捷，观点犀利，从赫西俄德[1]到赫伯特·胡佛[2]，什么题材都写过。他手指轻敲按键，字锤轻敲纸张，滴滴答答，是他的奏鸣曲。当然了，他有时会克制兴趣，削弱实力，按照客户的要求创作 B 甚至 C 水平的论文。“你们这群傻蛋。”他一边打字，一边笑着说。在我看来，这种苦练与他的高中历史老师克拉克先生的课程相比，更称得上是“教育”。我只想说那位面颊凹陷、头发凌乱的克拉克先生不是劳伦斯的榜样，不配当他的导师。

哦，再回到那天的会议上。我们三人坐在大厅的第二排，艾达在谈她的儿子，讲他是如何令人叹服地挺过战争，又是如何管理巨额财富的。真的，若我灵魂飞升，我会希望自己能不在乎艾达·特里布尔和她的评价，也不在乎弗洛伦斯有多不情愿看到自己孕育了什么。或许在另一个世界里，我会因此获得一瞬间坚决的幸福？去了解事物的价值，去看得透彻。或许真相会让人仁慈，或许不会。但一切都将清晰明了。年轻时的弗洛伦斯或许还有面慈心软的时候；这是不无可能的。她的头发总是紧紧掩住耳朵，仿佛不想听到任何不快的事，甚至不想听到任何事。假如我能回到过去且不在乎自己是不是花园俱乐部、

1　赫西俄德（Hesiod），古希腊诗人。

2　赫伯特·胡佛（Herbert Hoover，1874—1964），美国第 31 任总统。

历史协会、美国革命之女的一员，假如我无需当时的身份就能立足；假如一个女人能回到过去，并且无所顾忌，只保留内心对于意义的追求。

我听过那些肮脏的谣言——不是从弗洛伦斯口中，而是从年迈的普吕口中。她是我们的侍女，总能看清每一处阴暗的角落。我把听说的事告诉劳伦斯。他开始抽泣的时候，我便知道那些肮脏的谣言就是事实。我先让他向艾奥瓦市第一圣公会的迈克尔神父忏悔。我碰巧知道威廉·班纳特也在神父那里忏悔过，就好像有人能忍心斥责这个有着天使般的声音的男孩似的。神父的严词警告对劳伦斯恐怕没起作用。他说劳伦斯这种男孩会直接下地狱，这话自然没错。

不过，我可能没那么担心劳伦斯的灵魂了。我祈祷的是他的名声。不是我的，不，而是他的。我，贝蒂·格兰特，医生的遗孀，艾奥瓦市小学校董会会长，美国革命之女成员，贝蒂·格兰特有毅力，有防备，有掌控局势的手段，可以紧盯艾达·特里布尔，同时又稍微压制弗洛伦斯·班纳特，我的地位肯定不会动摇。可劳伦斯还年轻，还有大好人生等着他！他会成为什么样的人？他将如何行走于这个世界？弗洛伦斯说有很多优秀的朋友爱他，我也向来知晓。可难道说，被太多人爱比没有人爱要不幸得多？

迈克尔神父的教诲无果，我又带劳伦斯去看詹金斯医生。他是一位广受好评的大学心理医师。你知道他对我儿子说什么吗？就好像他是一位公爵，就好像他已被底层贵族阶级所除名。他说："劳伦斯，你必须学会谨慎。"他当着我的面如是说，而对于一个母亲而言，没有什么比这则建议更可怕的了。

会议开始了。在主讲人（我对她印象全无）开始前，会议讨论了浅色皮肤黑人露希尔·韦瑟斯比是否能陪同新成员艾伯特·亨纳夫人参加我们的年度茶会。不管韦瑟斯比是否有证据证明自己的血统——毕竟确实有黑奴加入了爱国军，甚至还有证明文件——我们中的大多数都会坚守底线。

我坐在两位老友中间，毫不在意韦瑟斯比小姐能否加入我们，而是在想劳伦斯，想他刚刮过胡须的刚毅的脸颊，想他丝绸般的金发和澄澈的黄绿色眼睛，想他爽朗的笑声，想他向后仰头，被朋友的风趣逗笑的样子。他经常和橄榄球队长詹姆斯·兰道一起进行双对情侣约会。他们把纯洁而矜持的姑娘们送回家后，就——不，我不要去想这两个男孩在詹姆斯的汽车里干的勾当。汽车的后座、前座都是软垫，都是好地方。后来又有人说，劳伦斯，一如既往地勤劳，服侍过橄榄球队里的每一个男孩。但我不能也不会相信。他们是否、怎样、何时在福特汽车外排成一队，每一个男孩——

请允许我提一提劳伦斯多年后写的一本书，内容讲的是他初到伦敦的经历。他把自己描述成一个迫切想要融入“那种文化”的年轻人。但当他见到酒馆里矫揉造作的男人时，他失望透顶。他写道，事实证明，他的理想型其实是艾奥瓦市的男人，而不是那些徘徊于曼哈顿东村的细胳膊软腿、口齿不清的怪物。他质疑道，整个曼哈顿都找不到橄榄球队的男人吗？那些美好而健壮的男人，那些学生时代是橄榄球队长、工作后是企业首脑的男人，那些有着贤惠的妻子和一群俊秀的孩子的男人在哪里？我的儿子还提到了圣安德鲁斯预备学校，也就是他高三时的放逐之地。他说那里的学生都有自己的单间，于是原本遭受惩罚的他，反倒在那里收获到男孩之间的暧昧。他经常跟同学同床共枕，四肢纠缠在一起。他兴奋地写道："流放对我而言反倒成了机会，要是我妈知道的话——"他还写道，他是在圣安德鲁斯懂得何为真正的感情和持久的柔情的。说得好像在那之前他从未体验过这种东西似的！懊悔吧。我相信艾达·特里布尔会愤恨地说。在我的孩子远未成年之时，我就已明白万古千秋都不够我伤心流泪的。

那天在会上，假如我能预见未来，假如我知道我的儿子会娶一位秀外慧中的妻子——威廉·班纳特一生未婚，终身奉献于旧金山歌剧院的事业，死于 1980 年代。劳伦斯有四个孩子，三个孙辈，以及重孙辈。他是备受爱戴的英语文学教授，无数学生的恩师。

假如我能预见未来，我会有何种举动呢？不知道。我会因为无所不知而大放厥词吗？不，不可能。况且一个母亲也不是什么都能承受得了的。我不想看到面容娇嫩的儿子老得不成样子。他和他的丈夫——婚姻里终于可以有两个丈夫了——住在圣彼得斯堡，他们站在凉台上，把刚榨出来的橙汁混在香槟里，为二十五年的婚姻干杯。他们的腿上青筋凸起，没有汗毛。光秃秃的腿啊。大多数老年人都不好看，不管他们有哪种倾向，不管他们生活得高贵还是放荡。上帝甚至不会奖赏品行高尚的八十五岁老人一双美丽的腿。假如我能预见未来，劳伦斯坐在凉台上这一令人惊愕的画面是否会击垮我？

然后，艾达·特里布尔上台讲话。她用手帕蘸了蘸鼻子，说："虽然说这些让我很痛苦，但我必须得向大家汇报——某些成员的家人对我们协会的宗旨理解得不够透彻。"

我吃了一惊，意识到她在说我，或者还有弗洛伦斯，还有劳伦斯，还有威廉，那个一张嘴唱歌就能让最尖酸的老太太想起一些美好瞬间的男孩。我闭上眼睛，因为不想看到那群女人扭着脖子看我。威廉·班纳特：我幻想他的头发，他的睫毛，他的嘴巴。这孩子与他眼神迷离的母亲没有丝毫相似之处。我幻想劳伦斯，幻想他更茁壮的身材，幻想他活泼的躯体。脑海中的男孩挡住会堂里的所有女人，仿佛在说，“别关注她们，看看我们，快看啊，在郁郁葱葱的河边公园里。施予我们善意吧——”是的，他们用的是“善意”一词，来描述熊熊燃烧的世界。

显然，他们知道如何在丛林中找到彼此。尽管他们来路不同，但看哪，他们会突然踏上同一条路。是威廉最先触碰的劳伦斯的脸。我多希望弗洛伦斯能看到我脑中的世界，看到威廉最先做出大胆的举动。劳伦斯说了一句什么，把威廉逗笑了。劳伦斯啊劳伦斯，即使他知道这一刻很神圣，也总是这样不恭不敬。他们忍不住去欣赏彼此美丽的脸庞；在这方面，任何坠入爱河的年轻人都是如此。威廉抚摸着劳伦斯精致的嘴唇，然后把一根修长纤细的手指轻柔地伸进我儿子的嘴里，又把它缓缓移出，然后又急切地把它放进劳伦斯的双唇。

“某些成员。”艾达·特里布尔重复道。

我相信当时的我坐在椅子上因兴奋而颤抖，哪怕是现在我也解释不了这种现象。尽管我不在乎露希尔·韦瑟斯比能否参加我们的茶会，共商协会的事宜，这个黑人突然就出现在男孩身边，三个人一起站在河边的树林里，露希尔用幽暗的声音歌唱。我心想，就让露希尔加入我们这不堪一击的分会吧；就让她喝着茶，日渐瘦弱，日渐憔悴吧；就让所有人，所有热爱自由的孩子、男人、女人统统加入吧；就让所有人都接受审判吧。当时的我也许大笑了起来。我确实记得自己离开了会堂，手拿记事本，穿过门厅，走到室外，水仙花开得如此纯洁。诚然，我们是革命的女儿，但或许，我们还是革命的母亲。我并不知道这一想法意味着什么，但是它挥之不去。我是否在会堂里大声说出了这句话？不，不，我不可能这样胡言乱语。

艾达·特里布尔和弗洛伦斯·班纳特，我们怎会知道自己孕育了什么，又怎会知道这世界会如何塑造我们的孩子。我们的儿女在我们眼中就像谜团，最好不要去了解他们，但同时，哪怕只有一瞬间，要去想象他们会有多快乐……

河　滨

巴里·马尔兹伯格
Barry N. Malzberg

巴里·马尔兹伯格主要以科幻作家的身份闻名于世，但也著有十七部犯罪小说，其中三部与美国推理小说大师比尔·普洛奇尼合著。他提及他是“约翰·坎贝尔最佳科幻小说奖的第一位获奖者，当时是1973年，时光荏苒啊，诸位”。

《河滨》 / 乔治 · 贝洛斯[1]

1 乔治 · 贝洛斯（George Bellows，1882—1925），美国现实主义画家，垃圾桶画派最负盛名的代表人物，以对纽约城市生活的大胆描绘而闻名。

贝洛斯，看这里：你不知她的来处，也不知她的身份。这是一个简单而难堪的事实：除了油画对她的阴森呈现之外，你对她一无所知，包括她的名字。贝洛斯，最终你只知道她肯定来自《河滨 1 号》——那幅该死的风景画。

“我就是她。”她说，“右下角的那个女人，怀里抱着孩子。我们醒来时发现自己在这个可怕的地方，而你把我们安置在这里。”

他本想画一幅现实主义的画，或者本想画一幅讽刺画，就像修拉[1]在画《大碗岛》时那样。但那个女人出现后，这一切都破灭了。那个女人出现后，他不再创作风景画，转而用一种更加随意且残酷的风格去描绘沙奇拳击俱乐部里凶猛而残暴的雄性世界，去表现男人给男人施加的残忍、冲突与疼痛。乔治·贝洛斯死于四十二岁，并庆幸自己得以解脱。

因为这一事实难以承受：他预示了特莱津、特雷布林卡、马多尼克、达豪、奥斯威辛[2]。画中的河滨是一个集中营，戏水者和旁观者是被押解的人群。贝洛斯不是寓言家，也不是预言家，也不是精通黑暗

---

1 乔治·修拉（Georges Seurat，1859—1891），法国后印象派画家，点彩派创始人，代表作《大碗岛的星期天下午》。

2 以上均为纳粹集中营的名字。

魔咒的巫师，只是一个艺术工作者，一个社会人，一个受雇于人的小丑。然而，画中蓝色的背景偏偏预示着一场浩劫。他不确定那是一场什么浩劫，但他会慢慢地、慢慢地悟出来。

科恩斯[1]并不想让登普西[2]与费尔波[3]对决。登普西已半隐拳坛，身体状态不复从前，而且身陷逃兵役丑闻（这哪叫丑闻，明明是人之常情）。如果科恩斯按自己的意愿来，他就会冻结登普西的“拳王”称号，尽可能长久地保留这一头衔。如果有人自封为王，那就称其为贼。但是，登普西有自己的原则，毕竟奖金丰厚，两人又难逃一战。贝洛斯对权势之争毫无兴趣，也不在乎粗野狂暴的登普西，更不在乎什么“野牛”。但画完凶兆之作《河滨》后的几年间，他发现自己离擂台越来越近。擂台上的人来路明确，遵守规矩，虽无冤无仇，也要强行仇视彼此。那天，他坐在媒体之后第三排。这是一个不错的位置，是由经纪人安排的。费尔波泰然无惧，打得登普西措手不及，开场铃声响后没几秒就把他击倒在地。贝洛斯的视野畅通无阻，看得一清二楚。

这种残暴的画面有一种透彻感，不似那幅让他不敢再画风景画的作品。擂台上的一切直白易懂，无可阻挡。当费尔波似乎已被彻底打倒、一蹶不振时，他却又在裁判倒计时快结束的时候重新站了起来，然后把登普西一拳打出围栏，摔进第一排的记者当中。

---

1 杰克·科恩斯（Jack Kearns，1882—1963），登普西的拳击教练。

2 杰克·登普西（Jack Dempsey，1895—1983），美国著名拳击手，在与菲尔波对决前，已是蝉联四年的拳王。

3 路易斯·费尔波（Luis Firpo，1894—1960），美国著名拳击手，外号“野牛”。

所有人都大吃一惊。从贝洛斯的角度上看，登普西脸上的惊惧清晰可见，尔后惊惧迅速变为惊讶。这位拳击手在记者中间挣扎，而记者正努力把他托回擂台。看着眼前这一幕，贝洛斯终于明白他未能想通的事：那个女人以及他画笔下的码头是对未来的预示。

她在那里，画面的右上角，嘈杂而散乱的周末人群中的少数几个女人之一。怀中的小孩是画面中唯一的婴儿，与她一样，面容模糊，表情难辨。这幅画看上去像是《大碗岛的星期天下午》低劣而怪异的仿制品。码头紧邻人群，男人或男孩穿着浴衣，七倒八歪地站在边上。这幅作品肯定是在暴怒之下完成的，无论是有意还是无意的，这种情绪以一种野蛮的方式喷薄在画布上。画面的笔触并非修拉的点彩，但也有一种野性的秩序。不是点彩，不是的，而是人物的漫画式铺展。

后来再看这幅画，他感觉画的建构（他只能这样去想它）摧毁了他。东河的这些纽约人都一贫如洗，或者近乎一贫如洗，来这里是为了寻求某种自由和安逸，这种自由和安逸是修拉画中的庆祝者才可能会享有的。而修拉画的是另一个国家的景象，其本人也早已英年早逝。贝洛斯本想着把它收录进一部精品集中，作为系列作品的第一幅，所以给它起名叫“河滨 1 号”，即使他不知该如何把这幅画与其他作品建立关联。油画的左上角有一根灰色的烟囱，烟囱上方是工业废气，周围是一片绝望的迷雾。

他不会知道的是，这画面可能是对达豪集中营或特莱津儿童集中营的凄凉预兆，早于加冕二十多年。他会知道这些吗？他是在时光交汇的深渊里作画吗？我们无从得知。在一切发生之前，贝洛斯已经死去十多年。那女人不是安妮丽丝·弗兰克[1]。她直到1929年才出生，在贝洛斯死后二十年过世。

油画背后的神秘女人或许这样告诉过他们，但她什么都没说，只是向他展示了一张照片。灰色的照片里是一堆四肢伸展的杂乱人体，有的叠在一起，有的侧身躺着。

第一眼看到那张照片的时候，贝洛斯说："我可不是画这种画的。"

"现在你要去画这种画。"

"我不是你要找的艺术家。太可怕了。"

"你必须画。有报酬的。需要我坐在这里吗？"

"那个女人抱着一个孩子，是你的吗？"

"我去把孩子带过来。"

在他的不适之下，一股深深的愤怒开始涌动。有人要求他做一件可怕的事，一件超出他承受范围的事。但这背后又有某种东西，某种任何人都无法理解的东西。也正是因此，他才去关注体育运动。体育运动中的不确定性与此不同，登普西可能会靠自己回到擂台上，也可能不会。无论如何，这都是一个简单的谜题，只有两种答案。然而，他画在画布上的东西却没有答案。

她拒绝仔细端详。虽然他埋头苦画，但女人的形象却压抑而局促。

---

1 安妮丽丝·弗兰克（Annelies Frank，1929—1945），二战犹太人大屠杀中最著名的受害者之一，《安妮日记》的作者。

小孩悬在空中，没有支撑。他对她说，这是一种象征，代表着抛弃。女人的脸也模糊不清。他尽可能夸张地改变她的形象，把她画成一个身材肥胖、五官模糊而丑陋的女人。

“那不是我。”她说，“一点都不像。而且我不抱着孩子的话，她会掉下去的。”

“不，不会的。这是难以解释的神秘之处。”他想说，这个孩子还没出生，她的出生还要等到十五年之后，她会躲在阁楼里成长，然后被抓捕，被毁灭。但他不会说这些，他不可能说这些。

那个女人开始骂他，言语不堪入耳，骂得贝洛斯感觉自己缩小成画中人那般大小。在她愤怒的洪流前，他又弱小又无助。

“如果我画出来，”他说，“画就会成真，就会发生。”他知道这是真的，也知道没有挽救之策，木已成舟，无论他做什么，也无法逆转世纪的走向，一切都为时已晚。

故事源自另一个传说：莫扎特的 K626 号安魂曲。一天，一个神秘人前来请求莫扎特为一个匿名委托人谱写天主教安魂弥撒曲。后来莫扎特悟出，这首安魂曲是为他自己准备的，但他是在贝洛斯的委托人再也没有回来时才意识到这一点的。不管怎样，他仍然完成了曲子。时光拖着脚步，朝大烟囱行进。几十年后，曾是贝洛斯的那个东西现已转世，变成犹太人，终将明白他曾见过这番景象。在《沙奇俱乐部的猛拳出击》之前，在登普西摔下擂台之前，他便已领悟到这一荒诞不经、无可言喻的事件。他到底是谁？他还能是谁？若非人文画家、若非庆祝者？

门格勒[1]的手指指向他，然后指向右方。他想，这超出了我的理解范畴。

至少安妮丽丝不在这里，是吧？

一个世代难忘的恶作剧。

1 约瑟夫·门格勒（Josef Mengele，1911—1979），德国纳粹党卫队军官，奥斯威辛集中营的“医师”，对集中营里的人进行残忍、科学价值不明的人体实验。

湖边的银色

沃伦·摩尔
Warren Moore

沃伦·摩尔是南卡罗莱纳州纽贝里市纽贝里学院的英语教授，也是劳伦斯·布洛克编纂的选集中的“惯犯”，最近一次为其供稿的作品收录在《阴暗之家》里。他在2013年出版的“重金属黑色”小说《碎玻璃华尔兹》在2017年再版。他与妻子住在纽贝里市，爱根汁汽水和女儿（不一定是这个顺序），近期刚找到自己的汽车钥匙。

《向野兽派致敬》 / 小沃伦・S・摩尔[1]

1 如序言中所写，小沃伦・S・摩尔为该篇作者沃伦・摩尔之父。

日暮时分，湖面上红光闪烁，湖中的树林越来越暗，银蓝色的云彩悬在上空。假如埃里克·马西森的父亲在这里，他肯定会说湖是洋红色的，但对埃里克来说，湖只是红色的。埃里克的父亲会画画，虽然从未达到他个人的期许，但埃里克知道自己远不及父亲的水平，而且父亲懂色彩。

埃里克在八年级的时候，修过六周的美术课程（其间还有其他课程，名叫“探索课”）。老师要求他们在当地的商铺里买一套水彩颜料。不是让他们买上等货——其实玩具就行，就比如金环超市或者克雷斯吉商场的文具区附近可以发现的那种。（埃里克知道这两家店现在都不在了，但他觉得那些把它们取代的“大盒子”中很可能也会有文具区。）其他孩子带过来的都是玩具类型的——一个金属盒，盒里有很多凹进去的菱形格，格里是颜料，格旁写着对应的颜色。大多数孩子带来的都是八色或十六色的水彩盒，一个女生带来的是六十四色的——她说她明年想去一所职业院校学习美术，但后来她进了大学预科班，还和埃里克同班。

埃里克的父亲从自己的画室里拿了一套水彩颜料给他，并说自己更喜欢丙烯，但水彩对八年级的孩子来说应该更容易清理。颜料盒是塑料的，上面有一个标签，写着“格鲁巴赫”，里面是十二管颜料，像旅行装的牙膏。盒子里还有调色用的小盘子——埃里克的父亲和美术老师威尔逊先生都说，盒子里的颜色只是起点，艺术家都是自己来调色。其他孩子都是先沾湿笔刷，在一块菱形格上蹭一蹭，然后再蹭另一块，通过反复试错（基本都是错的）找到正确的颜色。但埃里克喜欢这套颜料的纯净度和饱和度，尤其是那管“钴蓝色”。所以在上课前的那天晚上，他决定要在课程结束前用它偷偷画出一幅作品来。

第二天上课的时候，威尔逊先生要他们拿出颜料。学生们叮叮当当地拿出水彩盒，然后吱吱呀呀地掀开盖子。埃里克注意到杰里·布莱恩特（这孩子吃的是免费午餐，常在校车后排抽烟，带的颜料只有八色）的盒子里有一个专门放置笔刷的小空间。

埃里克打开自己的颜料盒，然后把颜料摆在桌上。“这都是啥？”杰里问。

“颜料。”

“为啥跟别人的不一样？”

“只是包装不同而已。”

“你真是个怪人，埃里克。”杰里向老师挥了挥手，“威尔逊先生！埃里克能用这样的颜料吗？”在威尔逊先生朝这边走来时，杰里突然从埃里克的颜料中抓了一管，笑道：“这上面写着‘妓女绿’[1]！妓女！你要画小黄图吗，埃里克？”

“只是颜色的名字而已，”埃里克说，“我爸告诉我的。”

---

1 原文为“Hooker's Green”，本意是“胡克绿”，指英国植物学家威廉·胡克发明的一种表现植物颜色的颜料。“Hooker”是胡克的姓氏，同时还有“妓女”之意。

此时，威尔逊先生已经走到这边。他看了看桌上的颜料，然后朝杰里皱眉。杰里随即闭上了嘴（只是一时罢了——在接下来的一周里，每当埃里克走在廊道里或者排队买午餐的时候，他总会听到杰里领着其他孩子一起咕哝“妓女”“怪人”“小黄图”，然后哈哈大笑）。威尔逊说：“埃里克，你没必要用这么优质的颜料，为什么要带它们过来？”

“这是我爸的。我说我上课要用颜料，他就把这些给我了。”

“嗯，它们非常好——但也非常贵。”（杰里不屑地瞟了他一眼，后来又在食堂里冲他推了一把椅子撞他。）

“我爸给我的，”埃里克停顿了一下，“他会画画。”埃里克想继续说下去：他爸教过美术，办过画展，还曾兼职给货车画壁画，后来他们搬了家，爸妈换了工作，他也换了学校。但他又觉得即使说了这些也无济于事，别的孩子已经朝他翻白眼了，所以关于这些他只字未提。

“看得出来。”威尔逊先生说，“既然你都带过来了，那就用吧。”然后，他给学生发下一张大纸，要求他们用笔刷和水把它润湿，然后再开始他所谓的“渐变色湿画法”——先在纸的顶部涂上几笔重色，然后水平涂抹，依次向下，每次一个笔刷的宽度，颜色也就越来越淡。“不要加颜料，”威尔逊先生说，“太干的话，加水润湿就行。”

在画第六或第七下的时候，埃里克的笔触只能在纸上留下清水的痕迹，或许从一开始用的颜料就不够。他正要拿笔刷去蘸他从蓝色和黄色管里挤出来的颜料坨，威尔逊先生看到后说，“别，埃里克——就这样画下去。我知道你的颜料好，但也不必一直用。”

“臭显摆。”杰里嘟囔道。后来，埃里克正要走出教室门口，突然被一只脚绊了一下。好在他扶住了门框，但小臂蹭在了画纸上，右袖沾了颜料，画也抹脏了。母亲收拾脏衣服的时候问他发生了什么，但他没有说。

第二天，埃里克没带颜料。他对威尔逊先生说他只是忘记带了。“那今天就是零分了，埃里克。”威尔逊先生说。不过，埃里克在其他方面都很不错——单点透视，两点透视，刻蚀画，山丘棚屋素描——所以他顺理成章地拿到了A，但从那以后，他就没再画过别的东西。在接下来的几年里，他时不时会看到父亲的画，有时是在自己家里，有时是在父母的友人家里。他会琢磨笔触是怎样产生细节或者暗示细节的。有时候他也会信手乱画，画的依旧是四十年前幻想出来的山丘棚屋图。

埃里克再次望向湖水。斜阳更低了，但湖水仍然是红色的，树林边升起一层银色的薄雾，仿佛是徘徊在上空的云彩的倒影。秋天终于到来，但有些树绿意依旧，尽管其他树都已棕黄。冬天也不远了。

他心中自语：“如果你被困在了这湖边，而冬天就要来了，你会做什么？”他不知道，但他笃定答案绝不轻快。幸好他的车就停在一旁，很快就能开车回到凯特和女儿们身边，回家批改试卷、修订最新版的教师政策手册。

他又想起了父亲。在他更小的时候——在他上美术课之前，在他们从田纳西州搬来肯塔基州之前，在他还在上小学的时候——他花五十美分买了一本1950年代末或1960年代初的《童子军手册》，一边读一边记里面的细节。比如怎样获取勋章；比如徒步旅行休息时，要把双脚举过头顶，这样腿就不会僵硬；比如腿部或手臂出血、危及生命的时候，宁可残疾，也要使用止血带。书里还有一个版块介绍奇怪的新感觉以及生理变化，不过这一部分需要再年长几岁才能理解，他虽然读过，但也只是囫囵吞枣。

十一岁的时候，他问爸妈自己能不能加入当地的童子军。他们说能，父亲尤为激动。他没有自荐担任童子军团长——军队已经有一个很好的团长了，已经在任好几年——但当他带着埃里克去参加集会的时候，他经常搭把手；在徒步旅行或者露营的时候，他也总是迫不及待地帮忙，跟别人分享自己多年来和朋友背包旅行所积攒的经验。

后来，"童子军冬季野营会"于陆军工兵队在当地的湖区保留地上举行。星期六上午六点前，埃里克和父亲就已到达主办方教堂，在场的还有其他童子军和几位父亲。他们一起把器材搬进团长的面包车，然后沿州际公路开车行驶半个小时，最终到达露营场地。

几次野营后，埃里克便意识到自己并不喜欢露营。或许是杀虫剂的味道；或许是"下雨时不要触碰帐篷"的提醒；或许是他们总是在马不停蹄地"磨炼技能"（童子军团长希尔斯先生的原话），比如识别树叶，按照童子军杂志和手册里的文章（《打造切罗基[1]厨房！》）用树枝和一匝又一匝的麻绳制作建筑结构。埃里克在某些方面做得不错，比如阅读、学术、急救、新闻等，并获得了相应的勋章，但这些都是室内领域，一旦到了户外，他的表现就远不及此。

第一次野营时，埃里克便出了丑。他刷完晚饭后的盘子，问希尔斯先生他该怎样让盘子干掉。

1　切罗基（Cherokee），美洲土著居民。

“风干就行。”希尔斯说。埃里克不清楚他是什么意思——妈妈在家里洗碗的时候，都是把碗放进洗碗机。希尔斯先生指的是加油站厕所里的那种电动干手器吗？或者类似妈妈去照相亭上班前用的那种吹风机？营地里还有这种东西吗？

所以埃里克问，“我要用的风在哪里呢？”他觉得这是个合理的问题，但希尔斯先生觉得这是他听过的最可笑的话。他指着几个网兜说，“把盘子放进网兜，再把网兜挂在树枝上，风就在那里。”然后止不住地笑。当埃里克的爸爸带着几个男孩徒步归来时，他还把埃里克“风在哪里”的故事讲给了他听。

后来的几次露营，埃里克选择磨炼的技能是：在不妨碍别人成就大事的前提下，尽可能让自己忙起来。比如捡东西，把东西从这里带到那里，按照命令去做，乖乖听话。听话——这一点他可以做到。

白昼变成傍晚，然后变成黑夜。埃里克爬进爸爸带到大烟山来的双人帐篷，调整了一下睡袋。睡袋下铺的是他和爸爸带过来的泡沫卷垫——比充气式床垫更轻，用起来也更方便，而且还防水。篝火仍在燃烧——洋红色的光和灰色的烟雾弥漫在露天营地里，周围是漆黑的树——但埃里克说他不舒服，提前回了帐篷。他没有撒谎——“童子军要值得信赖！”他确实不舒服，躺在帐篷里，听着其他男孩以及队长们的交谈，看着火光映在橘黄色的帐篷上，一切都仿佛在提醒他他有多么不该待在这里。又是一个不适合他的地方，又是一个他父亲有而他没有的天赋。

父亲回到帐篷时他还醒着，但他装作睡着的样子。柴火冒出的烟飘进帐篷内，但他仍能闻到父亲抽的“骆驼”牌香烟的味道。“埃里克，”父亲说，“我知道你醒着。”他迟疑片刻后说：“怎么了？”

埃里克无法回答——当时的他没有足够的词汇量，有些话他不知道该怎么表述。比如他在这里没有归属感；比如别的孩子都很开心，而他知道自己并不开心；比如他不知道为什么自己在做其他孩子做的事情时不会开心；比如他能背出《幽默》杂志里的全部文章，也能背出爸爸买的乔纳森·温特斯[1]专辑里的全套讲词，可偏偏只能做一个连风在哪里都不知道的呆瓜。而且还这么冷——不像杰克·伦敦[2]的故事里写的那样冷（那些故事他都读过。这里不过是田纳西州的一块破营地罢了，看在皮特的分上[3]。哪怕是在心里想，他也绝不会说脏话：“要保持身体强壮，头脑清醒，品行端正。[4]”）。这里冷的程度刚好能提醒他这地方他不喜欢，而且明天只会出现更多让他意识到自己不是一个优秀童子军的迹象。他哪里拼凑得起这么多话，因而只说了一句：“我不知道。”

“你想回家吗？”他想啊。但同时，他更痛苦于自己不能成为《男孩的生活》杂志中的那种男孩（这杂志他每月都看，虽然杂志到手时，他总是先翻到漫画和笑话那几页）。这是他和爸爸一起做的事，是男孩子应该做的事，是他们要去喜欢的事，是他们要和将来的儿子一起做

---

1 乔纳森·温特斯（Jonathan Winters，1925—2013），好莱坞戏剧大师，出演过众多影片和广播剧。

2 杰克·伦敦（Jack London，1876—1916），美国著名现实主义作家，其作品的重要主题是在严酷的自然环境中人类生存的顽强。

3 原文“for Pete’s sake”是对“for God’s sake（看在上帝的分上）”的一种委婉说法。

4 童子军的誓词。

的事。可埃里克并不喜欢，甚至没有一丁点的兴趣，但同时他又不想让爸爸失望，因而再次说道："我不知道。"

"你没必要在这里。"父亲说，"要不我带你回家？然后明早再回来给希尔斯先生帮忙。我就说你不舒服，行吧？你确实不舒服，对吧？"

"不！"埃里克想说，"我不想走！我想成为月度童子军，成为巡逻队长，获得鹰勋章，获得箭勋章。"有一个男孩在几个月前的夏季露营时就获得了箭勋章，他把勋章别在夹克上。埃里克也有夹克，上面也有他参加露营活动时获得的勋章，但箭勋章可不是寻常物。

但他还是回答："好。"然后把自己的东西塞进背包，和爸爸一起走到雪佛兰旁（他们就是乘这辆车跟随希尔斯先生的面包车来到这里的），然后把背包放在车尾隔板之后。爸爸走进希尔斯的帐篷，把事情告诉了他。埃里克似乎听到了"临阵退缩……确实"之类的话。一会儿后，爸爸回来了，然后把车开到州际公路上，朝家的方向驶去。

"对不起。"埃里克说。

"为什么？"

"让你失望了。"

"没有。"他说，"我们做这些，是因为你说你喜欢。如果你哪天不喜欢了，也没关系的。"

但埃里克心里有数。冬季野营会的徽章发下来的时候，他对爸爸说他不想把它缝在夹克上。

"为什么不？你确实去了呀。"

"去是去了，但没坚持下来。"几个月后，父亲换了工作，他们一家搬到肯塔基州。在这里，他开始读八年级，修美术探索课。多年后他去读研，和那些当过童子军、获得鹰勋章和箭勋章的男生聊天时会说：“我也当过童子军，但成为一等军后，我们搬家了，之后就没再参加了。”这确实是实话，但他有些心虚。今年秋天，他们家外出露营，开车五个小时来到大烟山，住的是弹出式野营车，但埃里克依旧不喜欢。几天前，他对人们说，他心中的“体验原始生活”只不过是听宾馆服务员讲两句蹩脚的英文，这话逗得大家一阵哄笑——他知道怎样逗人开心。

天色越来越晚，埃里克仍然站在停车场里。太阳更低了，雾气不断从温暖的湖面升到凉爽的空气中。

他父亲八年前去世了，死于急性病。当时，埃里克还在和妻子凯特以及两个女儿一起度暑假，罗丝十二岁，安妮九岁，埃里克四十三岁。急救医生赶到的时候，已经回天乏术了。他们只好折回，把女儿撂在凯特父母家，然后开车向北，去料理人们所谓的“后事”。他在脸书上就用了这个词：“后事即将安排妥当，我会及时告知。”

在“料理后事”的过程中，他反复听到同一句话——他父亲是一个好人，而且多才多艺。他精通电脑，并以此为生（埃里克在大学里也尝试过计算机，但最终选择了历史）；还擅长软笔画、硬笔画和版画；还常给小区里的人提供建议，从修理汽车到烹饪火腿，各个方面都懂；他对很多领域都了如指掌，对所有领域都有所涉猎。一个和埃里克同龄的女人——现在和凯特一样，是一级教师——曾对他说，她在十几岁时父母离婚后，专门来找他爸倾诉青春期的烦恼。她说他对她有大恩。

“他对很多人都有恩。”埃里克说。

人们一遍又一遍地告诉埃里克，他的父亲是一个聪明的人，一个睿智的人，一个才华横溢的人，一个堂堂正正的好人。埃里克当然知道这是事实——毕竟他是父亲养大的，不是吗？不过听到别人这样说，心里还是很欣慰的。然后举行葬礼的时候，他、凯特和女儿们把大学送过来的玫瑰花丢进母亲坟旁的墓坑里（母亲已死去多年），花朵落在父亲的棺顶上。

几天后，埃里克和凯特坐在客厅里，思考该如何清空父亲的房子，以备出售。突然，凯特说：“你知道吗，不久前——我们去你爸家过圣诞节的时候——你爸在楼下读书，我和女儿在看电视。他突然说他很欣慰，因为你能有所成就，找到了自己喜爱且擅长的事情，还能以此担起养家的责任。”

“他这么说？”

“嗯。”

埃里克想起十一年前，罗丝还是个蹒跚学步的孩子，安妮还没出生。自大学毕业后，他干过很多不起眼的工作，没有哪个可以让他付得起每月的生活花费，也没有哪个可以让他感觉有任何意义。从罗丝出生到学会走路，凯特和埃里克纠结了几个月，终于决定还是趁着孩子年幼、无法觉察的时候过穷日子。他向几所大学申请读研，其中一所录取了他。他们把行李装进面包车，向大学出发。在那里，埃里克将要做出新的尝试。为了帮他搬家，他的父亲也跟了过去——虽然年纪不比现在的埃里克大多少，但强壮如牛。

小憩时，埃里克的父亲点着一根烟——这次是普通品牌，骆驼烟太贵了——然后说："儿子，你这个决定十分勇敢。"

埃里克挑起眉毛。"是吗？"

"是的。还记得那个周末吗？你从学校回来，对我和你妈说你厌倦了计算机，想去学历史。"

"记得。"埃里克说，"我怕得要死，不知你们会怎么想。"

"我不知道你妈当时怎么想，但我想的是：'我们家终于有人有这个胆量去做他想做的事了。'而现在你又做出了同样的决定。"

"我还真没这么想过，爸，谢谢你。"父亲抽完烟，指着大学研究生宿舍后的玉米地说，玉米收割后，操场和北极之间除了几棵树和几只驯鹿之外别无他物。然后，他们回去整理行李。父亲把烟头扔到马路上，烟头的微光照着路面，直到被他一脚碾灭。

太阳落山了，湖边停车场的灯嗡地亮了。埃里克转过身，朝车子走去，暗问自己在父亲的才华之下苦行了多久——并不是父亲对他有多少期待，而是他对于父亲的期待有所期待。现在的他也是一位父亲，他知道自己一心只期待女儿活得开心，也知道父亲也是这样期待他的。

可这一点很容易忘掉，他总会时不时郁结于自己与父亲的差距。更难铭记的是那些类似的片刻——并不是因为这种片刻太少，而是因为埃里克自己的性格。他就是这样的人，很可能一辈子都将是这样。而当他想起来的时候，这些记忆就会挤走其他的记忆，就如他的车头灯穿透停车场的迷雾一般。

太阳终于消失不见。埃里克·马西森尾随着车前灯的光，穿过黑暗的湖边树林，驶向妻子、女儿和家。在他身后，车尾灯亮着红色的光——也可能是洋红色的光。

干掉他

米迦·内森
Micah Nathan

米迦·内森，长篇兼短篇小说家。他想不通自己为什么这么久才发现丹尼尔·莫珀的作品。

《岔路口的暮光》 / 丹尼尔·莫珀[1]

1 丹尼尔·莫珀（Daniel Morper，1944—2016），美国当代视觉艺术家，风景画家。

正如很多同类故事一样，这个故事也发生在火车上：一辆火车向西行驶，穿过科罗拉多州，目的地是旧金山。车上满载乘客，他们大都头倚车窗，凝视着车外一闪而过的枯枝败叶。他们有的满面愁容，有的在睡觉，有的面带病人或长途旅行者所特有的呆滞而平静的表情。乘务员摘掉了帽子，独自坐着打盹，下巴贴着胸膛，双手压在大腿下；火车正在减速，迟早会把他摇醒。

几排座位之后，有个年轻人伸了伸胳膊，然后在脑后交叉，双手按在脖颈上。这姿势似乎很舒服，他向后一倚，跷起二郎腿，然后陷入了沉思。他叫奎恩·迪德里希，已经近两天没合眼了。他很累，但他不介意；他很饿，但他不想吃东西。他的包放在旁边，里面的衣服够他换穿一个星期的，除衣服之外，还有祖母的一枚银胸针，一把父亲的旧手枪。奎恩一生中共开过大概五次枪。父亲执意要他带上枪；在奎恩看来，手枪和银胸针对比起来还挺有趣的。

奎恩的靴子擦得锃亮，鞋带也很干净。在上火车前，他在赫林镇的旅馆里把衬衫和裤子上了浆，之后时刻注意自己的动作，以免折痕消失不见。不过，他已经准备好接受另一种可能：当他在拉维塔镇下车的时候，伊丽莎白一眼便能看出他的精疲力竭。倒不是这身衣服的问题——哪怕他刮掉胡子，换上一身新衣服，伊丽莎白仍能看出他的困倦与饥饿，她能看透大多数人看不透的事情。这是对于她答应嫁给他最好的解释。不过，那枚戒指可能也有功劳——想到这个只有自己才懂的笑话，他露出了微笑。

他发现这枚戒指的时候，差不多正好是一年前的今天。他正为钱发愁，自我怜悯，突然在人行道的缝隙中看到一个闪闪发光的东西——一枚金戒指，上面还有钻石，钻石的形状和大小类似野莓。他一把抓过去，就好像它是被人从他手里偷走、而他一辈子都在寻找的东西。戒指看上去适合伊丽莎白的指径，后来事实证明的确如此。回家的时候，他一路攥着戒指，时不时回头看是否有人跟踪他。他把它压在枕头下，每晚都枕着它睡，直到求婚的那一天。那天，他单膝下跪，请求伊丽莎白·罗丝·斯托克嫁给他。他汗流浃背，就好像面对的是牙医的牙钻。

那天晚上，他们在他父母房后的小树林里做爱。地上长满苔藓，还有很多甲虫和蘑菇，但他们只铺了一张毯子。月亮又圆又亮，透过松枝，在伊丽莎白的胸上投下斑驳的光。她的眼睛黑如翻耕过的泥土，散开的红发如午夜的火焰。奎恩坚信自己在她身上看到了爬虫，比如蚂蚁、马陆、卷曲的肉虫，以及锁骨凹槽里的蜘蛛。她要么是没觉察到，要么是不在乎。因为她太享受做爱的感觉了，奎恩心中自语。他的宝贝伊丽莎白正全身心敞开地接受他。

那时候，遥远的猜忌在心底搅动，如今也是——他凝视着窗外的小镇，想起了十三岁的一天；那天，在玛丽·格兰顿平坦的棕色胸脯上投下斑驳光影的，是太阳而非月亮。他和玛丽在森林里走了一英里，来到水潭旁。在来之前，她说，如果他爸在家的话，她就不在他家吃午饭了。奎恩不打算问其中的原由，而是警告她不要穿着浴衣去树林里，因为有很多马蝇。她嗤之以鼻，说马蝇不喜欢叮她，因为她味道太苦。他们一起游泳，聊校园里的八卦。玛丽坦白说，她暗恋卢卡斯·派克。奎恩对她说，他暗恋维罗妮卡·门罗。玛丽说，维罗妮卡知道他暗恋她，因为他总是盯着人家看。

“我都是无意识的，”奎恩说，“每次都是突然发现自己在盯着人家看。”

玛丽莞尔一笑，“维罗妮卡说你像大热天的狗，嘴巴大张，舌头动来动去。”

“我才没动舌头呢。”

“她说动了。”

“好吧，那她撒谎。”

“我相信她。我看到过你盯着我看。”

奎恩扭过头，不想让她看见自己脸红。

“跟你盯着维罗妮卡看不太一样，”玛丽说，“但我看到过。”

奎恩游到水潭边，想在这里待上片刻，集中注意力去感受芦苇刺背的感觉，而不是自己的尴尬。一只蜻蜓围着他面前的一片叶子嗡嗡转，他伸出手指，蜻蜓落在指尖上。

“你又在玩虫子了？”玛丽说。

奎恩耸了耸肩。

“我可以帮你在维罗妮卡面前美言两句，想不想啊？”

他摇了摇头。

“想一想嘛，”玛丽朝他游了过来。“我会告诉她你想放学送她回家，怎么样？告诉她你保证不再盯着她看，怎么样？”

蜻蜓扇动翅膀，但没有飞走。玛丽离他很近，他能听到她喘粗气的声音；水有些凉，让他们打起寒战来。

她继续说：“要是我告诉她你想亲她呢？”

“你才不会呢。”

“我会。”

奎恩转身面向她。“那我就——”

玛丽朝他撩水，水溅进他的眼睛和鼻子。她咧着嘴冲他笑，等他停止咳嗽。此时，他在她额头上看到一只有生以来见过的最大的马蝇——就像一颗长了腿的巨型黑橄榄。奎恩猛冲上去，一巴掌拍在她额头上。她大叫一声，腿蹭到了他的腿，又暖又滑。他们互相撩水，摔跤嬉闹。他把她的头按进水里，不管她如何踢打抓挠。待她停止后，他觉得她在装死，所以又按了一会儿，然后才把她从水里拉到岸上。

玛丽瞪着眼睛，混着绿藻的水从鼻孔中流出。他对她说不要再开玩笑了。“别再吓我了。”他说。她仍然瞪着眼睛。他意识到她的上衣滑了下来。这是他第一次见到女孩赤裸裸的胸。他强迫自己看向别的地方，一直等到影子变长。他一点点向她靠近，直到他们的身体相触，就像调情一般。然后，他把她拖到了森林边上，在斑驳的树影中脱掉了她的短裤。

她的内裤上沾着浮萍。他用手指摸索，然后放到鼻下闻了闻：池水和麝香的味道。他侧身躺下，贴在她湿冷的后背上，蹭到无聊为止。他感到不知所措，思忖着自己在万物金字塔中的位置，不知这是命运的考验还是某种认可。玛丽在挣扎时把他的胳膊抓破了，伤口火辣辣地痛，但他觉得这种痛是畅快的。不知鲜血会不会招来马蝇。然后，他拽着她，从森林边到水潭里。她浮在水面上，头发像藤蔓般四处伸展、蔓延。太阳落山时，他穿过树林，走上回家的路。

现在的他正乘火车去拉维塔见伊丽莎白的父母，这周晚些时候会办一场小婚礼。他隐约相信冥冥之中，是玛丽·格兰顿让他与伊丽莎白邂逅的，也是她让他与那枚戒指相遇的，这是对玛丽失去的人生的补偿。他看到车窗里的自己——侧着脸，一只眼睛注视着自己——以及暮光笼罩的平原。夕阳被远山遮住了脸，光芒像举起的双臂，向上探出。松林、农舍、灰暗的筒仓，世间万物，只有金、绿两色。奎恩允许自己闭上了眼睛。

在拉维塔的一间出租屋里，鲍勃·维多菲尔德坐在床边。如果有烟的话，他早就点上一根了。但他这几个月一直都在尝试戒烟。他捋了捋胡子，咳了两声，不禁怀念起过去有烟的日子。不知拐角处的店是否还开着。不过，看看自己脱在房间另一头的靴子，再看看自己赤裸的大白腿，再看看椅子扶手上折叠整齐的裤子，再看看床头柜上的半瓶酒，他又觉得今晚还算不错。

他拆开一包未拆封的扑克牌，在床罩上摆成几排，玩了几局空当接龙。不一会儿，酒就喝空了。鲍勃·维多菲尔德有点醉了，用他的话说是“半醉于劣质酒”。这种状态很微妙，想要喝醉又自以为远未喝醉。鲍勃收起纸牌，单腿站立，双臂侧平举，闭上眼睛，然后穿上靴子，拿起钱包。

拐角处的店干净而明亮；一个年轻小伙子弓着背站在柜台后，正在阅读一本杂志，表情疑惑而专注，就好像不识字似的。鲍勃抓起一包“老金”牌香烟。小伙子为他结账。

“你太热啦？”小伙子说。

“什么？”鲍勃说。

“我说‘你太热啦’？”

“我知道你说了啥，只是不知道什么意思。”

小伙子强忍住笑意。“算了。”

鲍勃走进温暖的夜里，顺便点着一根烟。这片土地就像被篱笆围了起来——在鳞次栉比的房屋和商店之外，只有黑色的平原和更黑的山脉。这地方没有谜团，一切都摆在眼前。他无需去思考何事何由，只需思考手段。即便如此，答案也直截了当：鲍勃带了一把 K-38 手枪，以及一把温切斯特手枪备用。想来有些傻，因为据他对奎恩那小子的了解——知根知底的了解——他充其量只会带一把刀，而且是用来削苹果的。

奎恩今年三十五岁，没有任何犯罪记录，顶多揩些小油小脂，看上去和一杯牛奶一样没有威慑力。照片里的他眼距较窄，头发是暗金色的。鲍勃觉得他是那种班级聚会时没有人会记得住的孩子。他出生在伊利诺伊州的赫林镇，一直都生活在那里，在一家矿务局工作，父亲是里面的管理人员。后来，他遇见了科罗拉多州拉维塔镇的伊丽莎白·斯托克，两人谈了一年恋爱。三天前，奎恩休假，出发来拉维塔，打算在这里结婚。为什么是拉维塔而不是赫林，这就无人知晓了。

管它呢。反正威尔·格兰顿通过常规渠道联系了鲍勃，两人在芝加哥见了面。鲍勃刚办完密歇根的事，正在回洛杉矶的路上。威尔带来了照片和现金。整件事很简单：威尔·格兰顿十四岁的女儿玛丽被发现赤身裸体淹死在离奎恩家不远的水潭里。那一年是 1933 年；五年后，威尔的老婆苏珊喝酒喝死了。威尔说，每个人都有自己的怀疑对象——大多数人认为凶手是一个名叫沃尔克的黑人流浪汉，因为沃尔克在玛丽的尸体被发现后失踪了好几周——但都没有证据，什么也做不了。

威尔亲眼看到了奎恩胳膊上的伤疤。玛丽失踪的第二天，警察把十三岁的奎恩带进来，审问他对玛丽的失踪是否知情。他淡定地坐在那里，只说了一句“不知道”。他胳膊上的抓痕是前一天跟山猫打架时留下的；他对警察说，山猫已经被他打死了，尸体就在他家房后的树林里。警察搜查了一番，确实发现了一只死山猫。

威尔也发现了。他不敢称自己是“死山猫专家”，但敢确信动物尸体一般来说不会腐烂得这么快，而且猫科动物的爪痕一般来说都是深而窄的，而奎恩胳膊上的伤口看上去分明是指甲抠出来的。那孩子敢于直视所有人的眼睛，唯独不敢直视他的。而且，威尔凭直觉断定凶手就是他，就像他有时能凭直觉预知妻子要说什么，或者预知女儿醒来后处于怎样一种情绪。“熟悉是最好的特异功能。”威尔对鲍勃说。威尔总对奎恩有种奇怪的感觉，仿佛这个男孩埋藏着超越他年龄的秘密。

威尔等待奎恩长大，而当他长大后，他发现自己太疲倦了，下不去手。也可能不只是疲倦。复仇也换不回玛丽，还会摧毁奎恩的父母，而他们在所有人口中都是正派的人，只是奎恩的父亲有些古怪，并且传染给了儿子。况且万一后来真相大白，奎恩真的不是杀害他女儿的凶手，那又该怎么办呢？他能接受自己害死了一个无辜的人吗？所以他酒越喝越多，觉也越睡越多。沉沦多年后，他突然听说奎恩要娶一个外镇的漂亮姑娘，而当他看到女孩的照片并意识到她与玛丽何其相似时，他终于狠下决心——应该说，他终于狠下“杀心”。

“我有我自己的偏好，”鲍勃对威尔说，“如果你对手法有要求，那你得付双倍的价钱，因为会给我带来不便。并且还有一个前提，那就是你的要求能够实现，我不喜欢不切实际的幻想。”

“什么叫不切实际的幻想？”威尔说。

“我听到过很多种，比如天降铁砧，钢笔炸弹，一盒子眼镜蛇，还有一个人要求船刑。”

“船刑？没听说过。”

“来自古波斯。把目标脱光扒净，绑在小船上，猛灌牛奶蜂蜜，灌到他快要爆裂，然后在他身上抹上牛奶和蜂蜜的混合物，让他漂浮在水池中央，剩下的就看大自然的了。据说一周之后，目标就会成为苍蝇的食物。”

“我不需要花里胡哨的。”

“还有其他要求吗？”

“没有。”

“仔细想想。自此之后，我们不再相见。”

威尔听从了他的建议。沉思片刻后，他说：“你的要价超出了我的预期。”

“你之前也做过这种事？”

“没，绝对没有。”

“那你为什么会对我的要价有不同的预期？”

“凭常理。”

“我做的事可不寻常，也没什么道理可言。”

“我只是想到奎恩的样子，又想到你——”

“你是说他很容易杀？”

“应该是吧。”

鲍勃喝了一口威士忌。“你去过拉维塔吗？”

“没有。”

“我也没有。但我知道拉维塔这样的小镇是什么样子的。满城尽是痛苦，而痛苦是会传染的，所以我的报价里包含了我的痛苦费。这样说可以理解吗？”

“有点深奥。”

“那你还是去找别人吧。”

威尔捏紧拳头，“干掉他。”

鲍勃深吸一口烟，掸掉烟灰，朝一个年长的先生脱帽致敬。那人喝醉了却又极力掩饰，因而走路带着一种笨拙的优雅。他脱帽回敬。

“今晚的女士都不错，”年长的先生说，“处处欢声笑语。”

鲍勃伸手去摸衬衫口袋的香烟盒，但又打消了念头。

“在哪儿？”

“左手边倒数第二间。去找埃洛伊斯，告诉他梅普尔顿叫你来的。”年长的先生奇怪地看了鲍勃一眼，然后走开了。

夕阳照进餐车。奎恩为一个名叫克洛埃的女人买了一杯波尔葡萄酒。两人相向而坐，克洛埃一直斜着身子，面向窗户，让两人明显看上去不是情侣。奎恩模仿她的动作。她总是开玩笑说，她丈夫要是看到他们，会大发雷霆的。奎恩以举手的动作回应她，仿佛只要她发话，不管是要他换座位，还是从飞奔的火车上跳下去，他都会照做。克洛埃要去旧金山，她的丈夫约翰在那边等她。她说约翰在那边打拼，两人已经分离六个月了。他们是从奥罗拉市搬过去的，克洛埃曾是那里的教师。

克洛埃的长相符合奎恩的审美，是那种寻常意义上的漂亮，谦逊低调，善解人意。虽然一二十年后，生育和重力会辣手摧花，但即便如此，奎恩心想，不是有句俗话叫“相由心生”吗？所以哪怕年纪大了，也能让人一眼看出此人曾经相貌出众。这位容貌姣好、身材小巧、双腿迷人的教师就像处女地一样肥沃，束腰连衣裙下尽是午夜风华，当然合他心意。奎恩幻想和她风流一把，但心里清楚这次不会得手；这让他对她肃然起敬，而他喜欢这种感觉。他喝光杯中的苏格兰威士忌。她问他是如何邂逅伊丽莎白的。

“那年夏天，她和家人要去纽约度假，途经赫林镇。”奎恩说，“我正在吃午餐，她和两个一看就是她爸妈的人走进餐车，身上穿的裙子跟你的很像。接下来的话可能有些滑稽，但确实是事实，我也找不到更好的说法——我是被她的声音给征服的。从他们的桌边经过时，我听到了她点餐的声音。之后的每天晚上睡觉前以及每天早上喝咖啡的时候，我都会在脑子里回味她的声音。我从来没有这么迫切地想要得到什么。我写了一个便条，让服务员递给了她。然后整个夏天，我们都在来来回回地写信。”

“你们相爱了。”克洛埃说。

“没错。”

“真浪漫。”

“是吗？我爸觉得我们的经历很奇怪，不过他这人就这样。”

“什么意思？”

“他想让我娶赫林镇的姑娘，最好是朋友的女儿。”他迟疑了一下，“可问题是，我的名声让我娶不上般配的女孩，反正在赫林是不可能的。”

克洛埃有些脸红，“能冒昧问一下你指的是哪种名声吗？”

“哎呀，不是你想的那种。”奎恩感觉自己话说多了，“我小时候惹了一些麻烦。”

“明白了。”

“但没干过违法犯罪的事。”

“那当然。”

但他的话让她有些恐惧——他能感觉出来——两人之间的那点火花熄灭了。他焦躁地抖着一条腿，汗珠从发际线渗出。他不敢相信这一切发生得这么快；突然间，他感觉喘不过气来，解开了衣领。

“你还好吗？”她问。

“我喝太多了。”他强挤出一丝笑，“我点这杯威士忌来喝，是为了让你觉得我是那种扛得住烈酒的男人。”

这话帮他解了围，她捂着嘴巴笑了起来，“但愿伊丽莎白不会因为你的愚蠢而责备我。”

“伊丽莎白知道我在遇见你之前就已经这么愚蠢了。”

她又笑了。奎恩也跟着笑了，享受着这一讽刺的事实：他买威士忌的确是为了逞能，他现在也的确醉得超出了预期，但他并没有感到不舒服，反而感到称心如意地安全，毒素得到了清除，就仿佛克洛埃的笑声把毒液从蛇咬的伤口中吸了出来。他叫来列车服务员，说了些“以酒解酒”之类的话，又点了一杯威士忌。第二杯比第一杯更快见底。

“我知道我做错事了。”奎恩说道，回答自己内心的疑虑。他看着窗外匆匆而过的夜景。克洛埃抿了一口红酒。“我也知道那是一笔无法偿还的债。”他继续说，“因为没有账簿，无法核验。”

克洛埃睁大眼睛，眼神清亮。

“我爸也做过亏心事，但他能心安理得，真让我羡慕。”奎恩挠了挠头皮，“有一次我从学校提前回家，我爸在棚屋里堆柴火——反正我当时以为是这样。然后我走过去找他，发现门是开的，他确实在里面，但不是一个人。我觉得那个跟他在一起的人并不享受那件事。其实，我很确信她以及后来的她们都不享受。”他举起杯子，把最后一滴舔掉，“我说得跟打哑谜一样，但估计你能听得懂。如果不能的话，那你比看上去还要纯洁。不过，你看上去只有你自以为一半的纯洁。”他朝她挤了一下眼睛，“你真的觉得我和伊丽莎白相爱的过程很浪漫吗？”

“真的，非常浪漫。”

“我爸不喜欢她，估计是因为她总能看透别人看不透的事情。”

“你爸的用意肯定是好的。”

他倚在靠背上，叹了一口气。这声叹息听起来就像父亲发出的，令他吃了一惊。克洛埃——多好的女人——觉察到他醉酒后的忧郁感伤，斗胆说了一句富有诗意的话：“或许是时候一笔勾销了。”

奎恩注视着她，眼睛变得湿润，但他抑制住了泪水。

妓院的地板吱呀作响，墙壁光秃秃的，壁炉里塞满一瓶瓶干花。门大都被卸掉了，换成了帘子。埃洛伊丝领着鲍勃进入走廊尽头的房间，然后一边解头发，一边开心地笑道："我见过很多男人，像你这种把裤子忘家里的还是头一次。"

鲍勃低头看着自己的大白腿和牛仔靴，说："我还是别谎称自己是故意不穿的了。"

"我喜欢你这种风格。"

"看来你喜欢卑微的人。"

她把头发甩了下来，"卑微的人往往更温柔。"

"哦，那我温柔点。"鲍勃说着，揪掉靴子，"何况我也太累了。"

完事后，埃洛伊丝说她不介意与他同床共枕，躺在黑暗中休息。鲍勃没有再喝酒，而是跟她聊了起来。他说，"拉维塔这样的地方不会有什么好事，镇子小了，人就邪恶，向来如此，早在罗马时期，就有偏远村镇的人把收税员杀死，急不可耐地退化成野蛮人。我宁可睡在洛杉矶的贫民窟里，也不愿睡在拉维塔最好的床上。我还真在洛杉矶的贫民窟里睡过。要是我出生在拉维塔，在我会爬的那一刻起，我就无止无休地朝日出的方向爬去，直到我遇见文明。如果遇不见文明，那我宁可喂狼，先让它吃我的脚，或者随它便吧。

"我不知道你是怎么受得了的，埃洛伊丝，我真不知道。我并不认为你独具一格，你可能也是普通人，但至少你有些抱负，会跟人聊天，比附近那些人形牲畜好太多。给你举个例子吧：我在租房的时候，问到一个独眼房东——他哪里是独眼，眼睛简直比牙还多——他跟我说，为了防止偷窃，房租是多少，我就得给多少。那间房是七十二美分，我给了他七十五美分，也就是说，他要找我三分钱。我说你们肯定有三分钱，因为我发现你们有四间房已经租出去了，零钱应该有的是。

“房东看我的眼神就好像我当着他面把他奶奶给上了。我说，‘你听懂我的算术了没？’他说，‘这跟算术没关系，我们把所有钱都放在保险箱里了。’然后我说，‘你们既然能放进去，那就能拿出来。’他说，‘不行，钱是从孔里塞进去的，每天早上我会把所有的钱都取出来存进银行。’然后我说，‘谁是打开保险箱的那个人？’他说，‘是房东，也就是我。’所以我说，‘那你为什么现在不打开保险箱呢？’他说，‘店里的规矩不允许。’我又问，‘制定规矩的是你吗？’他说，‘是。’然后我说，‘那你可以在你觉得合适的情况下破例。’他说，‘破例是小偷最好的朋友。’此时我绝望了，真的绝望了。我说，‘钱你收下，不用找了。’

“但那个独眼王八蛋说，‘不行，保险箱里的钱存得太多，会被小偷盯上的。’我问他，‘小偷都他妈是谁？怎么会知道你保险箱里有多少钱？’他说，‘我觉得我们有内鬼。’我说，‘他们为什么要在拉维塔这么一个屎坑一样的出租房里安插内鬼？’他说，‘如果你觉得这个屎坑配不上你，那欢迎你去别的地方住。’埃洛伊丝，我发誓我在竭尽全力地克制自己不把他揍开瓢。但我还是屈服了，买了一瓶酒，把钱一分不多一分不少地给了他。”

埃洛伊丝开始打鼾。鲍勃对着黑暗说，“看来额外服务是没希望了。”

第二天早上，鲍勃把车停在车站后侧，然后在站内等候。他假装在浏览报纸，拉低帽檐，裤子——对，这次他穿了裤子——因刚在朝阳下行走而发烫。阳光就像斜扫平原的镰刀，鲍勃甚至闻到了野牛草上露水灼烧的味道。那把 K-38 手枪掖在腰带下，里面的子弹是他颇为喜爱的空头弹，一旦进入目标，便会像雨伞一样撑开，绝不会留下顺滑的轨迹，也不会射穿另一侧。鲍勃认为，世上最保险的子弹非空头弹莫属，即使它对骨肉和血管的破坏之大，就如推雪机推雪一样。

他射击同一目标的次数最多是三次。那人叫莱尼·沃特福德，曾经是专业拳击手。他把老婆打得一只耳朵失聪、走路时永久性瘸腿。此外，他还用扫帚强暴了她，并把它撅折在里面。不过，他不是因此被杀的，而是因为骗错了人，好像是在一次房地产交易中。鲍勃对杀人理由不上心，虽然每一位客户都要解释一番。他不需要任何理由，在他眼中，杀人理由这一概念本就是毫不相干且荒诞不经的。不过，他也确实让莱尼死得比其他人更慢——用温切斯特手枪在大概十二英尺的地方射出一堆打鸟用的铅弹，正中莱尼的脸。他瞎了眼睛，呻吟不止，被自己的血呛死。

车站的员工宣布加利福尼亚“和风号”正准时进入车站。鲍勃折起报纸，夹在腋下，取了一杯咖啡，慢悠悠走出去，站在屋檐下。他用报纸遮住阳光，沿铁轨向远处望去，车灯在高温中颤抖。他听到风吹过草地的声音。车站里有三个人：车站的员工、手拿笤帚的黑人小孩、红头发的年轻女人。年轻女人漂亮而不张扬，坐在长椅的一端，穿着一条朴素的长裙，双膝紧并，双手放在膝盖上。

他把咖啡举到嘴边，但没有喝。他想抽烟，在口袋里摸火柴，然后记起自己把火柴忘在了房间里，所以又回到车站，向黑人小孩借火。黑人小孩把扫帚靠在长椅上，走进办公室，拿来一整包。鲍勃想给他小费，但他挥手拒绝了，说他也想抽一根烟，不知他有没有剩余。所以鲍勃给了他一根烟。

火车开始鸣笛，越来越近。鲍勃把咖啡丢进垃圾桶，回到屋檐下，然后把报纸换到左腋下，火车像一只巨型黑甲虫，身披硬壳，闪闪发亮。鲍勃从口袋里拿出照片，翻开看了许久。火车驶入月台时，鲍勃假装在读折叠着的报纸。奎恩是唯一下车的乘客。穿着朴素长裙的年轻女人从鲍勃身边急匆匆走过，让他一时间觉得自己中了埋伏，但她只对奎恩感兴趣，对他没有威胁。她的腿在裙摆中优雅地交叉。火车渐渐出站，鲍勃朝奎恩走去，掏出手枪，举在胯边。奎恩看到了枪，年轻女人也看到了。在他们说话前，鲍勃摇了摇头，然后示意他们行走，逼着他们走到车站后侧。他的车独自停在那里，引擎仍在运转。

“就在这里。”鲍勃说。

年轻女人转过脸面对他，奎恩的眼睛则死死盯着越举越高的枪，手里的包滑落在地。

“我有钱。”年轻女人说，“有一枚钻戒。”

“钻戒不是你的，由不得你来送人。”奎恩说着，闭了一会儿眼睛，然后用力睁大，望向太阳。鲍勃朝他的后脑勺射了一颗空头弹。

鲍勃回到车里，从奎恩的尸体旁驶过。伊丽莎白跪在地上，双手抱着奎恩头颅的残骸。鲍勃摇下车窗。

“他杀了一个女孩，”鲍勃说，“十四岁的女孩。”

她抬起头，几滴泪水划破脸上的尘土。“他跟我讲过。”她说着，站起身，伸手举着戒指，“真金，真钻，值五百美元。”

“我要用它来做什么？”

“把它当作佣金。”

“干什么的佣金？”

“奎恩的父亲，皮特·迪德里希，住在伊利诺伊州的赫林镇。”

“你跟他有什么瓜葛？”

“有必要说吗？”

鲍勃看着她沾满鲜血的手。远方火车笛拉响。

“我有我自己的偏好，”他说，“如果你对手法有具体的要求，那你得付双倍的价钱，且前提是你的要求能被实现。”

她耸了耸肩。

“还有其他事吗？仔细想想。自此之后，我们不再相见。”

但她只是呆呆地望着他，一缕红发在额前轻颤，长裙在风中抖动。此时，奎恩的头下已有一摊深红色的血水。鲍勃拿起戒指，在裤子上擦干净，放进口袋，然后向东行驶。

堪萨斯的洗礼

萨拉·帕勒斯基
Sara Paretsky

萨拉·帕勒斯基在出版了第二十一部小说《骗局》之后，明白了一个道理：作家的生活就和海豹突击队[1]的一样，唯一的轻松日子便是昨天。

1 美国海军特种部队，世界十大特种部队之一。

《堪萨斯的洗礼》 / 约翰·斯图尔特·科里[1]

1 约翰·斯图尔特·科里（John Steuart Curry，1897—1946），美国地方主义画派画家，其作品往往聚焦于家乡堪萨斯州的乡村生活。

“是啊，我们将聚于河畔，美丽的、美丽的河畔……”

二十分钟前她关窗户的时候，他们在唱《抛出救生索》，唱得参差不齐，听不出调子。索菲亚受不了这些圣歌，也受不了他们嘈杂而单调的唱腔，最受不了的是他们在她的地盘上搭帐篷举行培灵会[1]。她只想待在屋里，拉上窗帘，可无奈气温太高，窗户关不得。

帐篷后侧的篝火使帐篷里的人上演了一出皮影戏：牧师双臂挥舞，口吐浮夸辞藻；罪人向前跪拜，自我贬低，并欣喜若狂。

培灵会要举办六个晚上，这是第四晚。第一晚没多少人来，后来牧师到附近的城镇里四处发传单，所以每晚都会有越来越多的人乘坐福特 T 型车或者马车前来。索菲亚曾想让格里利律师强制他们把帐篷挪到沙彭的地盘上去——毕竟是鲁弗斯・沙彭准许他们搭建帐篷的。

格里利律师轻轻拍了一下她的手，“特里蒙特夫人，他们又没有伤害到你，反而会给很多人带来安慰，何不睁一只眼闭一只眼？反正一周之后就结束了。”

“上百号人在你的土地上丧心病狂，闹旱灾的时候竟然还敢点篝火，你试试能不能睡着。”她凶狠地说，“而且鲁弗斯・沙彭也该明白这片土地由不得他做主。我都不想让他做我的继承人，毕竟阿莫斯还

1　培灵会，基督教会旨在栽培信徒灵命成长的特别聚会。

有侄子，我想他们不会拒绝吧。”

“或许现在做这样的决定还为时尚早。”格里利说，“县里的火气已经够旺了，等天气转凉、人们的脑子降温之后再说吧。”

他的话仍然让她耿耿于怀。现在女人确实有了投票权，但格里利律师这样的男人对她说话时仍拿她当小孩子对待，可她分明是农场自成立以来唯一的顶梁柱。正当她难以排解心中的愤懑，不知该如何把鲁弗斯撵出家门时，她瞥见一个苗条的人影在帐篷中起身又跪下。

乔吉[1]。她去参加培灵会只可能有一个目的，那就是折磨鲁弗斯。她六周前来到农场，自那时起就在想方设法地找乐子，其中挖苦鲁弗斯是她的最爱。当然，饮酒和无鞍骑马（索菲娅用来拉马车的马）同样深得她的喜爱。鲁弗斯会时不时上她的钩，后来她被逮捕这件事就成了压死骆驼的最后一根稻草。要不是索菲娅听到了喊声并一路跑来，鲁弗斯可能已经把乔吉打得终身残疾了。

索菲娅走出房子，正犹豫要不要去帐篷里把她拽出来，但在院子中间停住了脚步，因为短发人影消失了。乔吉肯定意识到信众会把她当成被圣灵感化的真正忏悔者，于是趁他们给她披上白袍、带她参加洗礼之前离开了。

也可能那人根本就不是乔吉：她的这位远亲并不是道格拉斯县唯一留着短发、涂着口红的年轻女人。

索菲娅的头发松开后能垂到腰间，虽已变得花白，但依然浓密厚实。阿莫斯曾撩一缕缠在手上，把她牵到身边。斯人已去多年，那些

1　乔吉（Georgie），下文中“乔治娜（Georgina）”的昵称。

夜晚她都快记不得了。

“是啊，我们将聚于河畔，河水从上帝的宝座下淌过。”

索菲娅回到屋内，远离歌声。堪萨斯河水很浅，可以从沙堤上走到对岸，但没有人真去走，因为淤泥臭如烂鱼。

她节约使用水井和雨水，很少洗澡，衣服每两周洗一次，而不是每周都洗。深水井用来饮牲口，或在小麦和玉米快干死的时候救急；洗碗水或者洗衣水用来浇灌菜园。格雷利耶农场的状况优于很多农场，但今年夏天对于所有农场来说都不容易。索菲娅并不责怪邻居们向耶稣求救，只是不愿让他们在她的土地上这样做。

“我不知道你这些年是怎么熬过来的。”表姐范妮说着，浮夸地打了个寒战。这是她来农场的第一天早上，她正下楼来吃早餐。“还在用煤油灯和煤炉，还在徒手挤牛奶，你看你的皮肤——黑得像皮革。”

“热得让人受不了。”乔治娜抱怨道，穿着丝绸睡裙来到桌边。

鲁弗斯被晒黑的脸变成暗红色，“多穿些衣服。你可能觉得你来到了印第安保留地，但这是一个文明的农场。你不能穿着内衣坐在我的餐桌旁。”

“没错。”范妮庄严地说，“在这里，你要维护我们家族的名声，不要第一步就迈错。”

乔治娜耸了耸肩，给自己倒了一杯咖啡，“陶瓷杯，老古董啊。可别跟我说你们在上午十一点吃正餐，索菲娅奶奶，现在连早饭时间都不到吧。给我来一个鸡蛋，几片吐司。有没有橘子或者葡萄柚？”

索菲娅挤出笑脸，“乔治娜，我们吃早饭的时候你还在床上。在农场上，正餐就是午餐，不过你可以自己煮一个鸡蛋——鸡蛋在贮藏室里，厨房外右手边的那扇门。”

“正午前吃正餐？我还真是在美国的荒郊野外。咖啡不错，谢谢索菲娅奶奶，但我更喜欢别人叫我‘乔吉’，而不是‘乔治娜’。”

“乔治娜，年轻女士不应该说俚语、起外号。”范妮说。

乔吉欣然笑道：“如果我叫‘乔治娜’，你就得叫‘弗朗西丝[1]’。”

“我是你的奶奶，我的名字不算在内。索菲娅，可以给我多倒些咖啡吗？”

漫长的沉默之后，正当乔吉搅拌杯中的奶油时，鲁弗斯“啪”的一声把刀叉摔在桌上，怒气冲冲地回到田里。

索菲亚望着他的背影，一言未发。乔吉确实让她心烦意乱，但真正让她咬牙切齿的是她的女婿——他说这是“他的”餐桌。不管是农舍还是土地，统统都是索菲娅的。她有文件可以证明。文件谨慎地锁在银行的保险箱里，钥匙藏在老煤炉后的钩子上。鲁弗斯总觉得农场已经归他所有了，想当然地认为索菲娅死后，他会继承她的土地。不过，他确实在精心耕种，仿佛这片土地真是他的。但索菲娅始终捉摸不透的是，亲爱的女儿安娜到底看中了这坨没有灵魂的肉块的哪一点。

1858年，索菲娅的妈妈安娜·恩特威斯尔·格雷利耶和丈夫弗雷德里克移民此地，前来解放奴隶，使堪萨斯并入联邦。当时索菲娅才十岁，是家中的独苗：所有的弟弟妹妹都在五岁前夭折了。自那时起，范妮和孙女还是第一批前来西部的恩特威斯尔家族成员。

1　范妮（Fanny）是“弗朗西丝（Frances）”的昵称。

“主唤他回家了。”外祖母恩特威斯尔在婴儿弗雷德里克的葬礼上说——那是在他们去堪萨斯地区的前一年。

“我儿子的死不是什么神的旨意。”父亲用带口音的英文回道。他低头看着弗雷德里克的棺材，眼中泛着泪光。爸爸是一个自由思想者，而妈妈的家人不顾他的反对，组织了一场基督教葬礼，他因此怒不可遏。

他和妈妈在宗教上有分歧，但在解救奴隶上意见一致。劳伦斯镇的反奴隶制协会缺一名教师，他们便响应了号召。那所学校招收所有种族的学生，就连印第安人的孩子也受欢迎。

整个恩特威斯尔大家族都反对奴隶制，但没有人愿意和爸爸妈妈一同踏上危险重重的西进之旅。舅舅们在银行里为外祖父工作，他们是不可能抛弃肩上的重任的。

索菲娅对搬离波士顿这一决定火冒三丈。外祖母提议把索菲娅留下来，让她睡在妈妈小时候睡的那张白色百褶床上，但她爸妈舍不得她。

范妮和乔治娜坐火车从波士顿到劳伦斯仅花了一天多一点的时间，但在 1858 年，这段路程足足花了漫长而煎熬的六个星期。索菲娅和父母先坐火车到克利夫兰，再坐马车到圣路易斯，然后把所有的行李（包括妈妈的钢琴）都转移到密苏里河上的一艘蒸汽船上，又过了一星期后才抵达堪萨斯市。

他们又在堪萨斯市等候了两周，武装护送队才把他们聚集起来，陪同他们进入由奴隶主控制的堪萨斯地区。就在等候的那两周内，妈妈生下了第三个男婴。

乘马车从堪萨斯市到劳伦斯需要两天时间。婴儿死在了马车上。小约瑟夫被葬在了荒原里。小镇才建不久，没有几座坟，他的便是其中之一。妈妈太虚弱、太悲痛，爸爸也做不了实事，只好由索菲娅去找渡船夫，花高价请他装卸行李，运到劳伦斯。

在距离劳伦斯六英里的地方，他们又乘另一艘渡船穿过瓦卡鲁萨河。到河对岸后，牛车一路蹚水，车夫要她和爸爸跟车夫本人一起，在牛车旁跟着走，让牛省些力气：他们脚下是湿地，对渡船来说水太浅，对牛车来说太泥泞、太费力。有一个地方的水深至索菲娅的腰部，爸爸抱着她走了一会儿，以免给备受煎熬的牲口增加更多负担。

要么水太多，要么水不够，这就是堪萨斯的特点——旱灾，洪灾，然后又是旱灾，再是蝗灾，雪灾—— 一切可以摧毁人类意志的，大自然统统送来。她父母对务农都不在行，爸爸甚至都没兴趣：他只在乎他的学校。认领的农庄交由索菲娅和妈妈来打理——当然少不了邻居的帮助。

索菲娅总认为自己长到无需父母监管的年纪后就会立即回到波士顿，可不料爸爸在内战时被边境的暴徒杀害了。她和妈妈接管了学校，同时还要经营农场。后来特里蒙特一家从纽约州来到这里，带来的钱足以开建一片上万英亩大的巨型农场。

年轻的阿莫斯・特里蒙特向索菲娅伸出援手，格雷利耶农场兴旺起来。后来两人成婚，只有一个孩子活到成年，嫁给了鲁弗斯・沙彭。现在，阿莫斯已经过世，女儿难产而死，孩子也没保住。家里只剩索菲娅和鲁弗斯了。她希望只剩她自己。

索菲娅近期加入了公理会，既可以远离女婿，又不至于孤单，而且她很喜欢每周日乘马车去城里一趟。鲁弗斯不喜欢公理会会众，觉得他们冷漠无情，缺乏帐篷培灵会中的情真意切。索菲娅的母亲和外祖父母都是公理会的；她在听道的时候总默默向爸爸致歉，不知他的自由思想是否正确，也不知他是否在天堂里与耶稣在一起。在这方面，她没有确切的想法。

正当索菲娅陷入孤独的迷雾时，范妮来信道：她的孙女需要离开波士顿，换个环境生活，今年夏天能否去乡下与索菲娅住在一起?

鲁弗斯拒绝道：城市的女孩，娇生惯养的，跑到农场上来，他们可不需要这样的人。但索菲娅收到信后即刻写了回信欢迎乔治娜的到来。她身边正缺一个年轻女孩来唤醒她的激情。她还警告表姐说，乔治娜在波士顿享受到的各种便利在这里是没有的，这是一个遗憾却不争的事实。

“而且我们要为她提供三个月的伙食，还请每周寄一美元过来。”

她和范妮曾经每周日都会去外祖父家里。外祖父的房子位于灯塔山[1]，又高又窄。她们打架，玩耍，晚上一起睡在那张白色百褶床上。后来，她们十一岁的时候，突然就被拆散了。起初，她们还会互相写信，信里是孩童生硬的字迹：

> 这里到处都是土。衣服要放进盆里亲手洗，连仆人都没有。干活很辛苦，但我们在解放奴历。我们每天都能见到印地安人，小幻熊，有时还有狼。

1　波士顿一处古老的高级住宅区。

她没有提到的是，爸爸是素食主义者，不允许有人在家里杀禽类，他们几乎吃不上饭。假如没有外祖母送来的补给，他们估计早就饿死了。“不要写惹人怜悯的文字。”妈妈把信批改后才寄出，“我们带着高尚的目的来这里，应该被人羡慕，而不是因为物质上的一点短缺遭人怜悯。”

时光流逝，表姐妹之间的通信逐渐减少，后来也只是把自己结婚、父母过世、子孙出生之类的消息告知彼此。乔吉是范妮的小儿子的女儿，索菲娅对她的出生只有模糊的印象。转眼间，不知不觉这女孩都二十岁了。

她也还不知道波士顿的这家人把乔吉送到西部，不是为了乔吉的健康，而是为了家族的声望。她在波士顿的夜生活里四处哗众取宠，招来银行的质疑，而恩特威斯尔家族在该银行已栖身近一个世纪之久。最后一次丑闻爆发后，乔吉被强制送到伯克县一家昂贵的疗养院里。整个家族聚在灯塔山，讨论该如何处置她。

建议送她到堪萨斯度夏的人正是范妮。她已经有六十五年没见亲爱的索菲娅了；她要先把桀骜不驯的孙女带到西部，然后与索菲娅叙叙旧，最后及时赶回，与家人在楠塔基特岛的避暑营里团聚。

虽然她毫不掩饰自己对索菲娅原始的烹饪及用水方式的鄙视，但在农场上住了几天后，范妮给波士顿的儿媳写信道：“这里最好不过了。索菲娅没有汽车：她有一辆农用汽油拖拉机，但仍然使用马和马车去城里。除勤杂工之外唯一的男人是她的女婿，一个丑陋的大块头，大概五十五岁。乔治娜在这里不会有多少放荡的机会。”

乔吉不喜欢乡村生活，最起码不喜欢堪萨斯的乡村生活。波士顿的朋友期待着她写信分享她的经历，所以她用浮夸的语言，把这里原始的用水方式、烹饪方式以及杂物活等全都描述给了他们。

> 把这块土地归还给印第安人吧。没有哪个头脑清醒的人愿意生活在一个没有电话或者汽车的地方。城里倒是有电影放映，但索菲娅和鲁弗斯从来都不去看。每一分钱在花之前都要数四遍。所以像看电影这种荒唐事我们是不会去做的。有一次，有个邻居举办了一场谷仓舞会，我也去了，因为实在憋不住了！我的短发和口红引起了相当大的轰动。太有意思了。

鲁弗斯没有假装欢迎乔吉。就像他几乎每天早上都要向索菲娅说的那样，乔吉果不出他所料，是一个以自我为中心的混账孩子。一天上午，他从田里回来，发现她正躺在房前的草地上日光浴，身上只穿了泳装，一种她在波士顿的狐朋狗友都会穿的泳装。

“谁给你的胆子？”他咆哮道，“我们是基督教家庭，不能像野蛮人和印第安人那样赤身裸体随处躺着。”

“你身上带卷尺了吗，鲁弗斯？你想当道德警察吗？”乔吉冲他咧着嘴笑道，“他们在海滩上巡逻，量我们露了多少腿。我的朋友苏珊·惠特尼还被罚了十美元。但是你也知道，我身上一分钱都没有。你该把账单寄给我爸爸，他才会恰如其分地暴跳如雷。”

鲁弗斯的头似乎胀大了。索菲娅怕他中风，走过去要她闭嘴，但为时已晚：鲁弗斯把她拖进了屋里。她故意浑身瘫软，让他尽可能费力，但他还是把她丢到了客厅的沙发上，然后跺着脚回到院子里。

在那之后，乔吉千方百计地嘲弄他，尽可能穿得吝啬，屁股大摇大摆地从他身边走过，还会主动给他倒新鲜的热咖啡，倾着身子，乳沟都快要夹住他的鼻子，然后在他对她怒吼时开怀大笑，趁他想要揍她时迅速跳开。

“她得回波士顿去。”被嘲弄了四天后，鲁弗斯对索菲娅说，“我这就去城里给她买票。”

“鲁弗斯，这是我家，她是我的亲戚。我欢迎她在这里度夏。你我都不习惯有年轻人在身边，但你如果实在受不了，为什么不去田对面跟你父母住一起，等乔吉九月份回家后再回来呢？”

他惊愕地看着她，看了许久，试图消化岳母刚说的话。“你知道我不能那样做。”他最后嘀咕道，转身去马棚了。

鲁弗斯父母的农场有五百英亩，位于索菲娅的农场正北方。他有两个未婚的妹妹，还有一个弟弟，弟弟已经娶妻，生下三个孩子，所有人都挤在一栋农舍里。如果鲁弗斯搬到父母家里，他就只能睡在客厅的沙发上，没有任何隐私可言。

安娜母子离世后，索菲娅让他住在她这里，最初是同情他的悲痛，后来是同情沙彭家的凄惨。现在，她知道自己的同情酿下了大错：还不如当初雇一名农场经理来干鲁弗斯的活，也不能让他觉得这栋房子属于他。

她倦怠地转身面对乔吉。她一直都在客厅里，听到了她和鲁弗斯的对话。“我原以为，你来这里可以让我歇口气，但你想让我期待落空，对吧？你想惩罚范妮和爸妈，但只把我推到了对立面，自己却什么也没得到。”

乔吉沉默了片刻，说：“奶奶或者其他人有没有跟你说我来这里静养是要治什么毛病？”

索菲娅坐了下来，“没有具体说什么。范妮——你奶奶——说你不听话，变野了，是吗？”

“可能吧。很可能。跳舞，逛酒吧，交些狐朋狗友。”她说得轻率，但脖子上的肌肉凸起。

“你爱上了不合适的人？”见她沉默良久，索菲娅试探道。

“不算吧。”乔吉露出灿烂的笑容。“这么说吧，那些男孩都自以为是，以为自己了解爱的真谛。我爸觉得今年夏天把我送到农场来对他自己最有利，对我或对你怎么样都无所谓。”

“你可以自己做主，但这里是农场，不是乡下度假村。”索菲娅迟疑片刻，斟酌词句。“鲁弗斯……不是一个容易相处的人。让他上钩容易，但对你没什么好处。专注干活吧，这样才会让时间过得更轻松。”

“泔水和鸡。”乔吉的嘴巴咧得更宽了，“没问题，索菲娅奶奶。”

在那之后，她确实稍微干一点儿活了。先是倒泔水，因为没有人会帮她倒。她虽断然拒绝学习挤奶，但会漫不经心地寻找鸡蛋，还会在洗衣日时乖乖与索菲娅轮流操作轧布机，甚至还笨手笨脚地尝试着熨衣服。

她还是会嘲弄鲁弗斯，但方式更加委婉，让他不好挑刺——不再晒日光浴或者穿着内衣吃早餐。如果鲁弗斯对天气或者庄稼的状况做出评论，乔吉会深情地凝视他，并鼓掌说：“真睿智。”如果他干完一天活后抱怨身体乏累，她会柔情地说：“强壮的大块头啊，他需要吃饭，需要睡觉。”

鲁弗斯会生气，但她的话里又没什么可反驳的——问题在于她眼中的嘲讽，而她只对他流露这种眼神。如果他斥责她，她会更加深情地凝视他，说男人需要发泄他们强烈的情感。

某个周日下午，从教堂里出来后，乔吉沿着石子路走了两英里，到达小镇东南方的一所印第安大学。她曾在《道格拉斯县先驱报》上读到一条告示，这里的学生要举办一场帕瓦仪式[1]，她想去看看。

她本期待能看到篝火裸体舞、战吼和人体彩绘，但表演之温暾让她大失所望。诚然，学生们都身披鹿皮，但不论男女，都裹得严严实实。男生留着短发，跟欧裔男人的发型一样；女人的长发扎成辫子束在头顶。

学生们唱的是标准的圣歌，乔吉在波士顿的教堂里听了一辈子。舞蹈也平淡无奇，全不似她在电影中看到的战舞，更别提乔吉最近在家里跳的查尔斯顿舞[2]了。舞蹈过后，学生们端上柠檬汁和蛋糕——都是由女生在学校的厨房里准备的，作为家务技能培训的一部分。

白人观众很少：该县的欧裔人对印第安人的生活和文化不感兴趣。他们隐约觉得这座印第安学校在做一件好事，在教化野蛮人。只要印第安人和当地的有色人种一样，不在他们的饭店里吃饭，不在电影院里坐在他们旁边，这里的欧裔人就不太关注他们。

《道格拉斯县先驱报》派来一名记者报道这次帕瓦仪式。他是一个年轻男子，正百无聊赖时，见到乔吉坐在草地上，双腿抱在胸前，以

1　北美印第安人的盛宴和舞蹈仪式。

2　20 世纪 20 年代流行的节奏欢快的摇摆舞。

便裙子遮住膝盖。无论是什么聚会上，短发和红唇都能让她引人注目，但在这里她尤为显眼。两个年轻印第安男子在跟她聊天，逗得她哈哈大笑。

“我是《先驱报》的亚瑟·贾维斯。”这名记者说，“似乎你很享受这次的演出啊。”

“我在跟男生聊天。”她说，“达科塔人威尔·加里森借给我一条毯子，他妈妈给他的马织的。不过我还是还给他为好，小马赛跑就要开始了，你还是需要它的，对吧？”

她抬头看着其中一个印第安人，微笑中含有一丝亲昵。他伸出一只手，帮她站起身，脸上闪过一抹微笑。

“小姐，跟我们来吧。我们给你安排最好的视角。”

贾维斯跟在三人身后，一直等到两个印第安人朝学校的马厩走去。他们把乔吉留在一棵巨大的棉白杨下乘凉，旁边是一块空地，赛马即将在此进行。

“我之前没在这附近见过你。”他说，“你是从哪里来的？”

“你想采访我吗？”她说。

“当然了，为什么不呢？告诉我你叫什么名字？是怎么过来的？”[1]

“乔吉·恩特威斯尔，我是靠双脚走过来的。”她低头看着双脚，悲哀地说，“上面的土和石子的划痕看样子是弄不掉了，这双鞋花了我

1　原文“what brought you to the powwow today”有两层意思，一是“你来这里干什么”，二是“你是怎么过来的”。贾维斯提问乔吉来这里干什么，乔吉不想回答，刻意误解，说自己是步行过来的。

八美元呢。”

“这么热的天，你是走过来的？你肯定非常喜欢印第安人吧，乔吉小姐，但要小心别用情太深。”

“什么意思？”她质问道，“他们只是两个不错的男孩罢了。”

“他们看似不错，但你要知道，他们离野人也不过这么近。”贾维斯伸出拇指和食指，把它们几乎捏到一起。

“我见过比他们更像野人的白人男孩，”乔吉说，“用不着你担心。”

“不管怎样，乔吉小姐，你的名声——”

“这采访是给报纸做的，还是给道德警察做的？”她打断他，“我的名声与你无关，记者先生。”

其他参观者开始慢慢聚集在空地旁的栅栏后。校长和妻女以及几位显要人物在护送之下，坐在一条专门为他们安放的、平行于栏杆的长椅上。

乔吉看到空地的西端，马厩附近，小马排成一行。隔这么远，她认不出她的新朋友。但当发令枪响起，小马在人群旁飞驰而过时，她激动得鼓掌欢呼。有个曾在教堂里见过她的白人女人责备地拍了拍她的肩膀。乔吉走开了，亚瑟·贾维斯尾随其后。

小马和骑手越来越远，越变越小，然后在临时跑道的尽头绕弯，飞奔回来。马背上的年轻人没有发出任何声响，乔吉不禁失望起来：她还期待着至少能在赛马中见识到真正的印第安战吼。

骑手们在校长前勒马。乔吉走过去，看到校长夫人把一条蓝色绸带递给第一名；红色绸带递给第二名，此人正是她的新朋友，威尔·加里森。他看到她在鼓掌，骑着马小跑过来，把绸带送给了她。

汗水从他脸上淌下，滴到脖子下的印花大围巾上。他咧着嘴，开心地俯视着她。

“他们今天晚上都会去校舍里喝欢乐水。”见加里森骑马回到同学身边，贾维斯酸溜溜地说，“印第安人爱喝欢乐水。”

“欢乐水是什么，贾维斯先生？”乔吉用深情的语气问。这种语气她还对鲁弗斯用过。

“我还以为你这样的女孩会知道这种东西。”贾维斯仍然酸溜溜的。

“哪种东西？他们在学校里做的特殊的印第安饮料吗？我是从东部来的，那边没有印第安人，所以我对他们的习俗一无所知。”

“印第安人酒量非常差，但偏偏爱喝。”

“哦。”乔吉嘴巴圆圆的，一副吃惊的样子。“可禁酒令——”

“别跟我说东部的人都不知道怎样规避禁酒令。”贾维斯一脸狐疑地看着她。

“他们可能知道。”乔吉耸肩道，仿佛她从未跟一群哈佛男女共饮一瓶酒似的，“我们家族是五月花号清教徒的后代，有义务坚守道德规范。”这话她的父亲和祖母何止说过一遍，简直是千千万万遍，尤其是在去年一年里。

“所以说，印第安人可以在校园里喝到特制的饮料吗？”她补充道。

“校舍。”贾维斯纠正道，“警长时不时过来突击搜查，但人们还是忍不住回来。”

“校舍？”校长夫人走了过来，“那是本县令人憎恶之地。我一直在劝告麦卡拉斯特先生关掉它。我们的男生很守规矩，不常去那里，但可怜他们的父母和亲戚，没有受过教育，经常喝得酩酊大醉。”

“还有，小姑娘，”她转身面向乔吉，“别和威尔·加里森或他的朋友们走得太近，印第安男孩不宜被人看到和白人女孩在一起。”

校舍离索菲娅的农场七英里远。在离开帕瓦仪式之前，她已经把确切的地址打听好了。乔吉等到鲁弗斯和索菲娅睡着后，蹑手蹑脚地走出屋门，来到马棚。

两匹马都没受过骑行训练，索菲娅用它们来驾马车去城里，或者在农场里干些轻活，好在它们都是温顺的动物。乔吉带了一条毯子，事先从索菲娅的衣柜里偷出来的。她给马拴上缰绳，马有些不乐意。乔吉从索菲娅的贮藏室里拿了些干苹果让它平静下来，然后调整缰绳，爬上马背。马不安地喷气，但还是乖乖走出马棚，来到路上。

她没有试图骑出花样来，只是控制它朝想去的方向走，让它自己掌握节奏，任它吃沟里布满灰尘的野草。校舍在远处很容易望见，一幢阴郁的立方形建筑，窗户里灯光闪烁。慎重起见，她把索菲娅的马拴在四百码之外的地方，然后朝门口走去。院子里停满了小汽车、福特 T 型车、几辆新推出的 A 型车，甚至还有一辆斯图兹“熊狸”跑车。

乔吉没钱买酒，但她知道这向来都不是障碍。她也知道有些男人会把酒吧里的独身女人当作可以挑逗的对象，但她都已习以为常。

校舍后面有一个金属盒子，中间连着电缆。盒子散发着油和热金属的味道，就像波士顿的有轨电车。乔吉躲开这种气味，忽然想到这些电缆肯定在给酒吧里的灯供电。索菲娅为什么不安装一个这种机器呢？那样的话，她就能让屋里的风扇一直转了，而不是等那架破风车产生足够的能量时才转。

乔吉绕到门前，门上着锁。这一情形她同样习以为常：他们有特殊的敲门方式，或者暗号，但年轻的独身女孩轻而易举就能进去。

她敲了几下门，等着人过来。此时，她看到了门楣上刻着的字：堪萨斯河谷四区校舍。酒吧竟然建在学校里，乔吉不禁笑出了声。门内有猫眼，里面的人看到乔吉仰头大笑后打开了门，自己也咧着嘴笑。

“妹妹，把好笑的事分享一下。还有，本店第一杯酒免费。”她在他身边羞答答地走过，他趁机捏了一把她的屁股。她知道游戏的规则，知道自己应该撅起嘴，假装愤怒，并打趣地扇他一个耳光。但不知为何，今晚她做不出这样的动作，只是把他推开，走进拥挤的房间。

校舍改成酒吧后模样没有多大变化，只是从房后的发动机拉过来几根电线，给闪光灯供电。屋顶还吊着一个风扇，扇叶有一个是弯的，旋转的时候会蹭到屋顶的板条。

乔吉对亚瑟·贾维斯下午赛马时说的风凉话信以为真，认为她遇见的印第安人会来这里喝“欢乐水”，所以把威尔·加里森的红绸带别在帽檐上。她在人群中挤来挤去，寻找他们，但只认出了一个熟面孔，那就是贾维斯本人。他已经喝了不少，看到她后，摇摇晃晃地站了起来。

“这不是五月花小姐吗？你是来扮演嘉莉·内申[1]，给醉汉们上一堂

1　嘉莉·内申（Carrie Nation，1846—1911），美国禁酒运动激进分子，曾拿斧子打砸酒吧。

清教徒德行课的吗？”

有几个人正在喝酒，还没咽下去就忍不住狂笑起来。

“给我买杯酒，记者先生，然后我亲自给你上课。”

贾维斯朝酒保点头示意。酒保膀阔腰圆，穿着开领衫。吧台不过是几块木板搭在了锯木架上。酒保把酒倒进一个笨重的杯子。乔吉喝了一口，不禁龇牙咧嘴——这啤酒是速酿的，又淡又苦。

她把杯子往锯木架上一磕。“我们清教徒只喝金酒。”

“那你得亲我一下，五月花小姐。”

贾维斯把她搂在怀里，正要亲她，她的手伸到他身后，拿起刚刚放下的杯子，把啤酒浇在他头上，惹得人群一阵欢呼。

“你这是做什么？”贾维斯掏出手帕擦脸。

“你这是做什么？我还要问你呢。”乔吉说。

“换作你的印第安朋友，估计你早就钻进人家的红胳膊里了。”他愤恨地说。

“很有可能，”乔吉说，“我们五月花和印第安人的缘分从三百年前就开始了。”

“那我猜你不知道那些印第安男孩受宵禁管制吧？麦卡拉斯特校长把他们锁在宿舍里，不让他们晚上出来。不过，这里确实有几个红皮印第安人，就看你有没有耶稣那起死回生的能力了。”

贾维斯指着屋里的一个角落。两个男人垂着头坐在地上，要不是身后有墙，就完全倒在地上了。他们的衣服很脏，其中一人的印花大围巾还被人从脖子上解下来缠在头上，在本该插羽毛的地方插了一根橡胶管。

某人从吧台端过去一杯啤酒，把他们摇醒。“嘿，酋长，醒醒。有位女士说她认识你们的曾祖母，来跟她喝杯啤酒聊聊天吧。”他把啤酒倒在两人头上，人群又是一阵欢呼。

乔吉虽假装在笑，却转过身去。她见过醉汉，不止一次，但这两个人赤裸裸的样子，让她难以忍受。

她把杯子放下，试图挤出门去。在酒徒的吵嚷声和弯扇叶摩擦天花板的咔哒声之下，她还听到了警笛声。她怔住了，开始寻找后门，但后门并不存在。片刻后，警长的副手在两名税务官的陪同下闯了进来。

乔吉有过糟糕的经历，但从没有被警察拘留过一晚。道格拉斯县没有女子监狱，因而警长把乔吉锁在办公室里过夜，并专门派来一名女看守。她对看守说索菲娅的马还拴在校舍附近的一棵树上。

“能不能派个人把它牵回马棚？求求你了。外面太热，它不能待太久的，而且我也不知道它周围有没有水喝。”

“你带它去逛酒吧之前就该想到这一点。”女看守说。

然而，警长早上七点过来后，派了一名副手去格雷利耶农场。他认识索菲娅，认识她丈夫的两个侄子，不想让她仅仅因为一个前来度夏的酒鬼亲戚而损失一匹马。他把乔吉转送到审判室，与其他被扣押的人在一起，并告诉她在这里等着索菲娅过来付罚款。

“她要是不来呢？”乔吉问。

“那你就会被派去干活，以此抵债。”警长说。

除乔吉外，大概还有二十个人被拘留。并不是所有校舍里的人都被带了过来。就比如，乔吉发现，《道格拉斯县先驱报》的记者亚瑟·贾维斯就不在。法官给每个人三种惩罚选择，要么是付罚款，要么是三十天的监禁，要么是一周的苦力。快到正午时，被扣留的人只剩乔吉和那两名印第安人了。

午饭时分，赛马亚军、达科塔人威尔·加里森来了。他浑身是土，从学校走了两英里来到警察局，为两名印第安人付罚款。

乔吉看到加里森后，羞愧得满脸通红，使劲缩在椅子里。她没有抬头，因而不知道他是否在看她。

下午三四点时，索菲娅乘马车来到城里。她的嘴唇绷紧，因愤怒而发白，但她一直忍着没发脾气，直到走在出城的路上。拉车的马只有一匹。

“你偷了我的马，还把它拴在一条车来车往的路边。你到底怎么回事？你家境殷实，什么都不缺，为什么偏偏要这样表现，竭尽全力把我和鲁弗斯推到你的对立面？这件事我不能瞒着范妮：十美元罚款对我来说是一笔大金额，你爸必须得把钱还给我。然后呢？你会去做什么？你还能去哪里？”

乔吉没有为自己辩护；她对去酒吧这件事并不愧疚，只是后悔不该骑索菲娅的马。

“它——马受伤了吗？”她胆怯地问。

“早上五点，有个邻居去田里施肥的时候看到了它，把它领了回来。它没受伤，但是累坏了，所以我们今天下午只用一匹马驾车。”

乔吉对骑马的懊悔不如她在审讯室里被威尔·加里森看到时的羞愧来得深刻。她把这个想法深深埋在心底，绝不会和索菲娅分享。

到农场后，索菲娅说："去马厩清大粪吧。从现在起，到你离开农场，你的任务就是照顾好这两匹马。马厩必须一干二净，马毛必须泛着光泽，水和食物一样都不能少，再也不许你骑它们。明白了吗？"

乔吉点点头，"明白了，索菲娅奶奶。"

索菲娅给了她一套男士工装服——不是鲁弗斯的（太大了，她穿不了），而是她自己的，从西尔斯邮购目录上订购的，在干农活时穿。

乔吉原以为最坏的时刻已经过去，但当她在马棚里工作到傍晚，在棚外的水泵旁清洗时，鲁弗斯正等着她，手中拿着晚报，哆哆嗦嗦地举在她鼻子下。

"你好大的胆子！我好意收留你，你竟敢做这么不要脸的事？"

乔吉刚看到头条——"五月花号后裔当众酗酒"——就被鲁弗斯一巴掌呼在头上，跌了个跟头。

"婊子，"他嘟哝道，"酒后发情的浪婊子。"

他把她提了起来。在他揍她第二下之前，她挣脱了，站在他够不着的地方，然后把工装下的连衣裙上衣扒了下来，露出乳房。

"你想看它们，是不是，鲁弗斯？所以你脾气总是这么臭。你想得到它们，但你知道我绝对不会给你。"

鲁弗斯开始追她，但在他抓到她之前，索菲娅出现在院子里。

"不管你们在玩什么把戏，立即给我停下来。"

索菲娅的声音比在马车里教训乔吉时还要冰冷，还要愤怒。"下一次要是再敢这样，你们都得离开农场，否则我叫警长来把你们清走。"

那天晚些时候，传教士来了。他看到了鲁弗斯，并获得了他的准许，在格雷利耶的土地上搭建帐篷。

乔吉等到索菲娅和鲁弗斯睡觉之后，才去读《先驱报》上的文章。她越读越生气：贾维斯自己都烂醉如泥，文中却丝毫未提。相反，看他的描述，就仿佛他只是以记者的身份去校舍，以便让整个道格拉斯县知悉这片纯洁的土地上发生了怎样的肮脏之事。他还用了好几个段落来描写乔吉，这位爱上印第安人的五月花号后裔。

> 恩特威斯尔小姐在昨日的帕瓦仪式之后，与本地印第安学校的几个年轻小伙子厮混在一起，麦卡拉斯特校长的妻子曾对她说过，白人女孩和印第安男孩的亲密关系对两个种族都有危险，但恩特威斯尔小姐似乎认为她的清教徒祖先可以使她不受正常行为规范的束缚——同一天晚上，她现身校舍，向一脸茫然的酒保索要一杯金酒，然后在一群酒鬼常客面前丑态百出。

乔吉把纸撕成细条，和煤块一起填进炉子。等到索菲娅明早生火给鲁弗斯做煎蛋的时候，这篇报道将化为灰烬。她躺在床上，睡不着觉。屋里闷热难耐。她想报复亚瑟·贾维斯，但想不出足够毒辣的狠招。

快天亮时，她想到了印第安学校的男孩威尔·加里森。他们只是以一种无害的方式调情，并没有厮混，不知学校有没有因为贾维斯的报道而刁难他。她想给校长的妻子写信，或者给校长本人写信，但麦卡拉斯特夫人是个冷漠的女人，似乎看不起印第安学生，反正绝对看不起乔吉。

五点钟，她听到鲁弗斯走出了厨房，透过窗子看着他走进牲畜棚挤奶，然后又听到索菲娅走下楼梯，进入厨房。她闻到了点火时的烟味。至少贾维斯的毒言恶语从这栋房子里消失了。

乔吉的房间里有一张小桌，用来摆放洗漱用品、水罐和脸盆。她坐在桌边，给威尔·加里森写了一张便条：

亲爱的加里森先生，如果我给你的生活惹来了麻烦，我在此深表歉意。在周日的帕瓦仪式上遇见你是一件开心的事。在我眼中，你是一位超级骑手。我住在远亲索菲娅的农场上，也就是格雷利耶农场，在你们学校南边大概两英里的地方，离蓝丘不远。在农场和学校之间的大十字路口处有一个邮箱，邮箱插在土里，被几块大石头夹着。如果你想让我当面向你道歉，或者想让我把红绸带还给你，请在大石头底下留给我一张便条。你永远真诚的，乔吉·恩特威斯尔。

鲁弗斯去田里和杂务工一起堆草垛了。他刚走，乔吉便下楼了。索菲娅在洗早餐的盘子，朝乔吉点了点头，没有说话。

乔吉喝了一杯咖啡，就着番茄蜜饯吃了一片吐司，然后穿上工装服，朝马棚走去。工装服有口袋，她把信放在里面，经过马棚时，顺手摘下一顶门内侧挂着的大草帽。她从田里绕路，这样一来，从屋里以及鲁弗斯干活的那片田里都看不到她。

七月酷暑。她戴着草帽，热得汗如雨下，但摘掉草帽，太阳又会晒得眼睛痛。她来到学校前门，忘记了自己不在波士顿——在那里，她的名字和特权让她基本上畅行无阻——也忘记了自己穿得像农夫。

“小伙子，如果你是来给农场主传话的，那就去外面的牲畜棚。”麦卡拉斯特夫人亲自开的门。

乔吉忍住没笑。工装服和草帽是完美的伪装，连她的性别都掩盖了。她绕到学校主楼一旁的牲畜棚，几个印第安男孩在为小马和奶牛叉草。威尔·加里森不在其中，但有个男生收下了她的信，并保证转交给他。他眯着眼睛打量她；她确信他不像校长夫人那样愚钝，凭其敏锐的狩猎直觉既可以看出她是一个女人，还可以看出她去过帕瓦仪式。

她跑出牲畜棚，在院子里的水泵旁停下，给发烫的脑袋和脖子冲凉。等她回到索菲娅的农场上的时候，工装服和底下的衬衣已经干了。

她把那两匹马牵到一块围起来的阴凉地上。白天的时候，索菲娅一般都会让马在这里避暑。因为昨天她清理过，所以马棚相对来说还算干净。她把马粪铲进马棚后面的堆肥区，铺上干净的稻草，然后在院子里的水泵下清洗工装服。

回屋时，她刻意绕过了厨房：鲁弗斯在桌边吃玉米面包和炸猪排。热天吃热饭，乔吉想想就觉得反胃。虽然索菲娅禁止肆意用水，她还是泡了个冷水澡，然后躺下睡觉。

晚饭后，鲁弗斯要去参加帐篷培灵会，并催促索菲娅和乔吉跟他一起去。

“听一次好的布道能让你意识到自己的罪孽，是你为自己永生的灵魂所能做的最好的事。”他对乔吉说。

“你对我的罪孽了如指掌，估计耶稣更喜欢听你对它们的列举，而不是我的。”乔吉说。

鲁弗斯瞪了她一眼，但没有说什么便出门了。乔吉陪索菲娅坐在客厅里，看她补袜子。最后，她爬上床，等着索菲娅熄掉客厅的灯。听到索菲娅上楼后，她脚上穿着袜子悄悄下楼，从后门溜了出去。

农舍在她和帐篷之间，但她能看到篝火燃起的火焰，听到罪人们的歌声和欢呼声。她走到信中描述的邮箱附近，搬起石块。威尔·加里森没有给她写回信。

在回家的路上，一辆辆汽车迎面而来：被诅咒但又被拯救的人离开了培灵会。她怕被人看到，所以爬进沟里，长筒袜被荨麻挂破。

接下来的三晚，乔吉都忠实地去邮箱旁查看，周四时终于得到了回报：加里森本人从黑暗中起身。

乔吉想说一些大胆的话，那种她在波士顿时常对男孩说的话，但她感觉不好意思，放不开。

“你自己来的？”她脱口而出。

“我在给你留便条，然后看到你走在路上。”

“我听说你们有宵禁。”

“是的，但窗户是开着的，跳出来不怎么难。不过，跳回去可能难一些。”

“我有没有连累到你？”她的声音高了一个八度，让她听上去像个孩子。她讨厌这个样子，但似乎控制不住。

“稍微有一点。”他说，“校长知道印第安男孩经不住诱惑，而白人女孩是强烈的诱惑，几乎跟酒一样强烈。他和夫人认为是你把我引入歧途的。”

他声音平稳。在黑暗中无法判断他是在说笑，还是真的这样想。她感到自己的脸越烧越热。

“我不想把你引入歧途。”她用小女孩的声音说，“我只想——我家在波士顿，家人送我来这里是因为我——他们不喜欢我的举止。太野了。可是索菲娅的农场太无聊了，我以为帕瓦仪式会很刺激。”

“你希望野蛮的印第安人会任你野蛮，但我不是你要找的野蛮人，恩特威斯尔小姐。”

“叫我乔吉。”她说。

“也不是乔吉要找的野蛮人。”他转身离开。

“你骑马的时候看上去很开心。”她在他身后喊道，“野蛮的那一刻，你是开心的。而这就是我想要的：能有开心的一刻。”

他转身回来，把双手放在她肩上。“乔吉小姐，对你来说这是度假或者静养，但对我来说这就是生活。虽然学校的规章制度很蠢，但我还留在这里，因为我需要帮助家人。在白人面前，我们只能自助。就像小乌鸦酋长[1]说的那样，你们不断地涌入，带着枪，带着你们可以为自己的利益肆意更改的法律。你知道你亲戚的农场曾经是一片水域，是无数只水鸟的家吗？我们一家原本住在东北方向的土地上，后来被驱逐到这里。我们学会了与水鸟和谐共处，而你们把湿地抽干，变成了农场。为了帮助我的家人，我不得野蛮。我必须是所有温顺的印第安人中最温顺的一个。我是带着这一任务被母亲和外祖母送来这里的。”

他弯腰亲了一下她，转身离开了。

1　达科塔酋长，曾率领达科塔人对白人定居点发起攻击。

乔吉回到农场后，培灵会正是最狂热的时候。她进入帐篷，大汗淋漓的身体的气味、性的气味扑面而来，弯腰、下跪、呻吟的人映入眼帘。她也开始和他们一起呼喊、下跪、扭动，可卡因和查尔斯顿舞会从未唤起过如此炙热而原始的情感。

“姐妹，你叫什么？”传教士朝她喊道。

“我是一只野鸟。”她说，“‘小鸟’是我的名字。”

“小鸟，向前来，向耶稣忏悔你的罪过。”

人们聚在她身旁，反复吟唱。“忏悔，忏悔，向主忏悔，得主救赎。”

“我忏悔，”她说，“我的罪过是野蛮。”

第二天早上，乔吉起得很晚。她下楼时，鲁弗斯正穿过院子去厨房。快十一点了，到他吃炸鸡的时候了。炸鸡的气味并没有让乔吉饥饿，反倒让她恶心。

索菲娅祝她早安，提醒她去照看马。

“好的。”乔吉说。

她大口喝掉咖啡，取下挂在后门上的工装服，然后穿上。她感觉浑身僵硬，在抬腿穿沉重的牛仔裤时差点摔倒。

她正下台阶去院子里，却被鲁弗斯一把抓住了小臂。“你昨晚去帐篷里忏悔了自己的野蛮，所有人都想知道这是嘲讽，还是真诚的忏悔。”

乔吉把胳膊挣脱出来，“鲁弗斯姑父，这是我跟耶稣之间的事，与你无关。”

“如果你是真诚的，对自己的野蛮真心懊悔，为什么会叫自己‘小鸟’？为什么不把自己的真名告诉他们？”

“多谢那位记者，县里的每个人都知道我的名字。我向主忏悔，主知道我的名字，但你的朋友和邻居没必要。鲁弗斯姑父，你的岳母让我去照看马，恕不奉陪了。”

“告诉你吧，乔治娜，如果你是真心忏悔，如果你已经把心和灵魂交给了主，那就来参加我们周日下午在马槽举行的集体洗礼。”

“我会记着的。”

索菲娅站在纱门后听着他们的对话，但是没有言语。昨晚那人还真是乔吉。她想干什么？通过向上帝忏悔来捉弄鲁弗斯？还是另有所图？索菲娅看到过帐篷培灵会里的情形，见识过席卷他们的原始的情感——就像草原上的火，一点即着，势不可挡。

其实，火已经在蔓延了，这边冒出一缕烟，那边蹿出一团火，因为有烟必有火。周四晚上，有个开车离开培灵会的人看到威尔·加里森把双手放在乔吉的肩膀上。一个是野蛮的女孩，一个是野蛮的印第安人。女孩已经向耶稣忏悔，男孩也就成了纠缠白人女孩的野人。

到星期六下午，这件事已经人尽皆知。当晚的培灵会上，鲁弗斯遭到男人们的质问。

“你打算怎么处置，鲁弗斯·沙彭？你自己的亲戚，你自己的家。就这么放过那个野人吗？”

气氛紧张起来。鲁弗斯瞪着眼，俯视着周围的男人。“说话谁都会，但行动由谁来？如果由我来，那我是孤立无援，还是有你们随从？”

“我们随从！”他们迫不及待地喊道。

他们挤进福特T型和A型车，拥戴鲁弗斯坐领头车，然后开到学校，破门而入，找到宿舍，揪出威尔·加里森，把他拖到学校的院子里，吊在一棵树上。

第二天早上，乔吉在礼拜后的交际环节中听说了这件事。一名印第安男孩在夜间被处以绞刑。他们动用了私刑，但有据可依：有人看到他在公路上和一个白人女孩在一起。人们偷偷看她，她一言未发。回家的路上，索菲娅想和她谈一谈发生的事，但女孩似乎已经消失在远方，心门紧闭，什么也听不到。她脸色煞白，散发出一股呕吐物的味道。索菲娅摸了摸她的额头：这么热的天，竟然是冷的。

回家后，索菲娅对鲁弗斯说，她不想让他们在她的土地上、她的马槽里举行洗礼。

“已经挡不住了，索菲娅妈妈，”他嘟囔道，“都不知道谁要来，哪怕我想，也没法给他们传话了。在乔吉床上给她放一件白袍吧。乔吉，迎接羊血的洗礼吧，洗掉你身上的野蛮。”

索菲娅扶乔吉上楼。

“你躺好，不要下床。我去给你沏杯茶，喝完之后，你就睡觉。不要去马槽那里，不要再抛头露面。求求你，乔吉。”

很难判断乔吉是否听到了她的话，反正她脱掉了鞋子和长筒袜，盖上了被子。索菲娅把白袍放在椅子上。集体洗礼还有三个小时才开始，幸运的话，乔吉会一觉睡过去。

索菲娅自己也疲惫不堪，所以回到卧室休息。她把长裙挂在衣柜里。此时，她看到鲁弗斯正穿过田地，朝他父母家走去。他知道她在为印第安男孩的事生他的气；索菲娅生气时，他常躲到母亲家里。但五点时他会回来的。届时，他会自鸣得意地站在马槽旁——她的马槽旁。

后来，索菲娅自问，为什么她要把白袍留在乔吉的房间里，为什么不守在乔吉身边。后来，传教士带着一众急不可耐的悔罪者来到农舍；传教士和悔罪者都歇斯底里地尖叫起来：马槽里有一具尸体，被一块沉重的石头压着，石头是乔吉从邮箱旁一路搬过来的。

后来，她想修改遗嘱，把格雷利耶农场赠予印第安学校，但格里利律师拒绝了她："我不能让你那样做，特里蒙特夫人，不能。并不是怕别人非议，而是鲁弗斯能在法庭上理直气壮地推翻你的遗嘱，并会因为打官司耗光农场的价值。"

后来，阴郁而憔悴的她看着阴郁而憔悴的农舍。她的一生都奉献给了这片土地，从未跳过查尔斯顿舞，吸过可卡因，甚至没有喝过一滴酒。

她看着父母的照片。照片摆在母亲的钢琴最显眼的位置，是在父亲被杀前四个月时由一位巡回摄影师拍的。

"爸爸，你在耶稣那里吗？有天堂吗？耶稣在乎你被杀，在乎我幼年丧父吗？在这世界的某个角落，一位母亲在为死去的印第安男孩痛哭，他在乎吗？你，妈妈，还有我，我们做的事都无关紧要吗？"

她从木箱里取出一块木片并点燃，拿它去触碰厨房的桌子和窗帘，然后是客厅的窗帘，最后走进牲畜棚。在夜里，牲口都栓在此处。她把迷惑不解的牛和马牵到空地里，然后爬上牲畜棚的阁楼，把周围的干草点燃。鲁弗斯穿着睡衣，跌跌撞撞地逃出来，手脚都已被烧焦。他看到她站在阁楼口，火光勾勒出她的轮廓，火苗蹿上她的长发，在她脸周映出一圈光环。

抉　择

加里·菲利普斯
Gary Phillips

加里·菲利普斯是机械师和图书管理员的儿子，自幼饱读漫画书和哈米特[1]的小说，反复观看《阴阳魔界》[2]，同时还做过社区干事和狗笼运送员。他出版了大量犯罪小说，并在电视剧领域辛勤打拼，参与创作“蝙蝠侠对战小丑”这一经典故事的文字版《致命玩笑》，以及漫画小说《爵士乐野蛮人》的文字版（背景设定于1950年代，内容关于受到考验的友谊、红色恐慌[3]、公民权利以及令人心碎的往事）。

1　达希尔·哈米特（Dashiell Hammett，1894—1961），美国侦探小说家，硬汉派侦探小说的创始人之一，代表作有《血腥的收获》《马耳他黑鹰》《瘦子》等。

2　《阴阳魔界》（*The Twilight Zone*），美国家喻户晓的悬疑惊悚连续剧。

3　红色恐慌，指于美国兴起的反共产主义风潮，此处指1950年代美国的麦卡锡主义运动。

《不妨乘坐 L 号列车》 / 雷金纳德 · 马什[1]

1 雷金纳德 · 马什（Reginald Marsh，1898—1954），美国画家，以刻画纽约城市生活的现实主义绘画而闻名，其作品多描绘社会底层人群。

年轻姑娘用纤细的手指扭动墙内保险箱的密码锁，动作娴熟且谨慎。她闭着眼睛，脑袋微微前倾，戴着电子听诊器的耳件，专心听弹子转到相应位置时轻轻的咔哒声。这套听诊器可是世上独一无二的。

罗莎莉·牛顿的穿着与前一晚不同。昨夜，在半岛的这座豪宅里，她穿着侍女的制服，为上等人端送新配的鸡尾酒。这群人尽情放纵，好不快活，而那些下等人则在施粥所排队。豪宅的女主人是个寡妇，继承了巨额财富，对下人要求甚严，但也不足为奇，这种身份的人大多如此。抵挡咸猪手同样不足为奇，红脸醉汉经常来到厨房里，说什么“只想要点‘红糖’”。

要想当好女仆，就得满足女主人接连不断的要求，并且在贵宾开完下流玩笑后，能够咯咯笑得像个无脑女学生，以此避开他的性骚扰。

“该死的。”牛顿的朋友、同是侍女的露比·蒂斯代尔曾对她说，“有一次，在食品储藏室里，一个白家伙把我逼到墙角，抓了一把我的奶子。但我没有退缩，或者表现得羞答答的，而是攥住了他那玩意儿——硬得很，就像拽一根倔驴的尾巴。”想到这里，她淫荡地咧嘴一笑。“我捏着他两腿间的那坨肉，对他说，‘我们去外面的树丛里做，你最好不要让我失望，我哥可喜欢动刀子了。’”

“该死该死。”她重复道，“我松开手后，他爬台阶出去的时候差点被自己绊倒。”她们都嘿嘿笑了起来，然后继续喝啤酒。

牛顿没那么放肆过。不过，有时她真想撂倒来犯者，先给他裆部来一脚，再来一记右交叉拳。但那样的话，她就会被捕入狱，还可能会有一些野心十足的便装警探调查她在本地以及其他地区做过的工作，那就太可怕了。此路不通，但她另有手段，先约好稍后在楼上见面——哄好这些家伙很有必要，不能让他们愤然离去，害得自己失去工作。他们多半会向雇主撒谎，说自己看到一个油嘴滑舌的黑人侍女偷走了某件银器，或者把手伸进了某位女士的钱包。

她甚至在女仆制服里备上了迷魂药，只需在他的下一杯酒里滴上几滴，就能让他瘫在椅子里鼾声连连。

她把注意力重新集中在当下的任务上。保险箱在一楼书房里的架子后面，架子上摆着一些小古董。在液压的驱动下，架子可以像门一样打开，只需按动一个隐藏的按钮。第二个数字已经破译，轮盘对准了相应的数字。

此时，她停了下来，睁开眼睛，四周看了看，然后摘掉听诊器的耳件。长毛绒地毯上没有脚步声，也没有衣服的摩擦声。看来，楼上那位喜欢在睡前喝上两口桃子白兰地烈酒的寡妇还在睡梦中。窃贼重新戴上耳件，继续工作，很快便攻克了密码锁。保险箱的门悄无声息地弹开了。她借助小手电射出的紧凑的光，看到一堆现金、一对珠宝盒和几根金条，差点吹出口哨来。牛顿偷得顺顺利利，偷得硕果累累。

但她没有忘乎所以，而是极力克制内心的激动。每到这种时候，她总会被一股激流般的兴奋射穿。她提醒自己要聚精会神，自我约束，同时重新戴上手套，把现金装进背在身上的斜挎包里。她没有用手去抓盒子里的珠宝，而是直接打开盒子，把它们一股脑倒进斜挎包里。金条太重了，不好携带，所以就留在了保险箱里。她扣上箱门，擦掉轮盘上的指纹，取下听诊器靠磁力吸附在箱门上的方形金属盒，一并放进斜挎包里，再把两扇书架推合，咔哒一声锁上，然后蹑手蹑脚地穿过书房，走到进来时撬开的落地玻璃门前，正要踏出——

她僵住了。院子里有一束松散的手电筒光逐渐逼近，同时传来踩在树叶上的脚步声。她蹲着身子，退回屋内，安静得像一只老鼠，然后把门关上，但没有插门闩。

门外是一个老头，穿着宽松的裤子和老旧的夹克，遛着一条体型巨大的黑毛大丹犬。牛顿猜想，他肯定是场地管理员之类的，大概就住在此处，但昨天管理员和狗都没有在附近出现。他们停下脚步，大狗的鼻子伏在地上，嗅来嗅去，探查她的陌生气味，然后抬起头，望向书房。

“怎么了，伙计？”管理员说，“又是那只公猫吗？”他拍了拍大狗的侧身。

在牛顿眼中，这动物显然除了肌肉，就是牙齿。大狗拽着狗绳，迫不及待地追踪这股不属于这里的气味，但还没开始叫。眼下，它已来到玻璃门前，鼻子拱着玻璃嗅探。

“好吧，伙计，”管理员说，这次他的声音里多了一些警觉，“到底是什么？”他抬起手电筒，三角形的光扫过书房的阴暗处。狗鼻子把门顶开了。

“天啊，不会吧。”他低语道。

牛顿迈进光里，离人和狗很近。

老头吃了一惊，目瞪口呆地看着这个穿着深灰色工装裤和拉链无领短上衣的女人。一条深灰色的丝巾蒙住了她的下半脸，让她看起来像是一个西部荒野里的劫匪，一副彻头彻尾的恶棍相。

“你……你是缎狐。”他结结巴巴地说。

大丹开始龇着牙吼叫，强壮的后腿撑起了身子。

“咬她！奥赛罗，咬她！”他松开狗绳，命令道。

奥赛罗蹿进屋子，把玻璃门撞得大敞四开。牛顿早有预料，暗自祈祷自己接下来的几个动作不会被奥赛罗的狗牙啃到腿。她从书架上抓起一件石膏雕塑，然后像斗牛士一样，旋身躲开狗的冲击，并趁它从身边经过时，把雕塑砸在它的脖颈上。大丹犬晕了过去，瘫软地趴在地上，壮硕的身躯下四肢叉开。

“奥赛罗！”老头子大吼道。他踉踉跄跄地跑上前来，拿手电筒抡向她。

牛顿用小臂轻而易举地挡住了他的攻击，并把他搡到一边，然后跑进花园，朝一堵砖墙奔去，这堵墙便是豪宅的边界。此时，大丹犬已经醒了过来，在她身后疾驰。她冲进灌木丛，并在其中穿梭。这条路她昨晚走过，已经熟悉哪里有沟坎或者其他可以绊倒她的东西。眼下，她已经跑到墙下，纵身一跃，抓住了事先拴在墙头上的垂绳。大丹犬也跳离了地面，她刚收起双腿，它的牙齿便吧嗒一声，狠狠地咬在空气上，鼻子蹭到了她的屁股，随即落回地面。

“我的妈呀。”她说。

女主人卧室里的灯亮了。大丹犬一边叫，一边跳，爪子挠着墙壁，嘴巴张张合合。牛顿迅速爬上墙头，心都提到了嗓子眼。她在墙头上待了片刻，让自己镇定下来，然后跳到另一侧的草地上，再次跑了起来。在这种偏僻的地方，富人的豪宅都相去甚远，中间隔着一片片树林和空地。她爬上一座小山丘，来到另一座大豪宅的围墙下，把耳朵贴上去听。另一侧飘来鸡尾酒杯碰撞的叮当声和人们的笑声。

又是一场夜宴，也就意味着有更多黑人的帮助。市内有好几家男仆和女仆服务机构，专为这里的此类晚会提供员工。牛顿曾在几家机构里工作过，对它们很熟悉。她打算一会儿混到员工当中。宴会结束后，那些没有与人拼车的仆人会聚集在公交站，公交会把他们载到火车站，火车又会一如往常，把他们载到欧戈申——新泽尼斯的黑人区。半岛曾叫“蛋岬”，是自治市，财主们自己掏钱，增设了夜班公交，保证仆人在日出前出城。

在前几次行动中，她都提前藏好女仆制服，穿上便能鱼目混珠。但今晚她没准备，也就意味着只能随机应变。她扯下编织帽，用它擦掉脸上的白粉。她在行动时会遮住鼻子，只露出绿眼睛和眉毛，哪怕“缎狐”像今晚一样被人发现，也会被误认为是白人女性，这恰恰是牛顿的意图。不过无论她化妆与否，他们会允许自己相信一个黑人女性有本事如此行窃吗？

她把这种猜想抛到脑后，爬上墙头，低头扫视。附近有几个人拿着酒杯聊天，院子里郁郁葱葱，花香四溢，树木修剪成老鹰、老虎、大象，甚至还有狮鹫之类的神话生物的形状。牛顿又爬了下来，沿墙根蹑手蹑脚地走了一阵，换了地方又重新爬上去。这次墙下无人，可以翻墙。她落在一堵树篱后，树篱修剪成一只正要扑上来的豹子的形状。

有一瞬间，她打算逮一个贵妇，把她拖进这精修细剪的树丛打晕，然后换上她的衣服，但贵妇的衣服会让她看上去非常扎眼。她还可以逮一个女仆，但一想到那可怜的女人将会遭受的地狱般的惩罚，便打消了这个念头。

牛顿别无选择，只好闯进这栋都铎风格的豪宅，希望能找到合适的衣服。听说有钱人会多备一两套制服，以备不时之需。而且房子很大，她可以四处寻找而不被人发觉。她藏在墙与绿化带之间，一点点靠近。多亏了室外凉飕飕的空气，大多数宾客都回到了室内，且落地玻璃门还开着。在房子的拐角处，她躲在一根罗马风格的廊柱后，用爪钩和绳索爬上了二楼的小阳台。透过面前的窗子，她看到一间阴暗的屋子，大小难辨。窗户锁着，但木制窗框够软，塞得进平头镐。她把锁撬开，进入屋子。

“啊，亲爱的。”一个女人说道。她的声音因快感而颤抖。

牛顿瞪大眼睛，扭头看向声音传来的地方。随着眼睛逐渐适应黑暗，她发现了一张四柱床，床上光溜溜的胳膊和大腿纠缠在一起，它们附着的身体在丝绸床单上快速而频繁地来回移动。她站着一动不动；显然，她抬起并拉下窗户的声音被左侧发出的呻吟声掩盖了。她趴到地上，开始向外爬。

“啊，爽，啊，对。”她听到男人的叫喊声，“就是这里。”

“宝贝，你真是万里挑一的极品。”另一个男人发出低沉的笑声。

牛顿一时僵住了，惊得嘴巴都合不上。原来床上是两个男人和一个女人。这些该死的有钱人。她继续向前爬，经过一张奢华的椅子，椅子上堆着他们的衣服。她再次停下来，呻吟声再次响起。她趁此机会，掏出手电筒，用手捂住前端，然后按下按钮，借着微光翻查衣物，时不时移开捂住灯光的手。女士衣物有一顶软帽，一件黑色的高领套衫，还有一件时髦的阔腿羊绒裤，没有连衣裙或短裙。

前不久，她曾在一次晚宴上做女仆——当然也是为了踩点，而后便把那栋宅子翻了个底朝天——在那次晚宴上，她听到女人们谈起女演员玛琳·黛德丽引领的裤子狂潮，在场的女人当中便有几个是在模仿她，穿起了裤子。牛顿拿起阔腿裤，朝门口走去。门微敞。她回头看了一眼。三人身后有窗户打光，犹如一尊尊鲜活的雕塑，正以某种方式互相交合，互相取悦。牛顿摇了摇头，把门稍稍打开几度，敏捷地钻进昏暗的走廊里。三人正如火车头一样突突个不停，哪怕有人注意到了什么声响，也是不会在意的。

她沿着走廊向前走。墙上挂着一幅幅画像，画里是板着脸的白人男女，女人的脸比男人的还要严肃。这名飞贼克制自己不去幻想他们颐指气使的眼神尾随自己。楼下不知哪间房里有人在弹钢琴，声音像无形的烟一般升到她这一层。拐角处有一张圆桌，桌上摆着一个精美的花瓶，她在此处脱下工装裤，换上时髦的阔腿裤，并在腰间系上腰带。屁股那里有些紧，那感觉让她咧起嘴来。她叠起自己的裤子，放在桌子下面。换装后看起来怪怪的，但至少不会像先前那样，一眼就能被人看穿。她开始寻找仆人专用的楼梯，希望能通过它找到厨房，或者侍女的寝室，但走到尽头才发现只有向上的楼梯。

一股浓烈的气味扑面而来，她认出了这味道，又闻了闻以便确认。没错，楼上的人正沉溺于另一种恶习。牛顿正要转身离开，却听见有脚步声踏在二楼的厚地毯上，不禁警觉起来——有人来了。

“见鬼。”她嘟哝了一句，冲上楼梯。但楼梯的顶部不是走廊，而是一块平台，以及一扇雕饰精美、颇为气派的木门。“见了大鬼。”她别无选择，只能推开门，走进甜腻黏人的鸦片蒸汽中。房间是希腊罗马式风格的，由烛光照亮。男男女女懒洋洋地躺在睡榻、双人沙发以及大坐垫上，吸着鸦片烟，或盯着天花板，沉醉在幸福的幻觉中。房间的一侧有一架踏板竖琴，但无人弹拨。没有任何人理睬她，任由她往屋内走。

屋门仍未打开。牛顿猜想，刚才她听到的那几个人或许已经加入了另外三人，或者找到了自己的房间来尽享淫欢。她悄声踱步，用嘴呼吸，避免吸入浊物，以免影响神智，然后径直走向房间内部的一角。她觉得那边会有出口，会有向下的楼梯，通往房子背面，到达厨房附近。在经过一张躺椅的时候，四肢叉开躺在椅子上的中年发福女人伸出手来，按在牛顿的膝盖上。她的眼睛半睁半闭。

“神圣的古铜色生物，你是谁？”

牛顿紧张地笑了笑。她认出了这个女人，就是她前不久任过职的机构里的人。这女人真的认不出她来了吗？佣人的长相在他们眼中是不是都难以分辨？

“我只是来找路的。”她说完，打算继续向前走。

此时，女人的手开始抚摸她的大腿内侧。“不，你不能走，我必须得耽误你，坐吧，让我们来认识一下，亲爱的。”

牛顿环顾四周，一股恐慌感缓缓拉紧她的神经。如果她不理会这个女人，她会不会发一通脾气，引发一场骚动？最好还是抽几分钟讨她开心，然后再走。

“哎呀。”一个新的声音说道。

牛顿转过头，看到一个刚出现的侍女，她端着一张银盘，盘子里放着一只水晶玻璃瓶，还有几个与之成套的玻璃杯。中年女人仍然摸着她的大腿内侧，朝侍女咧嘴一笑。

“她是不是非常美？”

“是的，夫人。”侍女歪着嘴笑道，“她和你一起的吗？”

“我倒希望是呢。”女人回复道。

“请稍等我一下。”牛顿说着，拿起女人的手，轻轻拍了拍，然后走到侍女跟前，把几张二十美元塞到她手里，“给你一百美元，忘掉你见过我。”

“除了从这些高尚的白人身上抢钱，你还能从哪儿搞来一百块？”她像牛顿一样轻声说道，并瞟了一眼她身上背的斜挎包。

“我确实是这么搞来的。”牛顿证实了她的猜测。

“那好吧。”侍女说着，把钱收了起来。

牛顿又拿出两张二十块，“除了前门，还有其他出口吗？”

三楼有一间小型厨房，与这间临时“大烟馆”之间有一条通道，牛顿无需回到二楼的走廊里。端着盘子的侍女帮她转移中年女人的注意力，她趁机来到小型厨房，然后下楼。楼梯后侧有一个走廊，走廊通往主厨房。厨房里有一个女佣和一个男管家在抽烟，一边抽，一边抱怨日常。牛顿等他们抽完离开后才动身。她已经从端盘侍女那里了解到厨房里没有额外的制服供她穿，所以直接从侧门溜了出去，穿过一排树篱，来到一片宽阔的光滑路面上。无数辆豪车停在这里，比如杜森伯格、皮尔斯-箭头和拉萨尔。这些车子的司机穿着制服，或倚在车上，或聚在一起抽烟交谈，还有一些在折叠桌上打扑克，桌子中间摆着灯笼。牛顿正要转身离开，一名警察出现在不远处，他四处张望，用手电筒扫视停车场。她只好又退回厨房。

“大家请注意。”一阵低沉有力的男声从房前传来。牛顿来到厨房的双向弹簧门前，推开一条缝，以便听得更清楚。

几名“蛋岬”警察站在大理石门厅里，警佐是一个长着鹰钩鼻的方脸男人，把警帽夹在腋下，以表示自己对各位衣食父母的敬重。他说：“我们也不想搅扰欢庆的气氛，但是我们在追捕一个号称‘缎狐’的女盗贼。”

人群中荡漾起兴奋的低语。一个女人问道：“警官，她为什么要来我们这里？把我们骗得倾家荡产吗？”她喝得醉醺醺的，一只手拿着马天尼酒杯，另一只手拿着象牙烟嘴。

“我们只是想搜查得全面些，夫人。这附近所有的人家都要检查一下，因为她是从戈登的宅子里逃出来的。”

人群中又是一阵兴奋的低语。一个站在楼梯中下部的男人说：“有没有赏金？不久前我的一个朋友就被她给偷了。”

“现在还没有，先生。”警佐回答道。

“那我出五千美元给抓住这个贪图珠宝的毒妇人。”楼梯上的男人说。

“我也出五千。”一个抽雪茄的大块头说道。

“哼，”拿着象牙烟嘴的女人冷笑道，“如果缎狐是个男的，你们肯定会为他的勇敢而激动得心潮澎湃。现在换成了女人，你们就想打压她。任她去吧。要我说，”她站起身，扭着身子，举起酒杯说，“我出一万五给帮她逃跑的人。”

人群中同时爆发出嘘声和欢呼声，宾客们开始议论纷纷。

“没准儿她会打扮成黑人的样子，混在佣人中间。”有人打趣道。

这场争论分裂出两大阵营。有些男人站“拯救缎狐”派，但很多是出于淫荡的动机，而不是为了推动妇女参政运动的进程。警察试图恢复秩序，但宾客喝多了非法酒，嗑多了非法药，又一心玩乐，根本就不听那一套。很快，院子里就跑出很多人来，大喊着诸如“小狐狸，小狐狸，来这里”以及“到妈妈这里来，我的小狐狐”之类的话。女人中有很多都把皮毛围在肩上，笑着，踉跄着，互相搀扶着。有几个人走下山坡，手里举着仓促制成的火把，或者拿着手电筒。他们敲响其他豪宅的门，叫醒某些已经入睡的房主。

此时是她脱身的最佳时机，牛顿心想。她弯着腰，在汽车之间蛇行。司机们都兴致勃勃地看着那群醉醺醺的富豪四处游荡。除了一位。他在灌木丛后解手，刚从里面出来，就撞见牛顿鬼鬼祟祟地路过。和其他司机一样，他也听到了赏金之说。

“姑娘，你这是要去哪儿？”他语气强硬地说，“你怎么没穿制服？”他指着她，并注意到了她的包。“包里是什么？”他打了个响指。“要我说，你是为缎狐工作的，是不是？没有人会怀疑一个黑皮搭档。”打牌时他输了五美元，而现在他估计自己能赚回一千多倍。这个大块头从她身后来了一个熊抱，胸肌发达的他不费吹灰之力便把她从地上提了起来。

“抓住你了。”他没有向别人求助，因为不想跟别人分钱。“姑娘，你就别挣扎了，我以前是摔跤的。放轻松，很快就没事了。”

“好吧，你想把我怎么样？”

他看了一眼雇主的车子——一辆线条流畅的杜森伯格船型尾部跑车，后备厢里可装下两个人。“我要对你使用十字锁喉手，一点都不痛的。”

他粗硬的手指按在她脖子与肩胛骨相接处的神经密集区，她的眼后随即涌出黑色旋涡。她最好立即做些什么。他正提着她朝汽车走去。

牛顿抽不出胳膊，但在他用一条黑毯子蒙住她的头时，把手伸进了斜挎包，然后咬了咬牙，抓起几颗零散的钻石，扔到前面的地上。钻石在月光中闪闪发光，像坠落的星辰。

“嗯？怎么回事？”她在钻石落地声响起时说。他踩到一两颗大个的钻石，然后仰面滑倒，重重地落在地面上，手也松开了，牛顿滚到一边。其他司机尚在几码之外，观看着时髦人士迂回地走下山坡。

“你这个阴险的黑婊子，我要让你付出代价。”

他正要起身，就被她一脚踢在下巴上。“闭嘴。”她说。

他侧过身，没有晕厥，又开始骂她。她掏出电子听诊器，用其最硬的一端敲向他的脑袋，发出清脆的破裂声。见他侧着身子摇晃了几下，她又敲了两下，这才把他打晕。听诊器已经坏了，但她还是把它放进包里，不留在现场。

她喘着粗气，仍有些眩晕，没有时间去找丢出去的钻石。她把双手放在大块头的腋下，把他拖到车子一旁，从他口袋里掏出钥匙，把他抬进后备厢里。绝望令她头脑清醒起来。车子前后都被其他车辆挡住，她没办法开走，只能钻进后备厢，扣上盖子。空间狭小，但可以凑合。她打开手电筒，掰开他无力的嘴巴，往里面灌了一些蒙汗药。她有意把车钥匙留在了点火开关上。

疲惫不堪的狂欢者终于回来了。她看了一眼镶嵌着绿宝石的夜光表针手表：已经过去了将近两个小时。她听到那些人一边说话，一边拖着沉重的步子夜游归来。他们仍兴趣盎然，“夜猎缎狐”的故事在接下来几个月内将被一遍遍复述。此时已近凌晨两点。不一会儿，牛顿便听出这辆车的车主在询问其他司机他的司机去了哪里。得知无人知晓后，他的火气噌噌上涨。然后后备厢盖“哐”地一声响。牛顿已准备好在厢盖打开的瞬间蹿出去奋力一搏。但厢盖并没有打开；外面传来呕吐的声音，听上去好像是车主发出来的。他肯定是靠在了汽车上，然后突然反胃。或许在其他人离开后，他会留下来继续喝酒。想到这里，她露出了微笑。不管怎样，她听到了更多说话声和脚步声，以及车门开关和引擎启动的声音。最后，这辆杜森伯格也发动起来。但没走多久，车颠簸了一下，便倾向一侧。爆胎了。司机把这辆大车停到路边，关掉引擎。

牛顿紧张起来。备胎挂在汽车司机一侧的前半部，但轮胎扳手和千斤顶都在后备厢里。她本想着挥着扳手冲出去，但又打算换一种方式应对。后备厢盖打开后，当晚的第三次，一张吃惊的脸出现在她面前。他是一个年轻的黑人，有种粗犷的帅气，身穿黑色西装和浆洗过的白色衬衫，衣领敞开，领带已经摘掉了。她猜想，他肯定是在晚会上做管家，然后被强行安排了第二份差事，开车送这个白人醉汉回家。

他看上去吓得不轻，在罗莎莉·牛顿钻出来时，向后退了几步。

“我的上帝哟。”他说着，使劲眨巴着眼睛看她。

“我知道这很突然，”她说，“但能配合我一下吗？”

他指着她，张着嘴，弓着背，“你就是那群白人在找的缎狐，而你并不是白人，对不咯？”

牛顿瞥了一眼身后，看到车主坐在后座上，头歪向一侧，鼾声不断。

“把我载回城里，我会付钱给你的。”她说。

“那你要给我多少钱哟？警察可是特别想抓你嘞。”在他比比画画时，一枚戒指在他手指上闪了一下。

“你不必在我面前演戏了。”

他愣了一下，然后站直身子，脸上露出精明的神色，困惑地笑道，“你是怎么发现的？”他的乡村口音不见了。

“你戴的霍华德大学纪念戒。”

他佩服地点点头，“很高兴认识你。”

她把头歪向一侧，“你当这个白人的司机，纯粹是碰巧吗？”

这位上过大学的人两手一摊，“我自愿的，而且还有额外的二十块劳务费。”

牛顿觉得他另有隐情，但世道艰难，他并非第一个受过良好教育却只能靠干粗活来糊口的人。

“快把轮胎修好吧。”他说，“否则让路过的警察发现后备厢里昏迷不醒的白人，你该怎么解释？”

“你早就注意到了，是吧？”

“没错。”

钻石嵌在轮胎的侧壁里。他脱掉外套，在她的手电筒照明下，把备胎卸了下来。

“你抢劫富人，是为了让自己穿得光鲜亮丽？”他一边问，一边滚着备胎朝后面的扁胎走去。

“不尽然。”她坦言。

“真是个神秘女郎啊。”

“你的名字叫‘爱管闲事’吗？”

“那你的名字呢？”

“罗莎莉。”

“吉米。吉米·克莱顿。你说的‘不尽然’是什么意思？”此时，他正把千斤顶从后备厢拿出来，全然无视那个昏迷不醒的男人。

“意思是我不想告诉你更多的事。”

他把剪式千斤顶撑在轮胎下，“或许你是一个加维主义者[1]，为我们的同胞回归祖国提供资金。”

“这就是你在下班后所做的事？”

他转头看她，“不尽然。”

她咧嘴一笑。

他干着活，从后兜里掏出一个酒壶，递向她，“想喝点吗？品质上乘，味道醇厚。”

“好吧。”他把酒壶递给她，她尝了一口，然后递回来，“不错。”

---

1 马库斯·加维（Marcus Garvey，1887—1940），黑人民族主义者，提倡外地非裔黑人返回非洲，协力创建一个统一的黑人国家。

“我们的产品都不错。”

“我们？”

他正在用扳手拧松螺丝，“对。我为一个酿私酒的人工作，他给这个地区供应私酒。”

牛顿领悟到这句话的深层含义：“你在晚宴上当管家，是为了吹捧老板的私酒，这样一来，社交达人们就会在举办社交聚会的时候订购他家的酒。”

“没错，女士。”他把瘪胎卸了下来。

她又打量了他几眼。“但这不是全部的原因，对吧？”

他耸了耸肩，“救赎一个种族、民族或者阶级必须要从内部做起。自由不能由别人准予，而要自己赢得。公平不能由别人施舍，而要自己索取。”

“你说话像我一个朋友。”她用一块破布提起瘪胎，“少些高谈阔论，多点行动吧。”她把轮胎搬进后备厢，倚在一动不动的司机身上。

车里的人动弹了一下，两个人都怔住了。好在鼾声又起，克莱顿把轮胎换了上去。

日出之后不久，罗莎莉·牛顿乘上地铁。她将在新泽尼斯东十八街车站下车。车内车外都如蛋岬一般冷。她对面是一个男人，留着一抹小胡子，穿着一件翻领大衣，戴着一顶布帽，半躺在座位上睡觉。他的两边都是女人：一个站着，聚精会神地读着早间新闻，戴着一顶深蓝色钟形女帽，穿着一件与之相称的大衣；另一个坐着，直勾勾地盯着前方，戴着一副圆框眼镜，穿着一件浅绿色布大衣，头上裹着一条朴素的头巾，脖子上挂着一条暗淡的珍珠项链，手上戴着一副羊羔皮手套，她似乎正在回家的路上，心中惦记着一夜之前发生的事——在牛顿眼中，她一副闷闷不乐的样子。昨天的晨版《每日画报》散落在四处。

她在铁轨的高架部分下车，走下台阶，穿过几条街区，到达目的地：恶魔角边沿的一家药店。药店的窗帘已经拉了起来，柜台服务员正准备营业。她朝他挥了挥手，然后绕到屋内一侧，用钥匙打开金属门走了进去。狭小的房间里挤着一对实验台，台上尽是些烧杯、试管、化学药品、电子元件以及机械零件之类的物品。凳子上坐着一个老头，白发凌乱，白须下垂，穿着洁白的工作服，口袋里别着两支钢笔，一副和蔼可亲的社区药剂师的模样。这只是埃利亚斯·鲍姆霍福尔医生所持有的多个学位之一。

正在修理仪器的他抬起头，用意第绪语说："既然没进监狱，那看来缎狐又成功了。"

"没错，但真的是一波三折啊。"她也用意第绪语回道，然后从包里掏出损坏的电子助听器，并用英语向他讲述昨晚的事，同时把赃物倒出来，转移到一个购物袋里，然后放在实验台为数不多的空处。

"他引用的是伦道夫先生的话。"老头在她讲完后沉思道。他指的是社会主义工会领袖阿萨·菲利普·伦道夫，他同时也是美国最大的黑人协会"卧铺列车员兄弟会"的领导人，已故总统伍德罗·威尔逊曾称他为"美国最危险的黑人"。

"我觉得这个克莱顿是个危险的黑人。"她评价道。

老头拿着螺丝刀朝她摇了摇，“我怀疑你还会见到他的，没准还是你特意要见呢，对吧？”

“我头脑清醒着呢。”

“但愿如此。”

“哎呀，爸爸，人总不能一直工作吧。”另一个女人也走进店里，她穿着朴素，与昨晚在蛋岬拿着马天尼和烟嘴的她看上去截然不同。帕特里夏·鲍姆霍福尔在父亲的额头上亲了一下，咧嘴一笑，看向牛顿。

“昨晚猎狐时说得真好。”牛顿对这位内部密探说。她知道鲍姆霍福尔先生的女儿为了踩点，会去参加那次晚宴。

帕特里夏拿出一张山丘豪宅的手绘平面图，“我们一会儿再细看。”

“好。”牛顿说着，一只手掩在嘴前打了个哈欠。

帕特里夏对父亲说：“你得给罗莎莉配一把巴克·罗杰斯用的那种激光枪，用来迅速干掉傻大个。”注意到牛顿挑起的眉毛后，她补充道，“打残，而不是打死。”

“这主意不错。”发明家同意道，“但现在，”他搓着手，继续道，“该数一数了，是吧？”

他们数了数现金，大约有两千五百美元，又算了算珠宝可以换多少钱。然后，三个人一起在街区的熟食店一边聊天，一边喝咖啡，吃苹果馅饼。

“这一笔加上塔尔蒙特那一笔，足够我们付首付了。”帕特里夏说，“我来给律师打电话。”

“好。”老头点头道。

"我要去睡觉了。"牛顿说。

"要去梦里见梦中情人了？"帕特里夏说。

牛顿做了个鬼脸，但没回答。

她乘地铁回到欧戈申，走上楼梯，来到地面上，穿过马路时，一辆有轨电车铿锵驶过。不一会儿，她就望见了自己的公寓楼，仍不敢相信自己会是这栋楼的主人之一。他们动用了一些偷来的钱，从房东手里买下了这栋楼。先前的老房东利用房租无情地压榨居住在这栋楼里的劳动人民；从未露面的新房东降低了租金，并雇了一个真正会修理东西的管理员。他们还挽救了一座浸礼会教堂（同时也是劳工和黑人进步团体的聚集地），使其免受法院拍卖等诸如此类的操作。

他们的事业源于鲍姆霍福尔老先生对一个住在蛋岬、有钱有势的工业家的报复，那个人骗取了这位机械师的一项利润丰厚的专利。但很快，三人便意识到他们可以更加贪婪，或者更加无私……他们可以成就一件有意义的事，成为当今时代的罗宾汉。

牛顿入睡后一个小时左右，一个女人在她的公寓楼外停下脚步，抬头仰望。她便是缎狐前一晚在半岛行动时，在大烟室里撞见并买通的侍女。她对这位绿眼盗贼很好奇，于是向几位认识的侍女打听之前有没有遇见过她，并谎称自己需要还给她一件丢失的物件。讽刺的是，一个毫无戒备心、名叫露比·蒂斯代尔的侍女在今天早晨打来电话，把这一住址告诉了她。此时，她抽着香烟，大衣纽扣直扣到喉咙上，心想蛋岬上的那群白皮佬会不会真的付钱给一个黑人女孩，来换取那个侵扰他们一年的盗贼的身份；又或许她可以敲响缎狐的门，让自己分一杯羹。如果她拒绝的话，她就会带上爸爸的剃刀，趁绿眼小姐不在的时候，把她放在家里的所有现金都偷走。缎狐可能就是这么偷的，她心想。她抽完烟，用耐磨鞋的鞋尖把烟屁股踩灭，然后走开了，心中掂量着、权衡着。

吉他女孩

约翰·桑福德
John Sandford

约翰·桑福德最为知名的是他的两部长寿剧，主角分别是卢卡斯·达文波特和维吉尔·弗劳尔斯。他还著有四本主角为基德（一位计算机天才、侠义罪犯、职业艺术家）的小说。作者本人对艺术的热情（“我有两千册关于绘画的书！”）让他在百忙之中抽出时间创作了《吉他女孩》。

《好莱坞》 / 托马斯 · 哈特 · 本顿[1]

1 托马斯 · 哈特 · 本顿（Thomas Hart Benton，1889—1975），美国地方主义画派的引领者，其壁画和版画充满律动，色彩丰富，形象刻意扭曲。

吉他女孩在圣莫尼卡大道和高尔街交叉口的公交站下车，沿高尔街朝韦林街走去，需要经过十一个高温难耐的街区才能回到家中。她独自住在一座四百平方英尺的平房里，屋内有一台由白痴设计和生产的空调。

女孩身材苗条，小麦色头发遮挡高颧骨与淡蓝色眼睛，穿着一条过时的杰西潘尼直筒式蓝色连衣裙，显出嶙峋的肩膀轮廓。她的笑容漂亮而腼腆，微笑时仿佛脸在发光。她穿着运动鞋（因为耐穿）和高尔夫球袜。

她走在人行道上，吉他装在硬盒里，沉甸甸的，一路撞着她的腿。整个上午和半个下午，她都在格伦代尔市的布里奇录音棚中度过，她的音箱以及两把不太昂贵的吉他仍然留在那里。

她叫安蒂·霍尔特。

她的名字、淡蓝色眼睛、腼腆的笑容、小麦色头发都源自她的俄克拉荷马祖先，他们是从风沙侵蚀区来到加利福尼亚的。安蒂知道这一点，但她对此毫不在意。他们早已不在人世，与其他逃荒的农民一起，埋葬在活动房屋区边沿的墓地里。

派拉蒙电影城坐落于高尔街一侧，但她和洛杉矶本地人一样，对其习以为常——对本地人而言，派拉蒙和沃尔玛一样寻常。

她在韦林街与高尔街形成的“丁”字路口向右拐。工作了一天，坐公交回家还要换乘三次，难免疲惫。明早还要以同样的路线返回，去录这组乐曲的最后一节。她的汽车变速器坏了，因而暂时成了洛杉矶的徒步族。她本可以打一辆优步，但钱毕竟是钱，公交便宜。

沿韦林街走过几栋房子便是安蒂的住所。这个小区里都是小平房，房价贵得离谱。她的房子不是自己的，而是租来的，房租也越来越离谱。曾有人告诉她，韦林街是以韦林搅拌机的发明者命名的，她信以为真——这种事情有什么撒谎的必要？但向别人讲述这件事的时候，她被人嘲笑了：这条街其实是以一位过世已久的、名叫弗雷德·韦林的乐队指挥命名的，那人和搅拌机没半点关系。

但说这话的人吸大麻吸得很嗨，因而她从未讲述过弗雷德·韦林这一版本。

安蒂的房子是灰色的。

前一座是褪了色的砖红色，面积更大些——六百二十五平方英尺，完美的二十五乘二十五。安蒂的是二十乘二十。她痴迷于这些数字。她的房子住起来像是衣柜；那座红色的房子虽然照正常标准来看也很小，但相比之下却显得宽敞。

洛杉矶就是这样。

她经过红房子时，停下脚步端详它。这座房子一部分属于海伦·麦考尔，一部分属于一家贪得无厌的、名叫“格雷救助”的反向抵押贷款公司。这家公司就像秃鹫一样盘旋在麦考尔头上，等着她死。

安蒂和这位老太太是朋友。她们会在温暖的夜里共享一根大麻烟或者喝一两杯玛格丽特，海伦会跟她讲述自己混好莱坞的日子——她的原话是“昏好莱坞的日子”，听得出来她已经有点“昏”了。

海伦曾是一名女演员……或者说差点就成了一名女演员。她有故事可以证明这一点。

安蒂突然想到她已经有好几天没见过海伦了。三天？应该吧。海伦已经九十九岁了。

安蒂继续前行，吉他继续撞她的腿。对海伦的担忧如头皮上的虱子一般挥之不去。回到家，屋里的温度估计有四十多度。她打开空调，从盒中取出吉他——一把私人订制的、2007 年产的莱斯·保罗电吉他——然后把它放进储物柜，柜子的温度恒为二十二度，相对湿度恒为百分之四十。柜子里还有五把吉他，和音箱一起放在录音棚的那两把没有算在内。

几把吉他都很结实，但洛杉矶虽然濒临大海，夏天仍然会很干燥，所以安蒂把吉他放在相对潮湿的地方。她自己也想待在相对潮湿的地方，但屋子太小，空调太烂（她怀疑这空调是从货车上掉下来的，很可能是在车臣这种穷乡僻壤），这想法难以实现。

她是一个干巴巴的女孩，皮肤干裂。

她没见到海伦。

她从冰箱里拿出一罐啤酒，拉开拉环。屋里太热待不住，干脆走到隔壁，敲了敲门。没有回应。用力敲。依然没有回应。她带着担忧和恐惧，拖着步子走回家，找到海伦留给她的那把钥匙。

她打开邻居的门，闻到了死亡的味道。

不是恶臭味，也不太令人反感，但依然是死亡的味道。为了确认自己的想法，她走进海伦的卧室。老太太躺在床上，睡袍的前胸绣有花朵，头歪向一侧，看起来干巴巴的，像一支在沙发底下待了多年、搬家时才发现的泛黄的烟。

“海伦？”安蒂知道她死了，但还是唤了她的名字。然后，她报了警。

在海伦给她讲过的所有的故事当中，这个故事是最有趣的：1930年代末，有位著名的艺术家画了一幅她的画像。那幅画后来出了名，现在挂在堪萨斯市博物馆里。海伦从未演过哪部电影的主角，甚至连配角都算不上，但她是托马斯·哈特·本顿画的“好莱坞”中的主角。画中的她直立在画面中央，个子高挑，穿着暴露。她曾向安蒂展示过一本关于本顿和电影的关系（尤其是他与《好莱坞》的关系）的书，还向她展示过一张她与本顿的黑白照。照片中的本顿拿着一把笔刷，头还不到她的肩膀。

安蒂也认识一些名人——都是歌手——但他们都是普通人，只是恰逢时运，名利双收，或者名利得其一，说到底还是普通人。而成为名画中的角色则不一样：它可以把你带到未来，哪怕你已经死去，你的音乐和歌曲都被人遗忘，你也不会消失。

警察来得很快，也很专业。他们看了看未经触碰的尸体，然后让安蒂坐下，开始询问她，同时做了一些笔记。他们尤其关注她从发现尸体到报警之间的时间——安蒂估摸着有三十秒。警察允许她回家，但不许她去远的地方，因为验尸官会来找她谈话。

一个半小时之后，验尸官真的来了。她名叫唐娜，面色疲倦，脚上的鞋子和安蒂的相似。她说警察之所以对她报警的时间感兴趣，是想弄清她在发现尸体之后有没有洗劫海伦的房子。

“她没有什么可洗劫的，也就婚戒还值点钱。”安蒂说，“她靠社保和反向抵押贷款为生。”

唐娜问她海伦有没有在世的亲人。

“她儿子两年前死了，胖死的，反正海伦是这么说的。她有一个孙女，还有一些重孙，应该都在圣地亚哥吧，我觉得。她有一个旧的罗乐……名片架，上面写着他们的名字。他们姓库珀，女儿叫桑德拉·库珀，我几年前见过一次。”

“罗乐德斯名片架，我看到了。我会通知库珀一家的……”唐娜记下笔记后问，“你觉得她会是自杀的吗？没有遗书，也没有药瓶什么的。”

“我觉得不会。她是个活泼的老太太，没有病痛，也没有抑郁症什么的，据我所知是这样的。她九十九了，正盼着明年秋天一百岁呢。”

她们又聊了一会儿，安蒂哭了一阵，唐娜拍了拍她的膝盖，然后转身离开时对她说，“我觉得大多数人不愿意死后被人这样说……但在我看来，她的死很平常，自然而然老死的。”

安蒂点了点头，“我也这么觉得。可她活了这么久，知道那么多，一切都化为乌有、烟消云散了。”

“你还好吗？”

“没问题，我没事的，就是有些伤心。”

“你是乐师？”

“是的，弹吉他，给人伴奏，每周在日落大道的吉他中心工作两晚。”安蒂说。

“你和她应该是好朋友吧。”唐娜点头道，“别太伤心，孩子。”

吉他女孩在圣莫尼卡大道和高尔街交叉口的公交站下车，沿高尔街朝韦林街走去，需要经过十一个高温难耐的街区才能回到家中。她仍独自住在一座四百平方英尺的平房里，屋内有一台由白痴设计和生产的空调。

她右拐走上韦林街，第一眼看到的是一辆搬家公司的卡车和一辆越野车，停在海伦家门外。卡车的后门开着，她在里面看到了海伦的双人沙发和电视机。她从一旁走过，朝敞开的屋门内看，看到一个男人在木地板上推着一张办公桌。他看到了门外的她。她举起一只手打了个招呼，走到自家门前，打开锁，进屋，把吉他放进湿度箱，然后拿了一罐啤酒。

海伦已经死去两周了。自她死后，她家门上就一直贴着警用胶带，以免闲人进入。安蒂已经把吉他和音箱从布里奇录影棚拿回来了，最近在帕萨迪纳市一个名叫“草根”的地方工作，为贝克斯菲尔德市的一个乡村乐队录歌。她不得不承认，这个乡村乐队非常优秀。主唱还跟她攀谈了一会儿，聊得很开心。她发现乐队的主音吉他手和主唱之间有种人格上的冲突。

主唱名叫托尼。她想，假如他的主音吉他手退出乐队并由她来补位的话，她迟早会跟他上床的。这种前景还挺美好的——性爱美好，而非加入乐队美好，因为她会失去洛杉矶伴奏界的地位，以及吉他中心的工作。她能租得起房，吃得起炸鱼条和炸薯条，全靠这两份工作。

事实上，她离破产只差 1 450.88 美元了，而汽车变速器的损坏更是雪上加霜。夏日过得缓慢；即使没有燃眉之急，她也必须节省每一分钱，以免陷入捉襟见肘的泥潭，直到十月旺季归来。虽然她并非身处绝境，之前也穷成这样过，但此时的处境也离绝境不远了。

啤酒尚未喝完时，刚刚她在海伦的房子里看到的那个男人按响了她家的门铃。她朝门口走去，心想这个男人有点像猪。他大概与她同龄，近三十岁，中等身高，肥胖过度，留着油腻的平顶短发，粉红的脸蛋沉甸甸的。他穿着一件黑色 T 恤和一条棕褐色工装短裤。T 恤上写着大字“培根太多了”，底下还有小字“才怪”。显然，他在践行这一观点。

“有什么事吗？”

男人看着手中的一片纸，“你是安蒂·霍尔特吗？”

“是。”

“就是你发现我太外婆死了的？”

“是，我发现的。”

“你能过来一会儿吗？我们兄妹仨想搜一搜她的房子，看看她有什么东西。”

“没问题。”

在走过去的路上，她问：“你叫什么？”

"唐·库珀。我哥叫鲍勃，我妹叫谢丽尔。房子里得有一吨的烂纸，我们不知道该怎么处置它们。"

三位库珀一看就是一家人：黑头发，肥胖过度，穿着短裤，T恤上印着标语。谢丽尔的是"不，仍然不在乎"。鲍勃的是"爱动物"，底下还有"的美味"。三件T恤都被汗水浸湿；海伦有一台窗式空调，被他们拆了下来，放在了客厅中央。

海伦的房子只有一间卧室，但还有另一个小房间，大概塞得下一张双人床，不过海伦把它当成居家办公室。里面有两个很少使用的文件柜，一把上世纪中叶的椅子，一张小办公桌，还有墙上的几张画。没有电脑。还有一个精致的皮箱，大概产于1930年代，被她用作咖啡桌。箱子里曾放满剪贴簿以及其他纪念品，现在和文件柜里的东西一起堆在地板上。文件柜和皮箱都不见了，显然已经被装进货车了。墙上的画都被他们从画框里拆了出来，画框也不见了，只剩画布散落在地上。

"是这样的，"鲍勃说，"我们得在一个小时之内启程回家，否则就得花三个小时才能驶出五号州际公路。这些破烂需要处理掉才好卖掉这栋房子，我们想给你塞一点钱，在接下来的两周内让你来把它们装袋，丢进海伦的垃圾桶或者你自己的垃圾桶。这样一来，我们不必花钱托运，你也能挣一点钱。看你这样子，应该正缺钱呢。"

安蒂无视话中的侮辱，"一点钱是多少钱？"

"五十？"

安蒂看着地上的一片狼藉。"五十也就够买一份双人披萨和两瓶啤酒的，可这房子也太难清理了吧？"

"好吧……这样吧，你弹吉他是吧？我看到你的那些吉他了。海伦的柜子里也有一把吉他，我们把那把吉他送给你。”

“给我看看。”

鲍勃出门朝货车走去，一会儿后，拿回一把吉他来。实心木，沉得很。只有两条生锈的琴弦还连在一起，有四条琴弦已经断裂，缠绕在琴颈，琴桥和弦钮上锈迹斑斑。

“电子元件估计已经烂掉了。”安蒂眯着眼睛看指板，“不过……琴颈还挺直的。”她面容扭曲地举起吉他，“成交。”

“很好。”唐说着，挥手指了指地上的纸张、照片和碎布地毯，“统统丢掉。地毯闻起来像是猫拉了屎。”

“猫几年前就死了。”安蒂说，“活了十七年。”

“死了就好。猫最他妈可恨了。”鲍勃说。

“我有必要问一下，”谢丽尔说，“你发现海伦死后，没有拿走什么东西吧？”

“什么？没有！天哪！”

谢丽尔耸了耸肩：“必须得问。总觉得她积累的家产应该更多些，毕竟都九十……九十六了？我们拿到了她的戒指，钻石也就半克拉，跟唐的鸡巴差不多大。”

“你看见过？”鲍勃说。

“操你妈。”谢丽尔说。

“我们还找到一部老相机。”鲍勃说——窗台上曾放着一部阿格斯C3相机，“应该能值点钱。”

“她九十九了。”安蒂说，仍在为他们怀疑她偷东西而生气。

“管它呢。”谢丽尔说。她手里拿着一根烟，用黄色塑料打火机点燃，吸了一口，然后吐出，“反正房子是我们的了。我们在网上查了一下附近的房价，这房子能卖个好价钱。街区里有个相似的房子卖到八十五万。我妈说我们三个可以平分一半，她要另一半。”

“哈哈，樱桃红雪佛兰科迈罗，我来咯。”唐说。

“垃圾。”鲍勃说，“要买就买 ZR1！”

“那是什么？”安蒂把面前的烟挥走。

鲍勃大吃一惊：“雪佛兰科尔维特跑车呀。小妞，如果你事情办得好，我可以载你去兜风。”

“好吧，不过，在花这笔钱之前，你们最好先跟‘格雷救助’谈谈。”安蒂说。

“那是啥？”唐问。

“反向抵押贷款公司。海伦有反向抵押贷款。”安蒂说，“我也说不准，不过我觉得应该剩没多少钱了，还有一部分吧。”

“什么？那老婆娘把房子抵掉了？”

“大部分抵掉了，还没抵光。”安蒂说，“她说她一百零二岁后就领不到钱了，所以打算在那之前死掉。”她指了指地上的文件，“合同可能就在里面，我会找一下的，看能不能找到。”

谢丽尔拍了一下额头，“天哪！她花掉了！那我们怎么办？”

“看看能不能找到合同吧。”鲍勃说着，朝一堆纸踢了一脚。

“不好找的。”安蒂说，“很可能就几张纸。”

他们花了十五分钟寻找，然后谢丽尔说，“把空调搬到货车上去吧，我们该走了。如果有抵押贷款，这位雇工能找到的。”

“我们已经打电话叫自来水公司断水了。”鲍勃说，“马桶用不了了。要是我去后院拉的话，你觉得会有人看见不？”

安蒂：“嘿，我还要住在这儿呢……”

“可我憋不住了。”鲍勃说。他穿过走廊，走进洗手间，拿出半卷厕纸，然后走出后门。

“他这人可高贵了。”谢丽尔说着，又点了一根烟，“哪怕是白宫的草坪，他也照拉不误。有次在摇滚音乐会上——”

“太他妈热了。”唐插嘴道，“就该最后再拆空调的。”

“你们真的不要这些图片和相册之类的东西吗？你们不觉得你们的母亲会要吗？”安蒂问，“这些可记录了海伦的一生啊。”

“通通丢掉。”唐说，“我们才不在乎这些破烂呢。”

“海伦说过，她曾经给一个非常有名的画家做过模特。”安蒂说，“大概……八十年前吧。”

“你有看到什么画吗？”唐问。

“没有，不过……”

“那就去他妈的。”他说。

鲍勃回来了，把剩下的厕纸丢在地上，然后跟唐一起摇摇晃晃地把空调搬到外面。谢丽尔把餐盘和杯子装进纸箱，对安蒂说，“别光站着，不想要五十块了？”安蒂开始帮忙。盘子都是便宜货，而且已经很旧了。“我要把它们运到跳蚤市场上卖给墨西哥劳工。”谢丽尔说，“这些能卖一百块。”

鲍勃和唐回来了，然后把箱子搬到货车上。海伦有几百本书，很多都是 1950 年代《读者文摘》版的小说，还有一套完整版的《大英百科全书》。安蒂凭自己的跳蚤市场经验判断，这些书几乎分文不值。看着这两个男人大汗淋漓地把它们搬到拖车上，也是一件颇为有趣的事。

这样的牢骚持续了一个小时："她真他妈该死，这破地方也该死，你他妈也该死。"

库珀兄妹把房子搬空，只剩成千上万张纸以及老纪念册，然后开车离开，回圣地亚哥。在离开前，鲍勃朝曾放在皮箱里的相册踢了最后一脚，照片散落一地：被遗忘的面孔，被遗忘的时代，穿着陆军服和海军服的男人的黑白照片……

"老癫婆。"他说。

安蒂："我的五十块呢？"

库珀兄妹离开了。

安蒂仔细看了看吉他，决定把断弦留在上面，然后把它放在客厅的一个干净的角落，去处理文件。文件太多了：她仔细翻找，直到晚上，在一摞明显是从文件柜里倒出来的文件中找到了反向抵押贷款合同，以及房产按揭贷款的原件，房贷早在 1960 年代就已经付清了。

大多数文件的确是垃圾，多年前就该丢掉，比如旧账单，过期的保修单，作废的支票等。有些倒很有趣，比如海伦出演的电影的传单，一沓用橡皮筋绑起来的情书。情书都装在最初的信封里，是她和丈夫加里写的。加里参加过"二战"，然后是朝鲜战争，接着是越南战争，最后死于西贡的一场车祸。这些信都始于相同的几个字：

"嘿，宝贝：

我好想你。"

鲍勃·库珀把手机号留给了她。她打电话给他，告诉他她找到了“格雷救助”的合同。他给了她一个地址，她说她会把文件寄过去。“把房子清理干净还需要多久？”

“我今晚会把文件清出去……明天再打扫，不要你钱，反正我明天不上班。那些照片之类的……”

“不是说过通通丢掉的吗？”

“你介意我留下来吗？她是我朋友。”

“随你便，只要把它们搞出去就行。我们找了一个房地产中介，周一就会过去看房，到时候必须清理好。你能把窗户也擦了吗？”

“不行，五十块不够的，让中介来解决吧。”

当晚，她把文件都清了出去。最后查看的是一个老化的棕色文件袋，文件袋上有一个翻盖，打开后可见一沓精心折叠的半透明纸。她展开纸，每张都是三乘二英尺的尺寸，像建筑师用的图纸。

都是画。

这些画中，有操作老式摄像机和麦克风吊杆的男人，有些戴着老式工人帽。有个男人背对着画面，留着 1930 年代的发型，身上的西装一定非常昂贵。有一张画的是海伦，手中的长木棒高过头顶。安蒂随即认出了这一形象：名画《好莱坞》的主角。画中的她大概十九或二十岁，只穿着胸罩和内裤。还有一幅画的是一个金发女人，安蒂觉得应该也是海伦，只是换成了俯视的视角——她可能一丝不挂。

她盯着画看了一会儿，然后小心翼翼地把所有的画叠好，收回文件袋中，放到一边。屋内仍然很热，但她还是弯着腰，满屋子捡照片，看一眼，放到一边，直到找到海伦曾给她看过的那张她与托马斯·哈特·本顿的合照，然后把照片放进棕色文件袋，和画放在一起。

午夜时，终于收拾完毕。安蒂丢掉了五个垃圾袋的文件，但舍不得丢掉照片和电影纪念册。

海伦曾对她讲过她的电影生涯。

“你们在荧屏上看到我的时候，很可能对我视而不见。”一天晚上，她们坐在后院里共享大麻烟时，海伦说，“有些女孩，比如劳伦·白考尔，能让画面亮起来。而你们看到我的时候，甚至都注意不到我。”她说。

“肯定不是真的。”安蒂说。

“是真的。我过了一段时间才意识到这一事实。不过，我还是能养活自己，甚至还获得了演员工会卡。好多年没见它了。我经常演秘书，带着文件进来，说‘希普利先生，文件带过来了’诸如此类的话。我在七十部电影里演过这类角色，因为他们知道我很靠谱。他们把我叫过去，让我待上两三天，拍个三十秒的镜头，然后就可以回家了。有一次，一个日本人——日裔美国人——在去工作室的时候，在帕萨迪纳市的高速公路上遭遇车祸，他们在拍一部战争片，需要一个日本人在地堡里开机关枪。而我个子不高，他们给我化上浓妆，戴上头盔，让我在地堡里开机关枪。后来在另一个镜头里，他们又让我拿着刺刀枪一边冲一边喊‘板栽！板栽[1]’，算是我演艺生涯的巅峰了。”

1　日语“万岁”的音译。

然后，她大笑起来，朝夜晚的空气中吐出一股刺鼻的烟味，把烟递给安蒂说，“你这行最吃香，安蒂，乐师总是最吃香的。”

在锁海伦的房门时，安蒂在后门处闻到一股陌生且难闻的气味，她走出门：鲍勃还真在后院里拉了一坨屎，就在海伦的花坛里。

她锁上门，回家了。

安蒂把反向抵押贷款合同寄到库珀家里。接下来两周内，她零零散散地参与了几次现场演奏会，并在吉他中心额外轮了三次班，因为有个销售人员出人意料地辞职了。海伦的院子里竖起一块“出售中”的牌子。一天，她看到鲍勃和谢丽尔·库珀在跟一名中介交谈。中介走后，她走了过去。鲍勃苦着脸摇头说，“跟我们想的一样糟——能卖到十万块就算我们幸运了。我妈食言了，打算给我们每人一万，自己留七万。贪婪的婊子。”

“别这样说咱妈。”谢丽尔说。她又在抽烟，从包里摸出第二根，用第一根把它点燃，然后把仍在燃烧的烟屁股弹到街道上。

“你巴结她不就是想要更多吗？”鲍勃说。

“操你妈，你个混蛋。”

“还想让我载你回家吗？”

“操你妈。”

房子在八月份才卖出去，但安蒂再也没见过库珀一家人。交易应该是在线上完成的，她始终不知道具体卖了多少钱。后来，福克斯电台有一部电视剧需要蓝调吉他配乐，她去演奏了十天，挣了不少钱，把她那辆日产立方牌汽车上的变速器换掉了。

然后，她开始等待，等待，再等待。

10 月 1 日，温暖的周三晚上，吉他女孩在圣莫妮卡大道的拐角处走上高尔街，经过派拉蒙影城，然后右转，回到四百平方英尺的平房里，屋内有一台由白痴设计和生产的空调。

她取下莱斯·保罗吉他和阿舍尔版的斯特拉特吉他，然后走进屋，把它们放进吉他柜，打开空调，把海伦的旧吉他从柜子里拿出来，回到外面的车里。

前往圣费尔南多谷-范耐斯区花了四十分钟，因为 101 号公路上发生了一起轻微车祸。“洛伦上品古典吉他店”坐落在一条整洁的商业街上，旁边是一家帽子店；洛伦是她的老朋友。她带着海伦的吉他走进店里，戴尔·洛伦出来一看，说：“天啊，这是……1958 年的？”

“我第一眼看到它的时候，希望它是 1959 年的。”

“不是 1959 的，琴颈太粗了。到里屋来，安蒂，让我仔细看看。”

他们走进里屋，屋内有一张工作台，台上铺着一层柔软的胶皮。洛伦从顶端开始检查琴颈，再从两侧看，然后用手指从品柱上扫过。“琴颈没问题，品柱也都是原配。”

“我也觉得。我用尺子比照过，没有弯曲或扭曲，至少在我眼中是这样。”

“光用尺子还是不够的……我们检查一下序列号吧。”

序列号印在琴头的背面。洛伦有一份莱斯·保罗吉他序列号的打印件，他用手指顺着列表向下找，然后说，“找到了：1958。这是一把

1958 年产的樱桃红旭日渐变色吉他，甚至还能看出一点红色来。这款一般很容易褪色，变得黄黄的。”

“樱桃红，跟樱桃红科迈罗的颜色差不多吧。”

“一样的……琴桥和弦钮很容易清理，锈都算不上问题。”

他把吉他翻过来。“琴背被皮带扣蹭得有些刮痕，”他用拇指摸了摸粗糙的地方，“但不严重。你从哪儿搞来的？”

“一个老太太送给我的。她说这是她丈夫的——她丈夫死在了越南，先后参加过‘二战’，朝鲜战争，还有越南战争，最后死在了越南。”

“她还有吉他吗？”

“据我所知没有了……”

“这样吧，”洛伦说，“我给你一张收据，然后让特里修理一下。得需要一段时间……两周后，我给你打电话。”

“怎么分成？”安蒂问。

洛伦耸了耸肩，“亲爱的，我也是要生存的，而且我有修复它的技术人员，甚至还有一位潜在买家，只要我通知他，他就会当即买下来。我要拿百分之三十。这么说吧，安蒂，别的店不会给你更多的。如果这吉他被某个著名摇滚歌手用过，你就能分到更多，可是……你说你不知道有没有这种事。”

“拿走吧。”安蒂说，“不过，洛伦……这事要保密，好吗？”

“绝对没问题。”

十天后，她收到一条短信：“有买家出 13 万的价，你能拿 8.58 万，成不成交？”

成交。

这辆新款保时捷卡宴是基础款，而且是二手货，虽然没怎么用过——只开过三万英里。卖车的人说，如果她注意保养，车子还能开二十万英里。当她说她想以旧换新时，他略微有些困惑，不过还是走到外面去看那辆日产立方。“变速器好得很。”安蒂说。

十二月的一天，天气凉爽，阳光明媚。她开车来到盖蒂博物馆，把保时捷停在地下车库里。馆长和助理小心翼翼地在图书室的桌子上展开一张张画，助理说，“我的天哪，这些是你从跳蚤市场上买的？”

“是的。”安蒂说。

“假如这些是真品……我们还需细看，不过这张上面的签名确实像本顿本人的，那张上面的是他姓名的首字母缩写。”馆长说，“托马斯·哈特·本顿有自己非常独特的方式来……这可能是他最优秀的作品之一……跳蚤市场？真的吗？”

“当然了。而且我想做我该做的事。”安蒂说，“你们想看多久都行，可以给我一张收据吗？”

“当然可以。我们还会拍一些照片。”馆长说，“如果你想卖掉他们，我希望你能让我们来出价。”

“可以。我想把它们留在洛杉矶。”安蒂说，“我了解过那幅名画，这些画应该在这里待了八十年了。洛杉矶才是它们真正的家，我不想看到它们流落到别的地方，比如……”

“回到密苏里州？”

“我想的是，‘就连圣地亚哥也不行’。”安蒂说。

当晚，在后院里，安蒂躺在休闲椅上，洛杉矶的灯光映于上空。她点亮一根胖男孩雪茄，望向星星该在的地方。

“谢谢你，宝贝，我好想你。”

她哭了几下，但也仅此几下。

我们看世界的方式

劳伦斯·布洛克
Lawrence Block

劳伦斯·布洛克选择编纂文集(《光与暗的故事》《形与色的故事》)作为自己晚年的事业以及迟暮之路上的舒适驿站。

《办公室女孩》 / 拉斐尔 · 索耶[1]

1 拉斐尔 · 索耶（Raphael Soyer，1899—1987），俄裔美国画家，其作品属于社会现实主义，以描绘纽约东区的生活场景为主。

“他们没有拼错他的名字，最起码是按人家自己的拼法拼的：L–I–C–H–T–E–N–S–T–E–I–N。不过你可以说他自己就没拼对，或者他父母没拼对，或者埃利斯岛[1]的杂务工没拼对。”

她面前的这幅画确实出自罗伊·利希滕斯坦[2]之手，是众多展品之一。这次展出被惠特尼艺术馆命名为“我们看世界的方式”。刚刚向她说话的那个男人就站在她身后偏左的地方，离她不远；假如她正在开汽车，他所处的位置就是她的盲区。

她认识他吗？她没有听出他是谁，但又出于某种原因，没有转身去看他是否面熟。他的语气带有一种漫不经心的自信，让人觉得他认识她，或者至少是他自以为认识她。然而她无需去看，便已确定事实并非如此，他根本就不认识她。

或许恰恰就是他所表露的亲近感和他漫不经心的自信让她做出了这样的判断。

“人们只能这样猜想，”他继续说，“他的姓氏源于大公国列支敦士登[3]，但后者的拼写里有个 E。好吧，其实是好几个 E。但国名的开头是

1 埃利斯岛，美国纽约的一座人工岛，曾是美国移民管理局所在地。

2 罗伊·利希滕斯坦（Roy Lichtenstein，1923—1997），美国著名艺术家，波普艺术的代表性人物，其漫画和广告式的绘画风格鲜明独特，也颇具争议。

3 列支敦士登（Liechtenstein），欧洲中部的一个袖珍国家。

L–I–E–C–H–T，而这位艺术家的名字里，你看，是没有的。”

她忽然想到，他们两个可能是画中人：一个女人在看什么东西，一个男人站在她身后的一侧。她看不见他，但参观者可以。参观者可以看清他们两个，也知道他长什么样子。她想起了这么一幅画，脑海里也浮现出它的样子，但就是记不起艺术家的名字。

她记得，画中的男人面容模糊，眼睛藏在布帽下向外窥视。她能想象到自己身后的男人，但想象不出他的样子。她仍然没有转向他，却又忍不住瞟向画作的标签，确认名字的拼写。

她知道，他是不会就此打住的。他还会说些别的，然后她会转过身，找一些礼貌但不妥协的措辞把他打发走。她活到这个年纪，必要的应对机制还是有的。她绝对能让他明白他们之间不会有对话，不管是针对这幅画，还是这幅画的作者，还是其他种种。

她一边等，一边在大脑中斟酌词句。可他一言未发，也一动未动（她能感受到他的存在），而是用自己的沉默去回应她的沉默，这让她有些措手不及。

有一个词可以描述这种感觉，一个来自国际象棋界的术语。她的前夫对这个游戏有着似浓非浓的兴趣，她就是从他那里学到的这个词。只可惜学得明显不够扎实，现在都记不起来了，她心想。那是个德语词，反正听起来像是德语，意思是：该你走了，但不管你怎么走，都是没有优势的。

真了不起啊，真的，德国人竟然能把这么一大串的意思塞进一个词里。

该她走了，可她想不出怎样走才好。她产生了某种感觉，然后意识到那是焦虑。虽是低程度的焦虑，不至于让人急忙去找抗焦虑药，但仍然——

“不过，你不需要看标签，对吧？大圆点，以及漫画般的形象，无疑是这位画家的作品，不可能是其他人的。这或许是我喜欢这张画的原因。”

她转过身。

那男人没有看她，而是在看画。他比她高两三英寸，年纪大两三岁，脸刮得很干净，黑头发，五官刚毅，穿着牛仔裤和蓝色按钮式衬衫，系着领带，外套是一件夹克，最初可能是一件深灰色的白条纹西服。

迫移（Zugzwang）。那个德语词就是它。被迫移动。

她说：“你喜欢这幅画是因为大圆点？”

换他转身面向她了。他看到她后，面色仿佛亮了起来。“不是的。”他说，“不过难以想象这幅画没有大圆点的样子。我之所以喜欢这幅画，是因为它能让人立即认出艺术家是谁。只看一眼，你就会对自己说，‘啊，当然是罗伊·利希滕斯坦画的了。’”

他脚上穿着科尔多瓦[1]无带便鞋，领带上有红蓝相间的斜条纹。他戴着眼镜，哪怕不戴，也会是一副勤奋好学的相貌。

他手上没有婚戒。

“我觉得，”他说，“这幅画可以让我产生一种正面的反应，即自我满足感。我为自己能立即叫出画家的名字而扬扬得意，当然，我还是得毕恭毕敬地把它归功于他鲜明的个人风格。罗伊，你的大圆点真了

1 高级皮革，被誉为“皮革中的钻石”。

不起呀。”

“你鹰一般敏锐的眼神也很了不起。”她说，“你还喜欢其他的艺术家吗？”

“当然有。”他说完，思考了片刻，“大都跟他风格迥异，但同样会有某种东西抓住我的心。”

“但不是大圆点。”

“而且也不是‘辨识性因素’，姑且就这样叫吧。有些画——有些画家——以更原始的方式吸引我。我看到伦勃朗、毕加索、维米尔或阿尔伯特·比尔施塔特的作品，并不敢确定作者是谁，除非我先前见过。我只知道面前的作品很出色，能打动我。”

她没想到自己会被卷入对话，并深陷其中无法自拔。

“有次在伦敦，”他说，“要么是在国家美术馆，要么是在国家肖像美术馆，我发现自己站在一幅伦勃朗的自画像前，看着它，无法挪步。”

他们不是画中人，她心想。他们是故事中人，背诵着某人为他们写好的对白。

她想起伦勃朗据说画过将近六百幅油画。“两百幅收藏在欧洲的美术馆，”她说，“三百幅在美国。我数字可能记得不太准确。”

“依我说，已经很接近了。”

很接近了，她心想，于是任意一方都可以伸出肢体触碰对方。哪怕真有人给她写了这句对白，那也还是不说为好，它属于内心独白——

如果它可以归类的话。

“还有罗斯科的作品，”他说，“向来都是毫无疑问，非罗斯科莫属的。”

几分钟前，她就在欣赏罗斯科的一幅画。难不成他一直在观察她？或许就在她身侧？

也许不是。美术馆的动线就是这样的，先看罗斯科的那幅，再看利希滕斯坦的这幅。

“我觉得罗斯科的作品可以伪造。”她说，“虽然很难。”

“只要技艺足够高超，没什么不可伪造，虽然有些伪造起来更容易一些。不久前就有个家伙被抓获，他从不复制任何现存的作品，而是用高更、柯罗或马奈的方式作画。他辩护说自己从没伪造过任何东西，而是在创造新的作品。”

“他那是模仿，而不是伪造。他的辩护有没有让他无罪释放？”

“并没有，但他的观点很有趣。他向买家展示作品的时候有虚假言辞，因此被判诈骗罪。可问题是，他的作品算是赝品吗？”

她想起了上世纪某位誉满天下的才子说过的一句话：“模仿是剽窃最真挚的形式。”倘若她能记起此话的作者是谁，她或许会出声说出来。

“杰克逊·波洛克很有意思。”他说，“他像利希滕斯坦或者罗斯科一样，一眼就能辨识出来，但要一笔一画地复制他的作品，想都不要想，不可能做得到。可是——”

“你可以用波洛克的方式来创作自己的滴墨画。”

“没错，虽然肯定比看上去更难。把颜料溅到画布上倒是容易，让它看上去像模像样却难得很。”

很多事情都是这样，她心想。

“蒙德里安。”他说，“任何人都能模仿他，所有人都在模仿他。玻璃杯上、T 恤上、浴帘上，鬼知道还有什么，外科口罩上？”

“我喜欢他的画。”她说。

“嗯，我也喜欢，而且不只是因为我能认出他们来。”

“他是荷兰人吗？还是比利时人？”

“荷兰人。”

“那他的作品怎么会在惠特尼艺术馆？这里不是仅收藏美国艺术家的作品吗？”

“他在战争年代来到这里。”

“来到美国？”

“来到曼哈顿，在这里生活了四五年，然后过世。他白天画画，晚上去第五十二大街的爵士乐俱乐部。”

“《百老汇爵士乐》，”她说，“纽约和爵士乐被展现在同一张画布上。不过，那幅画在纽约现代艺术馆里。我不确信自己有没有见过眼前这幅。”

“他的作品不断演变，但某些元素从不改变，比如三原色和直角。对他来说，这不只是风格，还是信仰。他有个同胞，名叫提奥·凡·杜斯伯格，他们是非常要好的朋友，都是用直线创作抽象画。后来凡·杜斯伯格开始用斜线作画，蒙德里安好几年没理过他。”

“真的吗？”

“好吧，还有不同的说法，但绝对气得不轻。我是说，和别人老婆上床事小，用斜线作画可就……”

“不可原谅。”

“显然如此。”

不在画中，而在短篇故事中。优美的描述很少，直白的对话颇多。一篇轻轻抓着你的故事。你一直往下读，因为你想知道故事的结局，但又谨小慎微，因为你怕自己不会喜欢它的结局。

他们像融为一体一样，看完一幅，再去看另一幅。有几幅画他是在沉默中欣赏的，而更多时候，他会说一些关于作品或者艺术家的话。他没有在说教，不像是居高临下的炫耀，只是有自己的知识和见解，而她也乐在其中。

也有些事情她知道，而他不知道。比如海达·斯特恩。他们都对这幅色调阴暗、情调阴郁的抽象表现主义作品共鸣强烈。他探着身子，读标签道："海达·斯特恩，1910 年到 2011 年。如果日期没错的话，她活得还蛮久的。"

“日期没错。她活了一百岁，八十好几的时候还在画画。”

她告诉他，海达·斯特恩出生在罗马尼亚，第一任丈夫名叫斯特恩[1]。战争爆发后，她随他来到纽约。他们把名字改成了“斯塔福德”，不过她在展示作品的时候，又变回了“斯特恩”，只是在后面加了一个“e”。

“她保留了这个名字，但甩掉了那个人，嫁给了索尔·斯坦伯格[2]。”

---

1 英文为“Stern”。

2 索尔·斯坦伯格（Saul Steinberg，1914—1999），罗马尼亚裔美国画家及漫画家，《纽约客》最著名的插画师之一。

她又滔滔不绝地讲了更多，然后解释说，她在《纽约时报》上读到斯特恩的讣告，然后在网上搜索出了更多信息。

“我可能是在找她的长寿秘诀。”她说，“就算真的有，她也没对外透露过。”

他点了点头，再次面向斯特恩的画，凝视良久。

她听说，故事要有开头、中间和结尾。他们的故事配备了良好的开头，抓人眼球，引人入胜，但她感觉开头正渐渐淡出。

正应了她的想法，他瞟了一眼手表。“两点半了。”他说，“你喜欢楼下的咖啡厅吗？人不会多的，今天是周中，吃午餐的人群到现在也都散掉了。你想喝茶还是咖啡？还是来杯红酒？”

啊，这便是开头的结尾了，平滑地过渡到了中间的开头。

她吸了一口气，然后吐出，说：“为什么不呢？”

服务员为他们端来司康饼，然后倒茶。他们沉默不言。艺术馆的咖啡厅就像他预测的那样，几乎空无一人。服务员离开了，沉默仍然延续。迫移？

她问他是不是艺术家。

“不是。”他说，“不过我有时会羡慕他们。你为什么这么问？”

“因为你看上去像个艺术家。”

“哪里像了？看来我需要理发了。”

“其实我也不知道哪里像，反正你很懂艺术。”

“看来是我话太多了。”

“才不是，我一字不落都听进去了。”

“我可不想让你一直听着。不过我真的没有画过画，有时我会幻想一幅画的样子，躺在床上，在入睡的边沿，眼前会浮现一幅画面，然后就睡着了，再然后就醒了，再也想不起那幅画面。”

“一幅遗失的杰作。”

“更像是打瞌睡时产生的绝妙洞见的艺术对等物。那些洞见我倒时不时能记得起来，大多都是胡话，或者赘述，对‘A 等于 A’的迂回表述。”

“嗯，我懂你的意思。”她说，“曾经我抽烟的时候，就经常产生这种想法。它们总是貌似绝妙，但其实啥也不是。”

“你抽的不是烟草吧？”

“不是，我从来不抽烟草，只是在大学和毕业后一两年里抽过大麻，后来抽出了妄想症。”

“我抽的时候也总有妄想。”他说。

“然后我发现抽大麻的朋友不如不抽大麻的朋友有趣，而且随着时间的推移，他们越变越无趣。我已经好多年没抽过了。”

“我也是。不过我抽过烟。”

“香烟？”

“还有烟斗——多有范儿啊，但没抽多久。香烟更难戒，但十几年前就彻底戒掉了。你呢？会画画吗？”

“我学过。”

“是吗？”

“三四年前，我总觉得人生缺少点什么，本以为就是绘画。”

“但并不是？”

“我实在没天赋。”她说，“而且画起来也没意思，我只想着赶紧下课。我去过三次，然后我想起了爸妈逼我上的钢琴课。”

“然后你就再没去过？”

“钢琴课让我厌恶古典音乐，”她说，“几年后才克服掉。所以我要赶紧放弃绘画，以免它扼杀我对艺术的欣赏。”

她啜了一口茶。方才坐下时，她差点就点了一杯红酒。她感觉如果她点了红酒，他也会跟着点。但她还是选择了茶，一杯菜单上强烈推荐的台湾乌龙。他也做出了同样的选择。现在在她看来，她的决定是正确的。跟刚认识的人喝一杯红酒与共享一壶茶的感觉是不一样的。

她心想，如果这是一个故事，茶会产生良好的效果，能让叙述变得不那么老套，不那么意料之中。

他们方才互相介绍了名字，没有介绍姓氏，所以她知道他叫菲利普，他知道她叫凯特。现在她说，“我觉得你可能是艺术家的一个原因是你在午间来到这里。”

“换句话说，我是靠什么谋生的？”

“啊，我没有——”

“你当然有。而且你怎么会不好奇呢？我自己有时也好奇。”

“怎么？”

“在科尔盖特大学的时候，”他说，“我想做个诗人。”

“你是从那时候开始抽烟斗的吗？对不起，我无意冒犯。”

“我也没觉得冒犯，而且你猜得对。烟斗和诗歌似乎很搭，或者有很搭的潜质。而且它们都不是装样子，我想成为诗人，也想抽烟斗。”

“最后没有成功吗？”

他摇了摇头。“成功了。”他说，“直到失败。”

“发生了什么？”

“我也不确定。只能说我的诗意干涸了，或者说我不再是那个写诗的男孩了。我知道我的诗不怎么好，但或许还是有前景的，就像艺术家在成名的路上创作的作品。但后来我不再写诗了，前景也破灭了。”他沉默了片刻，然后说，“那根烟斗后来我还抽过几次，但现在都不知它放哪儿了。我觉得应该没有丢掉，但已经好多年没见它了。”

“换作现在，烟斗依旧很有范儿。”她建议道，“你都没必要真的去抽它。”

她心想，对白看似轻松不费力，但其实有些深度。她忽然想到他还没把自己的职业告诉她，正要开口问，他便给出了回答。

“我去华尔街工作了。”他说，“一个年轻人失去了诗意，还能干什么呢？我的工作没什么戏剧性，不会在交易大厅大喊大叫，不会沉溺于拉弗格威士忌和可卡因。我只是后台的一个呆子，分析数据，处理数据，很无聊的。”

“很无聊？”

“新鲜感消失之后就无聊了。刚开始的时候，‘快看我，我有一份有担当的工作’。那时我已经结婚了——结婚似乎也是一件有担当的事。婚姻的新鲜感大概在同一时间消失了，对她来说也是如此。不过人家聪明，找了别人。后来我就离婚了，从事着我讨厌的工作。”

“很无趣。”

“但又不算煎熬。我有一套不错的公寓；挣的钱足以让自己住得舒适。后来，我和我大一的室友吃了一顿饭。”

“科尔盖特大学的。”

“科尔盖特大学的。我们本来彻底失去了联系，但他四处找我，最后找到了。他设计了一款应用软件。他一直都有这方面的头脑，有了这个想法之后，就放弃了科技公司的工作，专心研发。现在软件已经问世，我本想着解释一下它的功能，但那样的话，怕是比我在后台折腾数据还要无聊。你只需知道它成功满足了某种需求就行了。”

“然后你跟他组队，你的商业才能恰好是他这种技术宅所需要的，最后你们发了大财。对不起，我真是多嘴，把你的故事讲了。我肯定讲错了。”

“没有。”他说，“事实上，你说得很接近事实。他负责软件，我负责盈利，我们合作得很默契。我并不觉得挣了一笔大钱，毕竟这世上到处都是亿万富翁。不过，我们也挣了不少，而且收入仍然源源不断，但早晚会变成涓涓细流。”

“不管怎样，你可以在艺术馆度过下午。”

“还可以在健身房度过上午。有点像退休了，但我并没有。”

“你正处于业务间歇期。”

“没错。科尔比正在塞舌尔群岛的沙滩上，优哉游哉地构思着下一款软件。我正等着他带着完善的设计归来。”

“如果事与愿违——”

“那就另说，总会有人带着富有潜力的东西来找我的，然后我来做策划。”

“然后你就又能挣一笔在你眼中不算大钱的钱了。”

“也可能挣不来钱。”他说，“虽说我和科尔比每一步都走对了，但我们同时还很幸运，而运气这东西是靠不住的。”

“嗯，确实靠不住。”

“而你又是做什么的呢？”他问道。

“啊，聪明人都怎么说来着？‘干点这个，干点那个。’基本上就是这样。我教一点瑜伽课，做一些激励疗法辅导，还是自由校对员和文字编辑，不过我说反了。”

“所以应该是文字员和校对编辑？真的吗？”

她大笑起来，“不是。一本书在编辑过后才会校对，我还以为你知道呢。”

“我大概知道吧。激励疗法是什么？”

“基本上是想怎样就怎样的一件事情。”她说，“我有四个客户，一个男人，三个女人，每周都会跟他们见面，告诉他们该怎样生活下去。”

“就像《花生漫画》[1]里的露西？‘忠告——五美分’？”

“有点像。我不像露西那么强势，而是引导客户找到自己已经做出的决定，或者帮他们化决定为行动。我自己并没有什么答案，大多数时候，他们都已经知道了答案，只是不知道自己知道。你在笑。”

“我在想我妈会说的话。”

“嗯？”

“她就是以此为生的？”

“我知道，有点粗糙了，是吧？但这种生活很有趣，而且还能有所影响。我现在的客户里面，有一个女人想要减肥，一个女人想要离婚，

1　一部长篇连载漫画，作者为查尔斯·舒尔茨，著名角色史努比即出自其中。

一个男人不敢对情感许诺，还有一个女人在做试管婴儿，为此备受煎熬。”

“你能为最后一个女人做什么呢？她的问题不该由医生来解决吗？”

“她已经找到了合适的专家，但整个过程压力很大，我能做的就是帮她坚持下去。或者，如果到了她真想放弃的时候，我可以帮她松开手。”

“所以简而言之，你能看清人们面对的方向，然后推他们一把。”

“差不多。”

“天哪，”他说，“我需要你的时候，你在哪里？”

乌迪内餐厅的灯光比艺术馆咖啡厅的要更柔和，播放的爵士乐是可以在家里通过轻音乐电台听到的那种，而非狂暴聒噪、持续不绝的那种，不会打断你的对话。

在艺术馆的咖啡厅里，倒完最后一杯茶后，他提议来一杯红酒。“但不在这里喝。”他说。她耐心等他说出自己的住址。他的公寓离这里不太远，在几个街区之外。公寓里有一瓶上好的纳帕谷红酒，值得一品。但他没有带她回家，而是把她带来这里，桌上没有酒瓶，只有两杯葡萄酒。

他对她说，乌迪内在意大利东北部，在亚得里亚海和阿尔卑斯山之间，离的里雅斯特不远。但这家店的店主并不是乌迪内人，甚至不是意大利人，而是阿尔巴尼亚人。很多移民纽约的阿尔巴尼亚同胞都像他们一样，分分钟就能开起一家意大利餐厅。

“而不是阿尔巴尼亚餐厅。”她说，“毕竟谁会来阿尔巴尼亚餐厅呢？”

他说：“布朗克斯有几家，我曾经读到过其中一家的信息，想改天去体验一下，但意大利菜在纽约肯定更好卖。你去过意大利吗？”

她去过佛罗伦萨和罗马，并把相关经历讲给了他听。他说他一直想去佛罗伦萨，但还没去过。他去过威尼斯，风景很美，但四处都是坐游轮来的游客。冬天的时候，他又去了一次，天气很糟糕，但依旧拥挤。

他们先谈意大利，又谈美食和美酒，然后她说：“我们看世界的方式。”

“怎么了？”

“我们刚才参观的艺术展，名字就叫这个。”

“哦，是的，一时间没想起来。”

“怪我莫名其妙突然提起。但我想不明白，你觉得艺术家看世界的方式是不是跟画布上呈现的一样与众不同？”

他歪着头思索。她喜欢他这样，在回答前思考片刻，也喜欢他思考时的表情。

“我不知道，”他说，“但我喜欢这个问题。”

“蒙德里安眼里的世界会不会都是直角和三原色？罗伊·利希滕斯坦眼里的世界会不会都是大圆点？”

“我们只知道他们画中的世界，”他说，“不知道他们眼中的世界。”

“但你觉得利希滕斯坦看到的是不是一个漫画式的宇宙？还是说他是在漫画里看到的这个宇宙？还有那些画漫画画了一辈子的人，突然看到这么一个故弄玄虚的艺术家靠模仿他们赚得盆满钵满，而他们苦干多年，赚的钱只能付得起房租，他们会怎么想？”

手中的酒杯空了。她看了看，然后放下。“我说的都是些醉话。”她说。

他信心十足地说，哪怕是醉话，也说得很好，提出了一个有趣的问题。他问她想不想再喝一杯，她说暂时不想。

“至于画漫画的人怎么看待利希滕斯坦，”他说，“我认为有些人确实觉得他在招摇撞骗，但还有些可能会感激他能够在无人垂青的庸俗之物中发现美。漫画艺术比以往要更受重视，我不知道是不是利希滕斯坦作品的功劳。”

“确实有可能是。”她说。

她拿起空酒杯，皱了皱眉，又放了下来。真的是酒的作用？或者仅仅是因为剧情需要她摆出这样的态度？

“我还是吃点东西吧。”她说。

他们吃了一份炸鱿鱼卷，然后是意大利面和沙拉，吃饭的时候每人又喝了一杯红酒。

喝咖啡的时候，她说：“你最初跟我讲话的时候，我站在利希滕斯坦的作品前，你站在我的斜后方，离我几英尺的距离。”

“然后呢？”

“当时我想起了一幅画，但又记不起是哪一幅。我现在还能想起那幅画，但还是记不起是哪一幅。”

“一个男人看着一个女人？”

“而且她没有察觉到。但我是有的。”

“这样的画应该有不少。一个男人看着一个女人，自己却没被察觉到。”

“除了艺术家的全知之眼。啊，我想起来了。女孩长得挺漂亮的，穿着讲究，应该是在上班的路上。那个男人则有些寒酸，身份低微，戴着鸭舌帽。他看她的眼神有些鬼鬼祟祟的。”

“虎视眈眈？”

“有可能，但不一定。还可能是恋恋不舍，知道自己永远也得不到她。真好笑，那幅画我能清晰地记起来，画它的人是谁我却想不起来。”

“听起来像是经济大萧条时期的作品。”

“对！我在惠特尼艺术馆看到的，但不是今天的画展，而是一两年前的。作者是索耶兄弟当中的一个，摩西、拉斐尔，还有一个想不起名字来的，不要问我是哪一个。”

“我猜作者是那个你想不起名字来的。”他说。

“艾萨克。”她说，“他的名字是艾萨克。不过，我觉得我印象中的画应该是拉斐尔的。”

“画里的人像我们两个？你是那个上班路上的女孩，我是那个戴着鸭舌帽的男人？”

“当时给我的感觉是那样的，”她说，“就像一幅画。”

而现在给她的感觉就像一篇故事，他们已经深入故事的中期阶段，甚至接近此阶段的尾声。

那么，故事还将如何发展呢？

啊，她知道故事会如何发展。

但结局会怎样？那要看情况，她心想。要看故事是哪种类型。至此，该故事的类型有着无尽的可能。它绝对有可能是轻松的爱情故事，以一次浪漫邂逅开始，与屈赛和赫本、尼克和诺拉、哈利和莎莉的爱情故事无异。但它还可能是更黑暗的故事。假如故事的作者是梅根·阿伯特[1]，或者斯蒂芬·金[2]……

“我不想让今晚就这样结束。”他说。

她该怎样回应他？还是不回了吧，她默默决定。就让迫移这一步由他来走。

所以他等着她，她又等着他。然后他说：“我们可以去听音乐，但我又觉得自己今晚没那个兴致。”

“桌子都挤在一起，音乐还会盖过人们的声音。”

“没错。其实有时我不介意，但——”

“今晚不行。”

“对。”他说着，用手指轻抚她的手背，“想去看看我的公寓吗？”

她心想，接下来的情景不必详细描述，在这个故事中不必，大可蒙上一层薄纱，或者把省略号或星号丢上去。

或者更简单些，直接跳过，继续讲故事。

---

1 梅根·阿伯特（Megan Abbott），美国当代犯罪小说作家、编剧，代表作《其实你不懂我》《敢不敢挑战我》等。

2 斯蒂芬·金（Stephen King），美国当代惊悚小说作家、编剧，代表作《闪灵》《魔女嘉莉》《肖申克的救赎》等。

她躺在床上，渐渐注意到先前没有注意到的事物。比如空调的呼呼声，比如皮肤出汗后、汗水蒸发时怡人的凉爽。

比如城市的声响：不知是警车还是救护车的警笛声，在几个街区之外随距离衰减。

这就是结局了，不是吗？且她没什么可抱怨的。他主动撩她，而她却一反往常，欣然接受了，随后便一发而不可收。也不知她带来了什么，反正获得了回报——痛痛快快地说了几个小时的话，且得知一位有魅力、有风度的男人也认为她有魅力、有风度，并因此心生满足与暖意。

还享受到半壶茶、两杯红酒、一顿好饭，以及那段被她盖上薄纱的情节：完事时她很满足，且他也明显满足。而此时，她该穿上衣服回家了。

“所以这就是结局了。”

“什么？”

她竟不知不觉地把那句话说出了口。“哎呀。”她说。

“哎呀？”

他要坐起身了，她心想。她似乎能感觉到他凝视的目光，目光的焦点是她的脸，而非身体。她自己的眼睛闭着，且不打算睁开。

她说：“没事，真的，一不小心把心里话说了出来。”

“我猜也是。你在想什么？”

“嗯……”她说完，睁开眼睛，坐起身，“我大脑里一直上演着一个故事，你和我是故事中的角色。”

“你不是说我们是画里的角色吗？那幅索耶兄弟的画。”

“拉斐尔的。但在我转过身看到你后，我们便不再是画中的角色了。”

“不过是一幅虚拟的画，”他说，“挂在一堵虚拟的墙上。”

“然后它就变成了短篇故事。”她说，“且不知是谁为我们写好了要说的台词。我想知道它的结局。”

“然后呢？”

“然后它可能是犯罪故事，或者是惊悚故事；可能是直截了当的，也可能有欧·亨利式的反转。”

“还可能出自《纽约客》，根本就看不到结局。”

“我不喜欢那种故事。”

“刊物上的故事实在令人失望。”他说，“你翻过页，看到的不是故事的后续，而是某个社区干事的简介，他们可能在一些八杆子打不着的地方，比如，伯利兹？摩尔多瓦？”

“列支敦士登。”

“没错。”他说，“我更喜欢我们写故事的风格。”

“我也是。而现在，正如我所说的那样。”

“我记得你说的是‘这就是结局了’。”

她点了点头，突然间说不出话来，一股曼妙的感觉油然而生，兴奋无比，同时又热泪盈眶。

“我觉得，”他说，“你可能想错了，一开始觉得我们在一幅画里，现在又觉得这是故事的结局。你忽略了标题。”

“《我们看世界的方式》。”她说，“不是吗？那是什么？”

他握住她的手。“在我的版本里，”他说，“标题是‘第一章’。”